Sammlung Luchterhand 574

Über dieses Buch: Chile im Sommer 1973. Ein Junge verläßt sein Heimatdorf, ein winziges Nest. Die Hauptstadt, meint er, sei seiner Karriere förderlicher. Er will ein Fußballstar werden, geliebt und gefürchtet. Ein kleiner, verträumter Herr stiehlt einen lebenden Hahn und will mit seiner Beute auch in die Hauptstadt. Vielleicht läßt sich mit diesem Tier Geld verdienen. Beide kommen im Zug ins Gespräch und weil sie sich gut unterhalten, mieten sie sich in Santiago zusammen in einer Pension ein. Was Arturo und der kleine Herr in den letzten Tagen der Volksfrontregierung Allendes zu hören bekommen, viel begreifen sie nicht, steht für den ›proceso chileno‹, für den ›chilenischen Weg‹.
»Ich träumte, der Schnee brennt« war der erste Roman, der die gesellschaftliche Realität Chiles zur Zeit der Unidad Popular vorführt. Gut 15 Jahre nach dem Putsch General Pinochets hält er das Gedächtnis für die wach, die in Chile eine gerechtere Gesellschaft aufbauen wollten. Dieser Roman ist noch immer ein Vermächtnis für die Zukunft.

Über den Autor: geboren 1940 in Antofagasta, Chile. Studium der Philosophie und Literatur an der Universidad de Chile und der Columbia University. Bis zur Emigration Dozent für lateinamerikanische Literatur an der Universidad de Chile. Lebte in West-Berlin und kehrte 1989 nach Chile zurück. 1969 Preisträger der Casa de las Américas. Schrieb die Drehbücher zu »La Victoria« (1973), »Es herrscht Ruhe im Land« (Bundesfilmpreis 1976), »Aus der Ferne sehe ich dieses Land« (1978), »Mit brennender Geduld. Ein Film über Pablo Neruda« (1984), »Mein Land wird deines sein« (1989).
Buchveröffentlichungen: »Der Radfahrer von San Cristóbal«, Erzählungen, 1986, »Der Aufstand«, 1987. Im Luchterhand Literaturverlag ist erschienen: »Nixpassiert«, Jugendbuch, 1978.

Antonio Skármeta
Ich träumte, der Schnee brennt

Aus dem Spanischen
von Monika López

Luchterhand
Literaturverlag

Sammlung Luchterhand, März 1985
2. Auflage, Mai 1989
Lektorat: Klaus Siblewski
 Umschlagentwurf: Max Bartholl/Christoph Krämer. Umschlagfoto: Pablo Ortiz Monasterio. Druck: Wagner, Nördlingen. Printed in Germany
ISBN 3-630-61574-0

Ich träumte, der Schnee brennt
Ich träumte, das Feuer gefriert
Aus dem Lied „Ay ay ay“

Er hängte sich das Netz wie einen Rucksack über die Schulter und schenkte der Landschaft einen ironischen Kennerblick, der den wolkenlosen Himmel, die Steine, die Holzhäuser mit ihren Waisenkinderfarben, die sanftmütigen Pferde umfaßte. Als sie an der Billardkneipe mit der grünen Eingangstür vorbeikamen, konnte er ein Lächeln nicht unterdrücken: dort würden sie bis in alle Ewigkeit dieselben bunten, des Umherspringens auf dem alten grünlichen Filzstoff müden Kugeln befingern. Dort würden sie weiter zu finden sein, die wackeren Streiter mit ihren Obstgeschäften, ihren Banken, ihren Taxis und Gemischtwarenläden, aufgedunsen von Bier, Zigaretten und ihrem Geprahle mit Liebesabenteuern, davon vor allem, ihrem unerträglichen Geprahle. Er blieb ein paar Meter zurück, um das beleidigte Staunen zu genießen, das sie überkommen würde, wenn sie ihn nicht mehr sähen, den kleinen Arturo, wie er sich unter den Türken vom Pool den Hosenschlitz abtastete oder sich auf der Plaza die Schuhe blank putzte, weil es keine Tauben oder irgend so was gab, das man mit Brotkrümeln, Maiskörnern und all solchem Altebetschwesternzeug füttern konnte, oder im Café vor den Fernsehserien mit geilen blinden Frauen und armen, aber ehrlichen Ärzten saß, die der zwanzig Jahre alte, wie eine Kaffeemaschine schrillende Kasten brachte, oder im Kino in der Sonntagsvorstellung, wo er, Erdnüsse mampfend, erfolglos versuchte, die Schönen aus der Kleinstadt zu verführen, um seine Erektionen hinterher unter einsamen Bettüchern loszuwerden. Er genoß im voraus den Lärm des Zuges, den er im Rauschen des Wassers in den Regenrinnen und im fieberhaften Flug der Vögel wahrzunehmen glaubte. Wutschnaubend, rachedurstig, feierlich würde die Lokomotive einfahren, John Wayne in Technicolor, wie er mit seinem Bärengang die Hauptstraße ausfüllte, um mit einem Haufen Bleikügelchen alle Gehirne wegzuputzen. Für ihn würde der Zug einfahren, mit seinem Schornstein und seinem in den heißen Kesseln fabrizierten feurigen schwarzen Rauch, dort würde er anhalten, genau an dem erträumten Punkt des Bahnsteiges, damit er, nur er, einsteigen konnte.

– Eines will ich dir sagen, Arturito: wenn ich noch einen Enkel hätte, wäre der mein Lieblingsenkel, nicht du.

– Ist ja gut, Großvater. Laß mich das Gepäck tragen.

Der Mann zog den Korb zu sich heran.

– Wenn es ernst wird, bist du mit deinem lächerlichen Ball weit weg. Statt meiner Familie werde ich meine nicht vorhandenen Zähne den Momios zeigen müssen. Ich sage dir nur eins, damit du es weißt: du bist bloß deswegen mein Enkel, weil ich nichts dran ändern kann. Ist das klar?

Der junge Mann fing an, Steinchen zum Wassergraben zu schießen.

– Mach ihn nicht dreckig, Großvater. Gib mir den Koffer.

Sie wechselten einen Blick, und der Mann packte das Gepäck noch fester.

– Also mein Enkel, der bist du nun einmal, weil du der Sohn von meinem Sohn bist. Ich hab deinem Herrn Vater gesagt, er soll sich noch mehr Kinder anschaffen. Wenn dein Herr Vater noch mehr Kinder hätte, wärst du nicht mein Lieblingsenkel. Mein Enkel würde mit uns zusammen arbeiten, was meinst du dazu?

– Du bist verpflichtet, mich zu mögen, weil du mein leiblicher Großvater bist.
– Mögen tu ich dich. Aber was im Dorf über meinen Enkel geredet wird, das gefällt mir ganz und gar nicht. Ganz und gar nicht gefällt mir, was die Leute sagen.
– Nämlich?
– Sie sagen, du bist noch mit keiner Frau zusammengewesen.
– Und das glaubst du?
– Sonst hätte ich doch was gehört.
Der junge Mann antwortete nicht. Mit zusammengekniffenen Lippen schlenkerte er das Netz vor die Brust, um mit beiden Händen auf dem Ball herumzutrommeln.
– Sie sagen, es würde allmählich Zeit für dich. Sie sagen, wenn du eine Frau ansprichst, kriegst du rote Backen. So rot wie das Innere von einer Melone. Ich sag dir nur, was so geredet wird.
– In der Stadt wird das anders. Da gibts Frauen, die es drauf ankommen lassen. Nicht solche Bauerntrampel wie deine, Großvater.
– Was hast du an ihnen auszusetzen? Es sind gute Kumpel, halten bei der Arbeit und im Bett was aus. Sieh lieber zu, daß du in der Stadt ein Linker wirst!
Der junge Mann wandte den Kopf ab und war sich seiner stolzen Nase und des hochmütigen Mundes bewußt.
– Du wirst kindisch, Alter. Alle Großväter, wenn sie in dein Alter kommen, werden stumpfsinnig und nerven ihre Enkel.
Am Bahnhofseingang setzte der Alte das Gepäck ab, ohne es loszulassen. Er atmete schwer.
– So, Arturito. Ich wünsch dir von ganzem Herzen, daß es dir in Santiago gut geht. Daß du dich wenigstens in eine Frau verliebst. Mal sehn, ob du wenigstens eine Spur von Gefühl bekommst.

– Das ist nichts für mich, Großvater. Keine große Liebe. Gleich zur Sache.

– Worauf bist du eigentlich aus, Arturito? Was willst du?

– Erfolg haben, sonst nichts.

– Also ich wünsch dir, daß da ein Mann aus dir wird wie unsereins.

Der Junge maß mit einem Blinzeln die Entfernung zu dem Alten, zu dessen erdgrauen Händen, die das Gepäck bewachten, als wäre dieser menschenleere Bahnsteig ein Diebesnest. Er dachte: Großväter sind wie das Vieh, je älter, desto sturer. Aber er sprach es nicht aus, denn der Alte nahm mit einem milden Blick die ganze Landschaft auf, um eine letzte Brücke zu bauen. Als könnte auch ein Baum, auch ein Vogel Gesellschaft leisten.

– Es wird schon wieder früher hell. Wenn die Sonne um die Zeit wärmt, wird der Tag länger. Das Frühstück schmeckt besser.

Er brauchte sich nicht anzustrengen, um sich den Alten vorzustellen, eine Stunde später, allein, wie er das Brot in die Milch tunkte, durch seine zahnlosen Kiefer die Milch schlürfte, während die Hühner den großzügig hingestreuten Mais aufpickten. Das heißt, der Alte würde sich mit Essen über die Einsamkeit hinweghelfen.

Am anderen Ende des Bahnsteigs sah er eine zierliche Gestalt, die sich von der Bank erhob, mit nervösem Schritt an die Schienen trat und sich vorbeugte, um Ausschau nach dem Zug zu halten. Selbst aus der Entfernung war zu sehen, daß ihm der dicke schwarze Mantel zu groß war. Er machte den Alten mit dem Finger auf ihn aufmerksam.

– Ein kleiner Mensch, sagte er.

Der alte Mann legte die Stirn in Falten, um ihn besser ins Auge zu fassen, und sagte ernst:

– Kein kleiner Mensch. Das ist der Kleine Herr.

– Na schön, wenn er einsteigt, faß ich ihn an, damit er mir Glück bringt.
– Eines Tages treibt dir schon jemand die Flausen aus, Arturito. Wer Glück bringt, sind die Buckligen.
Das Männlein kam mit seinem Pappkoffer näher, und der weite Mantel paßte jetzt noch viel weniger zu seiner Statur und zu der lähmenden Hitze, die sich auf dem Bahnsteig auszubreiten begann. Es stellte sich auf die Fußspitzen, um den Zug zu erkennen. Der Alte zog das Tuch über den Proviant, und der junge Mann hob zum ersten Mal das Gepäck an, um sein Gewicht zu prüfen. Der Alte ging auf den Kleinen Herrn zu und zeigte lächelnd, mit anklagendem Finger auf Arturo.
– Das ist mein Enkel, sagte er. Er spielt Fußball. Er will in den Norden.
Der Kleine Herr sah den Alten an und hatte sofort wieder vergessen, daß der ihn jemals angesprochen hatte. Obwohl der Zug bereits einfuhr, reckte er sich noch einmal und preßte erregt die Hände an die Brust. Im Unterhemd und hemmungslos gähnend, kam der Bahnhofsvorsteher heraus und tippte dem Lokomotivführer zum Gruß an die Finger. Er sah auf die Uhr und läutete eine Glocke. Als der Zug stand, fand das Dorf seine Stille wieder, und der Vorsteher interessierte sich nur noch für die Schritte der beiden einzigen Reisenden. Der Großvater machte Arturo durch das Fenster ein Zeichen, den Platz, den er sich ausgesucht hatte, zu verlassen und sich, zwei Reihen weiter, dem Kleinen Herrn gegenüber zu setzen.
– Trink jeden Tag Milch, brüllte der Alte.
Der junge Mann rieb sich tödlich gelangweilt den Nacken. Der Alte ließ ihn diesen Augenblick nicht so genießen, wie er es sich erträumt hatte.
– *Schreib mir.* Jetzt mußt du sagen *schreib mir*, lachte er.
– Selbstverständlich, Kind, schreib mir.

– Es wird gar nicht nötig sein, dir zu schreiben, Großvater. Du wirst aus den Zeitungen von mir hören.
– Das Huhn in Talca, denk dran. Kauf dir Galoschen für den Regen, wenn du ankommst.
Sobald der Zug anruckte, reckte sich der Alte, klammerte sich an den Fensterrahmen und sagte wie ein Ertrinkender zu dem Kleinen Herrn:
– Das ist mein Enkel, von dem ich Ihnen vorhin erzählt habe, erinnern Sie sich? Er fährt jetzt mit Ihnen. Er hat noch nie eine Frau gehabt und spielt Fußball.
Das Männlein streifte den Großvater mit einem Blick, blinzelte zu dem Jungen hin und vertiefte sich dann in die Betrachtung seiner Schuhe. Er konnte sich verschwommen entsinnen, daß er diese Gestalten auf dem Bahnsteig gesehen hatte, als er in einen Traum versunken war. Der Junge dagegen, der dem Männlein zunächst nur Spott entgegengebracht hatte, verspürte jetzt leichten Ärger. Er hatte das Gefühl, mit diesem kleinen Mann würde ihm seine ganze Unberührtheit bis nach Santiago folgen. Endlich wurde der Zug ein wenig schneller, und der Alte hängte sich Arturo an den Hals und drückte ihm einen spröden Kuß auf die Wange.
– Gott segne dich, mein Junge. Auf deinen Großvater kannst du immer zählen.
Als er ihn aus der Umarmung entließ, war der Zug bereits einige Zentimeter gefahren. Arturo fuhr sich mit der Hand durch die Mähne, streckte den Kopf hinaus und brüllte:
– Dich soll einer verstehen, Alter. Erst verlangst du, daß man sich ordentlich kämmt, und dann schnappst du dir meinen Kopf und machst mir meine Tolle kaputt.
Er wedelte mit zwei Fingern, um den hoch oben fliegenden Händen des Großvaters zu antworten, und nahm Hand und Kopf dann sofort herein. Deshalb konnte er nicht mehr sehen, daß ein rothaariger Mann auf seinen Großvater

zuging und ihn nach jemandem fragte, wobei er die flache Hand in Schulterhöhe des Alten hob. Und er sah auch nicht, daß der Alte nickte und der Rothaarige, ebenfalls nickend, dem schon hundert Meter entfernten Zug nachblickte. Der Kleine Herr allerdings, der Arturo gegenüber, mit dem Rücken in Fahrtrichtung, saß, hatte es gesehen. Seiner Meinung nach mußte er den Rothaarigen irgendwie kennen. Aber wodurch und woher hätte er nicht ohne einen Schauder erklären können.

Einen Augenblick hatte der junge Mann den Eindruck, auf der Erde und, schlimmer noch, zu Hause zu sein. Deutlich drang eine Mischung von Gekrächz und Gegacker an sein Ohr. Ein Vogel oder irgendwelches frühaufstehende Federvieh. Der Staub an den Fenstern machte die sengende Sonne noch unerträglicher. Was Arturo, während er sich die Lippen befeuchtete und ein paarmal den verrenkten Hals hin- und herbewegte, als nächstes auffiel, war eine Unruhe an der Brust seines Gegenübers, die für ein bloßes Herzklopfen etwas zu heftig war. Er weidete sich daran, wie die Augen des Männleins immer wieder zu diesem wildbewegten Herzen zurückkehrten. Nachdem er sich erst einmal die Wimpern mit Spucke angefeuchtet und den Schleim aus den Augen auf seinen Nägeln betrachtet und ihn dann verrieben hatte, wandte er den Blick nicht mehr von der schmächtigen Brust seines Mitreisenden. Der Kleine Herr täuschte nun, da ihm die Aufmerksamkeit des jungen Mannes gänzlich klargeworden war, ein Interesse für die Fliegen vor, die die Deckenlampe über seinem Kopf umschwirrten.
– Ich bin zu dem Schluß gekommen, daß Sie etwas unterm Mantel haben, sagte Arturo.
Der Kleine Herr zog seine mageren Schultern noch mehr zusammen, so daß sein Leib hohl wurde wie ein Fragezeichen.

– Da ist doch was, oder? Etwas Lebendiges?
Das Männlein kratzte sich an der Wange und knackte mit den Fingern, indem er sie mit der Hand zusammendrückte.
– Man sieht, Sie geben gut darauf acht, nicht? Er warf sich nach hinten, streng wie ein Richter.
– Muß schön warm sein da drin, he?
Der Kleine Herr preßte die Lippen zusammen und wünschte dabei vielleicht, ein letzter Schlaf möge den Zug, die Landschaft, das lästige Wellenspiel der Sonne auf seinem schwarzen Mantel überkommen. Er dachte, wenn er einschliefe, würde er in einer dichten Wolke, die auf ihrer Flucht Donner und Regengüsse herabschleuderte, geschwind davonschweben. Die Bauern würden unter den Strohhaufen Schutz suchen, und er würde sanft und weich in einem vertrauten grauen Raum dahinziehen.
– Na schön, sagte der junge Mann. Wenn Sie sich nicht unterhalten wollen, warum haben Sie sich dann zu mir gesetzt?
Sein Gegenüber spähte nach den nächstgelegenen Sitzen und überlegte, wie unbequem es wäre, wenn er sein Gepäck dorthin transportieren würde, denn er müßte dabei beide Hände an die Brust halten.
– Daß einer seine Sachen da drin aufhebt, kommt nicht oft vor. Ich kenne keinen, der diese Angewohnheit hat.
– Sagen Sie das nicht, hauchte der Kleine Herr.
– Hab ich noch nicht gehört.
Das Männlein preßte die Knie gegeneinander.
– Ganz schön komisch, wie sichs bei Ihnen bewegt. Klar, Sie selber sind auch ein ziemlich komischer Mensch. Er trommelte mit den Fingern auf das Leder seines Balls und legte ihn dann unter seine Füße und begann mit einer kreisenden Bewegung in der Hüfte hin- und herzurutschen.
– Es zappelt, he? Ist was damit?

– Das ist so seine Art.
– Kann es fressen? Er beugte den Rumpf vor und ging mit dem Mund ganz nah an das Ohr des anderen.
– Ein kleines Viech? Zeigen Sie her! Er stemmte sich mit dem Rücken gegen die Lehne, schob den Körper hoch, bis sein Kopf gefräßig und scharfäugig ganz oben war. Nachdem der Kleine Herr ein paarmal an seinem Knopf herumgefingert hatte, schlug er den Mantel zurück und ließ ein Stück Hahn sehen. Schon in der nächsten Sekunde barg er ihn wieder an seiner Brust und zwängte, von Zittern befallen, den Knopf in sein Loch.
Arturo veränderte seine Stellung nicht, knetete sich aber ausgiebig den Nacken.
– Ist wohl ein junger Hahn? Enttäuscht zog er das Tuch vom Korb und holte ein belegtes Marraqueta-Brot heraus. Bevor er abbiß, bohrte er die Finger hinein, damit die frische Kruste schön auseinanderbrach. Während er einen Brocken im offenen Mund wälzte, stammelte er:
– Haben Sie den wo geklaut?
– Nein, sagte der Kleine Herr.
– Aber Sie halten ihn versteckt.
– Verwahrt.
– Es ist nämlich sehr häßlich, den Leuten die jungen Hühner zu stehlen.
Er sah ihn weiter an, während er schweigend wieder und wieder abbiß. Als er mit dem Brot fertig war, schüttelte er die Krümel von seiner Hose.
– Zeigen Sie ihn mir noch mal, sagte er. Das Männlein schwankte, einen Finger am Knopfloch. Seien Sie nicht so gemein, zeigen Sie ihn mir!
– Er ist gut zum Kämpfen, sagte der Kleine Herr. Er kämpft mit dem Schnabel und tötet die anderen Hähne.
– Vielleicht hat er Durst?
Mit der Unsicherheit, die durch das Schaukeln des Zuges

hervorgerufen wird, schüttete er etwas Wein in den Deckel des Salzfäßchens und näherte ihn dem Schnabel des Tieres.

– Lassen Sie ihn trinken.

Der Kleine Herr rührte sich zum ersten Mal und rückte ein Stück näher. Er tauchte den Schnabel des Hahns in den Wein, bis alles geschluckt war. Der junge Mann nahm den Metalldeckel an sich und drehte ihn demonstrativ.

– Sehn Sie? Jetzt fühlt er sich wohl, sagte er. Als ihn der Kleine Herr wieder unter den Mantel stecken wollte, hielt er ihn mit einer Handbewegung zurück. Lassen Sie ihn ein bißchen Luft schnappen, Mann.

Der Hahn begann die Brotkrümel aufzupicken, und der junge Mann fuhr mit der Hand in den Korb.

– Großvater hat gesagt, ich soll Ihnen was zu essen anbieten. Haben Sie Hunger?

– Ein bißchen.

– Sie haben wirklich Glück heute. Sie kriegen etwas zu essen von mir, verstehn Sie?

Er brach einen rosigen Hühnerschenkel durch und rieb ihn mit Salz ein, das er von seinen Fingern nahm.

– Aber gewöhnen Sie sich nicht dran. Später müssen Sie sich Ihr Essen selber suchen.

Der Kleine Herr riß ein Stück Haut von dem Huhn ab und begann mit ganz kleinem Mund und zusammengekniffenen Lippen daran zu knabbern.

Arturo wischte sich die Finger am Tischtuch ab.

– Wenn wir in Santiago ankommen, können Sie mir einen Gegendienst leisten, verstehn Sie?

Ganz dem leckeren Bissen hingegeben, der durch seinen kleinen Magen floß, nickte der Kleine Herr mit ruckartigen Bewegungen, die Arturo als Zusage nahm.

– Können Sie mich mit Frauen bekannt machen? Kennen Sie Frauen in Santiago?

– Ein paar.
Der Kleine Herr hatte eine flüchtige Erscheinung und kniff die Lider zusammen, um das Bild zurückzuholen, aber vor seine Augen schoben sich ein gelber Vorhang und weiße, im Flug aneinanderstoßende Tauben. Da murmelte er etwas. Er selbst hatte das Gefühl, gellend zu schreien, als er einen Finger ausstreckte und auf die Weinflasche im Korb zeigte.
– Kann ich etwas davon haben?
Der junge Mann grinste übers ganze Gesicht und zwinkerte komplizenhaft. Er reichte ihm den Wein und zog dabei den Korken heraus.
– Bedienen Sie sich, bedienen Sie sich.
Danach sah er, immer noch grinsend, dem ersten langen Schluck seines Gegenübers zu. Er beugte sich vor und boxte ihm sanft ans Knie.
– Mal sehen, ob Sie zu dem Gegendienst in Santiago imstande sind. Er lehnte sich wieder zurück und schnippte mit den Fingern vor dem Hahn, daß der mit den Flügeln zuckte.
Der Kleine Herr setzte zu einem zweiten Zug an und schielte nach unten, um zu sehen, wie die Flüssigkeit abnahm.
– Sehr gut, sagte der junge Mann und kraulte den Hahn auf dem Rücken. Herr und Hahn, ein Gespann!

Als sie auf den Bahnsteig des Hauptbahnhofes traten, hatte der junge Mann das Gefühl, daß sein Körper, kraftvoll wie die Dampflokomotive, sich zusammenzog und ausdehnte. Er faßte den Koffer mit der Linken und hängte sich den Korb an die Rechte und war nach wenigen Schritten mitten unter alten Frauen mit durchlöcherten Säcken, aus denen Landputen ihre Hälse steckten. Er blieb eine Sekunde stehen und winkte auf Zehenspitzen dem Kleinen Herrn, er möge hinter ihm hergehen. In der Nähe des Ausgangs beschleunigte er den Schritt, gewillt, sich von der Stadt überwältigen zu lassen, sobald er über die Schwelle träte. Er kam sich vor wie ein Tier, das in einem Käfig im Zoo aufgewachsen ist und mit zwanzig Jahren im heimischen Urwald freigelassen wird, in einer Landschaft, die er in den Träumen während der provinziellen Siesta irgendwie schon erlebt hatte. Dabei war der Tag heiß und diesig, die Straßen aufgerissen, und die Busse, auf deren Trittbrettern die Fahrgäste hingen, ließen dicke schwarze Rauchfahnen hinter sich. Neonlichter gab es auch nicht, und die Straßen verknüpften sich auch nicht zu weich geschwungenen Verkehrsadern, auf denen die Autos dahinrasten. Er lehnte den Koffer gegen eine Wand und setzte sich verstört darauf. Jetzt wurde ihm bewußt, daß er die ganze Zeit gedacht hatte, auf dem Bahnhof würde jemand stehen, der ihn in die Arme nähme, aber der peruanische Walzer und die Preßlufthämmer auf dem Pflaster waren alles andere als eine strahlende Empfangskapelle mit blauen Uniformen und goldenen Litzen. Der Kleine Herr blieb neben ihm stehen, stellte seinen Koffer ebenfalls hochkant und setzte sich darauf, das unscheinbare Kreuz gegen die Wand gelehnt, während ihm die Arme zwischen den Beinen herabhingen wie zwei traurige Früchte. Eine halbe Stunde verging in einem eisigen, alptraumhaften Schweigen, dann wandte sich der Junge zu dem Männlein um und strafte ihn mit einem verächtlichen Blick. Der spürte den Einschlag und beschäftigte sich damit, einen Zigarettenstummel auf dem Asphalt auszutreten, bis er zermahlen war. Der junge Mann stand auf und drehte sich nach allen Richtungen, um die nächste Umgebung und den flachen Horizont, zweistöckige Häuser mit wackligen Balkons, abzuschätzen.

– Ich langweile mich, sagte er und kratzte sich fieberhaft den Kopf. Er betrachtete die Unerschütterlichkeit des Kleinen und gab dessen Koffer einen leichten Tritt, um ihn auf sich aufmerksam zu machen.

– Sind Sie immer so schweigsam?
Der Kleine Herr rollte die Augen von einem Schuh zum anderen.
– Fast alle Kleinen, die ich gekannt habe, waren gesprächig, lustig. Er betrachtete wieder das Gewimmel der Arbeiter, Schulkinder, Straßenverkäufer, der Busse, der zum Flughafen einschwebenden Flugzeuge, der Taxifahrer, die, um Fahrgäste abzuweisen, auf kaputte Motoren oder platte Reifen zeigten – ein Stratege, der seine Truppen zählt für eine Schlacht, von der er nicht weiß, wann und gegen wen sie ausgetragen werden soll.
– Gut, sagte er, ohne ihn anzusehen. Ich könnte hier lang oder da lang gehen.
Das Männlein räusperte sich, und nachdem er sich mit etwas Spucke, die er mit der Zunge verteilte, die Lippen angefeuchtet hatte, sah er direkt zu ihm auf.
– Ich hatte gerade einen Traum, sagte er. Ich war mit meinen Eltern zusammen ...
Arturo preßte sich ungläubig die Hände auf die Ohren. Das wild Theatralische der Geste ließ den Kleinen verstummen und instinktiv zum Bahnhofsgebäude zurückweichen.
– Sagen Sie bloß, Sie wollen mir *jetzt* einen Traum erzählen! Hab ich Ihnen etwa was aus meinem Leben erzählt? Er kratzte sich mit verzweifelter Lust an dem, was er zwischen den Beinen hängen hatte, und stöhnte ermattet. – Ein Mann, der auf sich hält, läuft nicht durch die Gegend und erzählt seine Träume rum. Stellen Sie sich vor, ich würde jedesmal, wenn ich jemand treffe, meine eigenen, persönlichen Träume erzählen! Er fiel auf seinem Koffer in sich zusammen und versenkte die Hände in den Hosentaschen. Dann schlug er die Füße übereinander und lehnte sich schließlich mit dem Kopf gegen die Wand. – Ein Träumeerzähler und Hähnchenklauer! Mit Ihnen kann es hier in der Stadt nicht gut gehn, Kleiner Herr!

Der als Taxi gespritzte Buick, Baujahr 61, bremste wenige Meter vor ihnen, und heraus stieg ein großer, stämmiger Mann mit riesigen, lachenden Zähnen. Er trug einen braunen Anzug mit roten Streifen und hatte an Creme nicht gespart, um eine perfekte Rasur ohne Kratzer und Schnitte zustande zu bringen. Die Haare, die um seine Ohren lagen wie dicke Schnecken, waren wie bei einem reifen Liebhaber grau meliert. Während er ohne Zögern auf das Paar zuging, rückte er sich den stattlichen Knoten seiner lila Krawatte zurecht.
– Die Herren kommen aus dem Süden? sagte er. Arturo sah zu ihm auf, holte mit einem Blinzeln das Profil des Kleinen Herrn ein und tastete verstohlen nach seinem Geldpäckchen in der Gesäßtasche. – Wenn Sie ein Hotel brauchen, ich kann Ihnen etwas anbieten. Preiswert und ordentlich. Wenn Sie Vollpension wollen, einfache, aber nahrhafte Kost. Es liegt ganz an Ihnen, meine Herren, schloß er mit einem lächelnden Blick auf den Ball zu Arturos Füßen.
– Ich bin Sportler.
– Auch Sportler haben in meiner Pension gewohnt und sich nie beklagt. Sogar Fußballer von der Oberliga. Rubén Marcos aus Osorno war vor dem Blauen Ballett Gast bei uns.
Der Kleine Herr stand auf, und der Pensionsinhaber streckte ihm eine zupackende und verbindliche Hand entgegen. Der kleine Mann nahm sie in die seine, die der andere freundschaftlich schüttelte.
– Ich bin Varietékünstler, brachte er hervor.
Der Wirt musterte seine Aufmachung und sein Gepäck.
– Ich mache artistische Nummern, Tanz, Stimmenimitation. Erzähle auch Witze. Ich war schon immer eine Frohnatur.
Der Wirt pflichtete ihm mit ergeben ausgebreiteten Armen bei.

– In meinem Hotel werden Sie stets eine gemütliche Ecke, einen Platz, an dem Sie sich wohl fühlen, finden. Ohne weit auszuholen, ich selber bin Sänger aus Neigung und Dichter aus Inspiration. Worauf ich allerdings bestehe, ist, daß pünktlich gezahlt wird. In dem Punkt lasse ich nicht mit mir handeln. Ich sage es Ihnen lieber gleich, weil schon manch einer meine Gutherzigkeit ausgenutzt hat, nicht wahr? Wenn es sein muß, bin ich imstande und verlange sogar die Räumung.
Während der Wirt sprach, hatte Arturo entdeckt, daß eine Neonreklame für Moletto-Socken mit einer Explosion von Sternen angegangen war.
– Die Namen von Sportlern sind nie auf Leuchtreklamen, sagte er verblüfft.
Der Wirt betrachtete das bewegliche Ding, und der Kleine Herr schrak zusammen, als der Hahn aus dem Netz fliehen wollte. Er gab ihm einen Klaps, stopfte ihn wieder hinein und machte einen dicken Knoten. Eine Minute waren alle drei in ihre eigenen Atemzüge vertieft.
– Ich habe in meinem Leben so viel erlebt, daß ich lange erzählen könnte, seufzte der Wirt, bevor er sich mit einer zärtlichen Empfindung an dem Bild irgendeiner Frau festhaken konnte.
Der Kleine Herr bildete sich kein Urteil darüber, obwohl er, ohne es zu merken, mit einem Fuß auf dem Hahn herumtrat.
Der Wirt nahm die Koffer und trug sie zum Wagen. Als er sie im Kofferraum verstaute, hielt er plötzlich inne und umarmte seine beiden neuen Gäste.
– Drei Jahre war ich als Sänger bei der Europaflotte. Jahrelang in Übersee. Die japanischen U-Boote unter unseren Kesseln. Modeschlager von damals waren „Schöne Mariquita“, „So“, „Man klagt mich einer Sünde an“.
Arturo starrte auf eine ferne Ampel.
– Ich bin nicht schnell genug, sagte er. Ich schaffs nicht

richtig in die Abwehr zurück. Wenn ich nach vorn geh, stoppt mich keiner, verstehn Sie? Aber zurück machts mir keinen Spaß.
– Tolle Frauen auf den Schiffen, mein Junge. Mit echten Blumen im Ausschnitt. Auf dem Schiff gab es einen Blumenladen. Kamelien, Rosen ohne Dornen. Und für die Bälle parfümierten sie sich Ohren und Brüste. Ich sang da mit einem Trio Schlager von Néstor Chaires.
Der Junge löste sich nicht aus den Armen des Mannes, aber seine Augen schossen Blitze, als er ihn aus der Nähe ansah.
– Können Sie mich mit Frauen bekannt machen? Soviel wie möglich.
– Wie alt sind Sie denn, mein Sohn? fragte der Wirt und hielt seinem Blick stand.
– Um die Zwanzig, sagte der junge Mann. Können Sie nun oder nicht?
– Blüten und Früchte an den Bäumen im Lenz! Die Hand danach ausstrecken, sie pflücken, schälen, riechen, verzehren! Manchmal habe ich mit ihnen getanzt. Aber meistens stand ich zum Singen auf der Bühne. Wenn du mich fragst: War es eine glückliche Zeit?, ich weiß nicht, was ich dir sagen soll, Junge.
– Ich weiß nicht, wovon Sie reden. Ich will nur eins, sie aufs Kreuz legen, verstehn Sie?
– Keine Spur romantisch!
– So ist es.
– Leuchtreklamen auf den Straßen hat es für große Sportler noch nicht gegeben. Aber als Arturo Godoy sich in den USA mit Joe Louis schlug, hat man eine Leuchtwand aufgestellt, und auf der gingen die Sterne an und aus und bewegten sich. Den Arturito haben sie reingelegt. Große Fußballer, die ich gekannt habe: nur Leonel Sánchez.
– Ich bin besser als der.

– Mein Sohn, wenn du besser bist als Leonel, dann bist du wirklich Klasse.
– Sie glauben mir nicht?
– Ich glaube dir. Finde ich hervorragend. Ich habe allerhand gesehen in meinem Leben. Was zum Beispiel? Eine Stadt, die von einem Vulkan in Schutt und Asche gelegt wurde, und sinkende Ozeandampfer.

Als der Wagen, auf dem unebenen Pflaster holpernd, in die Avenida Antofagasta einbog, versank der Kleine Herr in die Betrachtung einer Eckkneipe. Da die Ampel gerade Rot zeigte, versuchte er die Tür zu öffnen.
– Ich möchte gern aussteigen, sagte er.
– Haben Sie etwas? sagte der Wirt.
Das Männlein tastete nach der Türklinke, bis er sie fand.
– Tun Sie mir den Gefallen und passen Sie auf den Hahn und den Koffer auf, sagte er, ohne die Ecke aus den Augen zu lassen, als fürchte er, sie könne sich jeden Augenblick in Luft auflösen. Als er über die Straße ging, achtete er darauf, daß er hinter dem Verkehrspolizisten vorbeikam. Am Fenster der Kneipe schirmte er die Augen ab, sie war aber so voll, daß er kaum jemanden erkennen konnte, und die wenigen Gesichter, die er ausmachte, sagten ihm nichts, und die über die Rotweinflaschen gebeugten Rücken kamen ihm völlig fremd vor.
Er trat ein und erwischte einen leeren Tisch in der Ecke am Fenster. Er stützte die Arme auf dem Tisch auf, wartete, ohne den Blick von der Straße zu lassen, auf den Kellner und klopfte sich unterdessen mit beiden Daumen sanft auf die Fingernägel.
Der Kellner beugte sich zu ihm hinunter, um die Bestellung aufzunehmen, und schlug sich sofort an die Stirn.
– Señor Lecaros, sagte er. Wo sind Sie inzwischen gewesen?

– Mal hier, mal da. Ich möchte einen Wein.

Er hielt im Spiegel nach dem Wirt Ausschau. Er sah, wie der Bursche mit ihm sprach, und sah auch, daß der Chef die Kasse verließ und auf ihn zukam. Er blickte vom Spiegel weg und bedeckte sich das Gesicht. Er konnte den Atem des Wirts spüren, und erst da nahm er langsam die Hand herunter und legte sie auf die Tischkante.

– Wie geht es Ihnen? fragte er, ohne ihn anzusehen.

Der Wirt setzte sich auf den Rand des anderen Stuhles.

– Sind Sie allein?

Der Kleine Herr leerte sein Glas zur Hälfte und wischte sich die dunklen Mundwinkel mit der Spitze des Zeigefingers ab.

– Wo sind Sie inzwischen gewesen? fragte der Wirt.

– Und ..., sagte das Männlein.

Tief einatmend, schlürfte er den Rest. Den Blick unter der Kinnlade des Wirts, trommelte er mit den Fingernägeln an die Flasche.

– Ihr Partner kommt schon eine ganze Weile nicht mehr.

Er umfaßte die Weinflasche, ohne sich zum Einschenken zu entschließen.

– Ich arbeite allein, sagte er.

– Ihr Partner hat noch ein paar Rechnungen offen. Wollen Sie sie sehen?

Der Kleine Herr blickte zur Theke und dann auf die Flasche.

– Ich arbeite allein.

Er winkte den Kellner mit dem Finger heran.

– Wo wohnt der Lange?

– Er kommt manchmal hier vorbei, aber nicht rein. Er ist in der Quinta Normal gesehen worden.

– Ich verstehe nicht.

– Er spielt da Trompete und geht mit dem Hut rum.

– Was ist das?

– Ein Instrument. Man bläst rein, und es kommen Töne raus. Wünschen Sie noch eine Flasche?

Das Männlein holte Geld aus seiner peinlich sauberen Kunstlederbrieftasche und reichte ihm einen von den großen Scheinen.

– Stellen Sie mir eine zum Mitnehmen hin. Er nahm acht Scheine heraus und drückte dem Kellner einen kleinen in die Hand, den er aus der Hose zog. Wo muß ich hingehen, wenn ich ihn treffen will?

– Auf dem Weg zum Reitklub ist eine Pension. Da schlafen viele.

Er knöpfte sich im Aufstehen das Jackett zu.

– Wenn er nach mir fragt, haben Sie mich nicht gesehen, verstanden?

– Gut, sagte der Kellner. Wie geht es dem Kaninchen im Zylinderhut?

– Ist tot.

– Pedrito?

Der Kleine Herr stellte fest, daß ihm von dem Wein bereits die Ohren glühten und daß seine Füße leicht schwankten. Er ging an dem Kellner vorbei, ohne sich von dem Wirt zu verabschieden, stieß die Pendeltür auf und führte, während er sich zwischen den Stoßstangen der Autos durchschlängelte, die Hand ans Herz, um nach der Brieftasche zu tasten. Er schloß den Knopf, der sie beschützte, und ging dann auf der Seite des Straßengrabens entlang, die den Laternen am nächsten war.

Als ihm eine Kakerlake vor die Füße lief, schob er sie erschrocken mit dem Absatz auf den Fahrdamm. Er vergewisserte sich, daß nicht noch mehr da waren, und stieß erst dann die Pendeltür auf. Ein alter Mann mit von grauen Stoppeln überwuchertem Gesicht strickte an einem unförmigen Wollappen. Neben ihm hing die Heilige Jungfrau del Carmen auf blauem Grund, und rechts und links standen je ein Offizier vom Heer, von der Marine und von den Luftstreitkräften stramm. Der Kleine Herr mußte sich hinunterbeugen und ihm an die Schulter tippen. Der Greis nahm das Strickzeug in die eine Hand und ging in gebückter Haltung zu einem kleinen Tisch, um das Gästebuch aufzuschlagen.

– Sind Sie von der Polizei? sagte er.

Das Männlein verschränkte die Finger beider Hände und ließ mit einem einzigen Druck die Knochen knacken. Der Alte hatte sich eine Hakenbrille aufgesetzt.

– Nein.

– Dieb? Er ließ die Spitze einer speicheltriefenden Zunge sehen, lachte und hielt sie dabei mit den spärlichen, flinken Zähnen fest.

– Ich suche einen Langen, so groß.

Mit einer schroffen Bewegung schlug der Alte das Buch zu.

– Sind Sie ein Freund von ihm?

– Ich habe keine Freunde und keine Verwandten.

– Hat er Ihnen etwas gestohlen? Haben Sie Ihren Personalausweis bei sich?

Der Kleine Herr runzelte die Stirn und spähte, den Kopf ein wenig zur Seite geneigt, über den Greis hinweg in den Korridor. Der Alte klappte das Buch wieder auf.

– Hier sind keine Zimmer frei, sagte er.

Er fuhr mit einem verkrüppelten Fingernagel die Spalten auf der Seite entlang und legte mit einer abschließenden Geste das Strickzeug darauf.

– Danke, sagte der Kleine Herr im Hinausgehen.

– Zu Ihren Diensten, erwiderte der Greis.

Als der Kleine Herr an die Ecke kam, blieb er stehen und drehte sich um. Er trat ein paar Schritte zurück, bis er einen Eingang entdeckte, der niedriger als eine Passage und höher als eine Diele war. Er traf ihn auf dem Pflaster schlafend an, die Hände als Kissen verschränkt, während sich seine Nasenflügel bei jedem Schnarchton über dem dunkel dahinfließenden Wasser der Abflußrinne blähten. Der Kleine Herr stieg über die auf dem Boden ausgebreitete fettige Mähne hinweg und wich einige Schritte zur Wand zurück. Er zog die Weinflasche aus der Jacke, entkorkte sie und wischte den Hals ab. Mit der geöffneten Flasche ging er auf den Hünen zu und stellte sie ihm vorsichtig in erreichbare Nähe. Er schlich um ihn herum und huschte rasch zur Mündung des Durchgangs, um nachzusehen, ob jemand käme. Mit einiger Mühe zog er den Liegenden an den Haaren hoch. Eine Strähne troff vom Wasser der Gosse. Er hielt seinen Kopf eine Minute lang wenige Zentimeter über dem Boden, ohne daß sich auf dem Gesicht die friedliche Komposition eines ins innerste Gewebe der Muskeln gebetteten Traums veränderte. Mit einer bestimmten Absicht zog das Männlein die Hand zurück und sah zu, wie der mächtige Schädel des Mannes auf dem Pflaster aufschlug. Er bedachte seine Stumpfheit und konnte nicht anders, er mußte ihn in die Nieren boxen. Er blickte nach oben, über den vorspringenden Dachziegeln des Durchgangs stand ein klägliches Stück Mond.

– Bist du hingefallen? fragte er den Mann. Er sah sich um. Bist du tot, Partner? Hier mußtest du dein Leben aushauchen?

Er streckte den Arm aus und zog einen Ziegelstein zu sich heran, der ihm bequem genug und wie gemacht für sein Steißbein schien. Er wußte, sobald er den Mund an diese Flasche setzte, würde die Flüssigkeit um die Hälfte abnehmen. Aber er fühlte sich so wohl und so entschlossen, daß er sich das Quantum genehmigte und dabei die Augen offenhielt, weil er darauf achten wollte, sein sich ohnehin großzügig zugedachtes Maß nicht zu überschreiten.

– Ein Mann wie du sollte arbeiten, sagte er mit impulsiver

Herzlichkeit zu dem Menschenbündel. Was liegst du hier in der Gosse herum? Willst du, daß die Hunde kommen und dich fressen?
Er zog ihn so lange an den Haaren, bis sich das Gesicht zur Seite drehte. Er mußte die Nase rümpfen, als er merkte, daß das Gesicht des Mannes immer blasser und jünger wurde, und das, dachte er, mit diesem Haar, zu derb, zu jugendlich, zu eklig, zu schaustellerhaft für einen Mann in seinem Alter.
– Trotz alledem biete ich dir jetzt Arbeit an, sagte er. Aus Gründen, die ich für mich behalte, habe ich beschlossen, eine Show aufzubauen. Ich weiß allerdings nicht, ob du noch an der Welt der Bretter interessiert bist. Er stieß ihn mit dem Fuß an, ohne daß eine nennenswerte Reaktion kam. Nur ein längerer Atemzug, gefolgt von einem recht würdelosen Ton.
Der Kleine Herr hielt den Rest Wein gegen den Mond und rechnete sich aus, daß ihm jetzt die Hälfte dieser Hälfte zustehen würde. Er behielt einen großen Schluck auf der Zunge, den er erst weiterleitete, als er aufrichtig empört loslegte:
– Dir ist anscheinend noch nie aufgefallen, daß in den Rinnsteinen Wasser fließt. Ist es das, was du willst? Daß du das Wasser aus der Gosse in die Nase kriegst? Willst wohl die Nase voll Wasser haben, so, so? sagte er und tauchte ihn mit Nase und Wange in das Rinnsal. – Nur Tote bleiben da liegen, wo sie hinfallen. Tote haben kein Schamgefühl mehr, sie stinken und so weiter. Er bohrte ihm die Fußspitze in den Bauch und bewegte sie derb hin und her. – Morgen kommt die Müllabfuhr und wirft dich auf den Karren. Er trat ihm mit dem Absatz in die Nieren. Mal sehn, ob dir das Spaß macht. Mal sehn, ob dir die Fahrt Spaß macht, unter lauter Abfall und kaputten Flaschen. Er setzte ihm die Weinflasche an die Lippen, und die legten sich so paßgerecht an die

Öffnung, daß sie den Hals umschließen konnten. Das Männlein hielt die Flasche schräg, und die Flüssigkeit floß ungehindert die Kehle des anderen hinunter. – Das hast du gern, nicht wahr? Dagegen hast du nichts! Fünftklassige Künstler, ihr! Stolpert auf der Straße und kommt nicht wieder hoch!

Er zog die Flasche ein paar Zentimeter weg, und die Hand des Mannes fand mit exakt funktionierenden Reflexen nach oben, um sie zurückzuholen und sich behaglich auch noch den Rest zu Gemüte zu führen. Dann schlug er ein Paar große graue Augen auf und kniff sie, kaum daß er den Kleinen Herrn an seiner Seite entdeckt hatte, ungläubig wieder zu und versuchte ihn dann zu umarmen.

– Spar dir die Worte! sagte das Männlein. Hast alles ausgetrunken. Ohne jeden Anstand. Ohne Manieren. Willst du nun arbeiten, ja oder nein? Der Lange stemmte seine Fleischmassen auf den Ellenbogen hoch und nickte wie unter einem Bann. – Glaub nicht, weil du mir dein Leben verdankst, zahl ich dir deine Gage nicht aus. Wir werden Partner. Abgemacht?

Die Augen so naß wie eine Pfütze, massierte sich der Mann den Nacken.

– Wieviel? sagte er.

– Ein noch nicht genauer bestimmter Anteil.

– Finde ich annehmbar.

– Dann komm hoch und paß auf, daß du nicht noch mal stolperst.

Der Lange schneuzte sich die Nase und machte eine zärtliche Bewegung auf den anderen zu, aber der wehrte ihn mit vorgestreckten Handflächen und zurückgebogenem Körper ab.

– Sie sind sehr gut zu mir, stammelte der Lange nur.

Der Kleine Herr machte sich auf den Weg.

– Ob ich gut bin oder nicht gut bin, steht nicht zur Debatte, herrschte er ihn über die Schulter an und genoß dabei die schützende Anwesenheit des Riesentiers hinter ihm. Jetzt auf der Avenida waren sie wie ein Kind und ein schwerfälliger Bernhardinerhund. Ich hab den Hahn und dazu wieder meinen Partner, dachte das Männlein, das seinen nervösen Gang fast bis zum Laufschritt beschleunigte. – Unser Verhältnis ist ein künstlerisches, verstanden? Er beobachtete, wie sein Partner sanft nickte, und fügte hinzu: – Dein Gesicht da oben reizt mich. Er senkte die Augen und verschränkte die Hände auf dem Rücken, ohne dabei seinen kraftvoll ausholenden Schritt auch nur einen Deut zu verlangsamen. – Wir behandeln einander wie Berufskollegen, schärfte er ihm ein, wobei er ihn schon nicht mehr ansah.

Als der Inhaber der Pension stolz Arturo am Ellenbogen in den Aufenthaltsraum schob, irrte das Lächeln des jungen Mannes hin und her zwischen den Vasen mit frischen Veilchen und dem Schaukelstuhl der alten Frau, die ihre Häkelarbeit in den Schoß gelegt hatte und an den Lippen des Schwarzen hing, und dem Klavier mit dem aufgeklappten Wirbelkasten, dessen hohe Töne der Dicke ungeduldig anschlug und dabei wütend vor sich hin lächelte, und der junge Mann nahm das Lächeln, das er aufgesetzt hatte, wieder weg und hielt sich mit aller Kraft an dem Ball fest, als wäre er ein Pfosten, und ganz vorn war das Bild des Präsidenten mit seinen dicken Backen und der Provinzlehrerbrille und der stolz geschwellten Täuberichbrust mit der dreifarbigen Schärpe darauf, und daneben eins von Jesus, das kurz vorm Runterfallen war, sowie die duftigen rosa und blauen Tänzerinnen, die ihre Füßchen an der Stange rieben oder unter einem Schmetterlingsröckchen die Knie anwinkelten, und er wandte den Blick wieder zum Wirt, der den krakeelenden Jungs wie einem Chor Engel zuhörte und zusah, und zupfte ihn am Sakko, und Don Manuel sah zu ihm hin, und sein Lächeln wurde dabei nur um ein Winziges breiter, und er zwinkerte ihm zu, er möge sich gedulden, und der Schwarze ging auf den Dicken zu, der mit dem Rücken zu ihm saß und aufs Geratewohl das a auf dem Klavier anschlug, und er drehte ihn um, um ihm direkt ins Gesicht sehen zu können und ihm zu sagen, nein Mensch, das ist eine

Schose, die packst du nun mal nicht, weil dir die historische Perspektive fehlt Mann, dir fehlt die materialistische Analyse der objektiven Bedingungen Mann, und seine Zähne blitzten genau unter der Achtzigwattbirne, und er fuhr sich mit der Zunge von einem Mundwinkel zum andern, wenn er zum Atemholen kam, und spuckte alles ratternd wie ein Bohrer aus und stellte das rechte Bein vor: wenn du einen Schritt machst, du Idiot, und er stellte das linke vor ihn, mußt du doch wissen, wo du den nächsten machst Mensch, kapiert Mensch? aber du kommst einfach so daher und sagst na los schon, gehn wir auf die Straße und treten den Idioten entgegen, und der Dicke: das sind keine Idioten, Faschisten sind das du Idiot, na schön, sagt der Schwarze, ist ja gut Mann, also die Faschisten Mann, womit willst du denen denn entgegentreten Mann? mit den Bullen? geht ja noch, mit den Soldaten? nie im Leben, kapierst du das Mann? dann können wir die Sache ja gleich hinschmeißen! schreit ihn der Dicke an, du baust ganz schönen Scheiß Dicker, sagt Carlos zu ihm, und Susana, laß ihn doch reden Dicker, eben, Dicker laß mich ausreden, sagt der Schwarze zu ihm, was du überlegen mußt, was du zuallererst überlegen mußt, ist, ob die Konfrontation uns jetzt was nützt, wenn die die Läden dichtmachen, die Lastwagen stillegen und bis an die Zähne bewaffnet ankommen, dann deswegen, weil sie den Wirbel jetzt wollen, weil wir durchdrehen sollen, kapiert Dicker, weil wenn die uns aus dem gesetzlichen Rahmen rauskriegen, lach nicht du Arschloch, wenn sie uns aus dem gesetzlichen Rahmen rauskriegen, schicken sie uns sofort die Soldaten hinterher: auf den Hintern, sagte der Dicke, einen Tritt in den Arsch werden sie uns verpassen, weil wir nichts können wie uns mit Blabla einen runterholen, und der Schwarze legt ihm seine Pranke auf die Schulter, und versteh doch Mann, der Quark hier läuft ohne Schießprügel ab, den Quark hier haben wir mit den Wahlen und mit dem Gesetz gewonnen, und der Dicke, na Klasse Mann, dann geh mal Bildchen vom Heiligen Franz an die Soldaten verteilen und Brotkrümchen für die Vögel hinstreun, nimm mich bloß nicht auf den Arm Dicker, und du komm mir nicht mit solchem Quatsch du Blödmann, denkst wohl ich hab eine Mattscheibe, du bist eben ein Extremist Dicker, ich bin kein Extremist Mann, ich stell die Frage wie sie ist du Idiot, und das ist die Machtfrage, sagte Susana, bildschön die kleine Braune mit Ia Zähnen und kein bißchen schlechteren Hüften, und ging dabei zum Klavier, und der Schwarze, wenn sie erst ihren Märtyrer haben, einen einzigen Kerl, den wir ihnen auf der Straße zusammenschlagen, dann legen die aber los von wegen totalitär und Mörder und die Freiheit in Gefahr und so, kapierst du das oder nicht, dann kriegen die ja alles, brüllte der Dicke und schlägt mit der ganzen Pranke auf die Tasten, nicht mal die Straße gehört den Linken, die müssen wir denen überlassen für ihre Weiber, ihre Töpfe und ihre Bubis, gottverdammich Schwarzer, was du da sagst, das hält doch kein Schwein aus, kann sein (der Schwarze jetzt), aber so siehts nun mal aus, wir müssen unsern Kram weitermachen, die Leute im Stadtviertel organisieren, die Sicherheitskomitees in den Fabriken, zu Arbeitseinsätzen gehn, eben unsern ganzen Kram, nein Schwarzerchen, sagt der Dicke unheimlich sanft zu ihm, ich versteh nicht, was du da redest, du wirfst doch Perlen vor die Säue Schwarzerchen, die machen uns zur Schnecke, wenn wir es ihnen nirgendwo zeigen, bei den Wahlen haben wir es ihnen doch gezeigt, Dicker, die Banken haben wir ihnen weggenommen! mischte sich Susana ein, das Zeug kenn ich doch alles schon (der Dicke), und das läßt sich nicht rückgängig machen, sagte der Schwarze, das Bewußtsein des Volkes kippt nicht um, wieso kapierst du nicht endlich mal, daß wir Schwierigkeiten haben, aber die Richtung stimmt Dicker, wir verplempern unsere Zeit, sagte Alcayaga, der noch nichts gesagt hatte und mit den Knien wackelte, wie wenn sie elektrisiert wären, mir gefällt die Schose eben nicht, sagte der Dicke, so nicht Dickerchen, bremst ihn der Schwarze und boxt sich dabei mit der Faust in den Handteller, hier wird nicht darüber diskutiert, was dir gefällt oder was dir nicht gefällt Mann, die Schose wie sie ist hast nämlich nicht du erfunden Mensch, die Schose ist wie sie ist und nicht wie du sie gern hättest, und wenn die Faschisten auf die Straße gehn und ihren Scheiß bauen, dann nimmst du dich gefälligst zusammen Dicker, weil unsere Linie ist nun mal demokratisch Mensch, brauchst gar nicht zu lachen Mensch; mit dir kann man nicht reden Dicker, sagte Susana, redete aber trotzdem weiter mit ihm und sagte, wenn du von der Linie abweichst, wenn du den gesetzlichen Rahmen verläßt, gibst du den Scheißkerlen doch einen Freibrief Mann, und der Schwarze fügt hinzu, und die Scheißer haben die Milicos im Nacken Mann, nicht die drei Schießprügelchen von deinen Extremisten, die du so gut findest, und ich sag dir, brüllte der Dicke, der ganze Scheiß gefällt mir trotzdem nicht, wenn die Ärzte streiken müssen wir sie lassen wenn sie die Läden dicht machen müssen wir sie lassen wenn sie uns aussperren müssen wir sie lassen wenn sie uns belügen uns totschlagen und uns fertigmachen müssen wir sie lassen, wißt ihr was, Compañeros, das sieht mehr nach einem Menuett aus als nach einer Revolution. Und der Dicke bläst die wütenden Backen auf und macht ein Geräusch wie aus der Spieldose und streckt die Zunge raus und hüpft dazu mit gespreizten Beinen wie eine Schwuchtel, und der Schwarze grinste, Alcayaga lachte auch, Carlitos, der Sohn des Taxifahrers, dachte, mit dem Dicken ist nichts zu machen, der Dicke ist der Dicke, ein Witzbold der Dicke, laß das Dicker, sagte Susana, Mist redest du (der Schwarze wieder), lies mal Lenin, du Dussel, Wachtmeister Sepúlveda drückte lachend die Zigarette in einem Meermuschelaschenbecher aus, und Susana, wenn dus spannend haben willst, stell den Fernseher an, die Mari, die noch gar nichts gesagt hatte, sagte, also wirklich, wenn ihr so ein Zeug redet, wärs besser, wir würden fernsehen, aber der Schwarze hatte über die Verzweiflung des Dicken nachgedacht, auf einmal sah er den Dicken vor sich, allein, dick, gequält, tapfer, am Klavier von Worten durchlöchert, sah den Dicken, wie er schuftete, wie er als erster zu den freiwilligen Arbeitseinsätzen aufstand, den Kumpel, der die Unwilligen gewann, indem er ihnen den Kram mit Charme erklärte, mit Herz und mit einem Haufen Witze, die er immer auf Lager hatte, mehr als Atemluft, die ihm fast immer fehlte, und da sagt der Schwarze, Moment Compañeros, mal langsam, Compañero Osorio hier hat eine Frage! und der Dicke gereizt, eine Meinungsverschiedenheit, und wegen einer Meinungsverschiedenheit werden wir den Compañero nicht angreifen und auf ihm rumhacken, wer hier Quatsch macht ist doch er, sagte Susana, aber der Schwarze: und es ist das gute Recht von dem Compañero Osorio, daß er eine andere Meinung hat und sein Urteil abgibt, weil er von uns allen an der Gewerkschaftsfront am meisten schuftet und Bewußtsein beweist, und der dürre Alcayaga, häng ihm doch einen Orden um, Mann, und der Dicke zum Schwarzen, der die hochherzige Tour mitkriegt: komm komm Schwarzer, mach schon einen Punkt, und der Schwarze ist am Verzweifeln, denn er guckt zur Seite und schüttelt den Kopf und den Arm wie ein Mittelstürmer, dem sie einen Freistoß abgefälscht haben und der extra noch ausgepfiffen wird, und darum greift er jetzt zum letzten, was ihm bleibt, nämlich das Tempo seiner Rede zu verlangsamen und diese erhabene väterliche entschiedene Stimme vorzuholen, mit der man verirrte Schafe heimtreibt, und stell dich doch jetzt nicht quer Osorio, du bist ein guter Revolutionär und ein guter Arbeiter und darum ein doppelt guter Revolutionär Osorio, und jetzt weichst du plötzlich von der

Linie ab, sieh mal einer an, sagt Alcayaga, wobei der Schwarze ihm einen vernichtenden Seitenblick zuwirft, der *Dicke* ein Abweichler, und der Dicke sagt, eingeschnappt und ebenfalls erhaben, wie zum Henker soll man auch nicht von der Linie abweichen, wenn die Mistkerle von morgens bis abends alles tun, damit du abweichst, und da freut sich der Schwarze, sein Gesicht leuchtet auf, denn: sieh da! er hats raus, er hat den Stier am Sack gepackt, und jetzt richtig fröhlich, da liegt der Hund begraben Mann, du sagst es selber Mensch Dickerchen, Köpfchen Mann, genau das wolln doch die Fachos, Dickerchen, daß allen zartbesaiteten Dicken das Temperament durchgeht und ihr die Fachos zusammenschlagt, damit die dann bei den Senatoren, den netten Abgeordneten, und den Milicos (ergänzt Susana), und den Milicos, wiederholt der Schwarze, Krawall schlagen können, und international haben wir dann die große Scheiße, einen Mordszirkus in der OAS und weiß der Henker wo noch, und dann unheimlich sanft und mit flehenden Augen, sieh das doch ein mein Süßer, Dicker, wo wir schon so viel erreicht haben und jetzt, bloß weil mal wieder die Unternehmer streiken und sie auf die Straße gehn, willst du, Mann, du, der dicke kleine Osorio, bloß weil dir der Kamm schwillt, raus und sie kurz und klein schlagen, willst für nichts und wieder nichts gleich den Bürgerkrieg, der Compañero Osorio will sich nur eben mal die ganze Strategie in die Tasche stecken, und der Dicke stand ganz geknickt da: es ist nur ... und der Schwarze jetzt mit neuem Atem, freundschaftlich, väterlich, und wenn und wenn, ganz Nachdruck und Schlußpunkt, dann wärens die Parteien Mann, die Parteien des Proletariats Mann, die den Schritt tun würden, und nicht ein Kleinbürger wie du, nein mein Lieber, so nicht (der Dicke), damit kommst du bei mir nicht an du, wir fahrn hier alle aufm selben Trittbrett du und damit dus weißt (immer noch der Dicke), damit du Bescheid weißt du, ich bin ein

Arbeitersohn du, und der dürre Alcayaga platzt rein: bißchen zu gut genährt fürn Proletarier Mann, und der Dicke streichelt wie ein Wilder Marías Zöpfe und: wie Mao Tsetung, Idiot, und Nikita, Idiot, und der Schwarze, während er zum Klavier geht und mit der Faust draufhaut, bißchen mehr Ernst, liebe Compañeros, und der Wirt muß sich *diesen*, ausgerechnet *diesen* Augenblick aussuchen und Arturo in die Saalmitte schleppen und sagen, Kinder, hier stelle ich euch einen neuen Hausbewohner vor, und alle so nebenbei, mit nichtssagendem Blick, als wärs eine Ameise, ein Staubkörnchen, hallo du, und während der Dicke Arturo grüßt, fährt Susana fort, du brauchst keine Angst zu haben, wenn die dich Kleinbürger nennen, Osorio, Mao und Fidel zum Beispiel sind aus dem Kleinbürgertum, und der Dicke nimmt alle Luft zusammen, die ihm noch geblieben ist: und Che und Che, Mann, und danach sieht er mit schwitzenden Lidern im ganzen Saal umher, und da sind auch noch Arturo und Don Manuel, die unbeweglich wie zwei Blumentöpfe mit verblichenen Blumen mitten im Zimmer stehn, und der Schwarze zieht das *Resümee*, gottverdammich noch mal Compañeros, wesentlich ist doch, ob der Compañero Osorio mit unserer Strategie einverstanden ist oder nicht, und wenn nicht, dann müssen wir darüber diskutieren! und alle, was denn, noch mal, mach schon Dicker, komm zu dir, solln wir uns die Nacht mit dem Zeugs um die Ohren schlagen, zum Kuckuck, und der Dicke, der mit der Hand immer noch an dem phantastischen Hals von María rumdrückt und sogar ein Stückchen tiefer, dicht bei den süßen großartigen superbraunen Brüsten, worum gehts? ob du damit einverstanden bist oder nicht Mann, daß wir unseren Kram weitermachen, wenn die Faschisten auf die Straße gehn, unsern-Kram-weiter-machen! und Susana und Alcayaga, sag schon ja Dicker, wie lange willst du noch rumeiern Dicker, und der Schwarze nagelte, ohne mit der Wimper zu zucken, den

Dicken mit den Augen fest und hielt die andern mit der Hand zurück, soll er drüber nachdenken und sich entscheiden, der Dicke soll selber, kapierst du worums geht, ja oder nein Mann? und endlich, na gut, also ja Mann (der Dicke), sind wir uns also einig? sind wir Mann, und dann nimmt der Schwarze seine Zettel und verteilt sie auf seine Hosentaschen, und am Sonntag um neun zum Arbeitseinsatz, sagt er, am selben Ort wie das letzte Mal? am selben, und der Dicke und María gehn mit ausgestreckten Händen auf den Wirt und Arturo zu und begrüßen sie lächelnd wie ein offenes Haus, und der Dicke, das ist María, und María, angenehm, und der Dicke, die andern Jungs sind alle hier aus dem Viertel, und Susanita kommt zu ihnen, um die Hand zu geben, und María, das ist die Susana, und dahinter taucht der Schwarze auf, freut mich, dich kennenzulernen, Compañero, und Don Manuel sperrt seinen Mund noch weiter auf, und ganz hinten sieht man einen Goldzahn blinken, und er wickelt sich sein kräftiges graues Schläfenhaar zerstreut um den Finger, bis er den Dreh gefunden hat und sagt, der junge Mann hier ist Fußballer, und alle sehen ihn an, wie wenns weiter nichts wär, wie wenn sie an einem Schaufenster vorbeikämen und ein bißchen näher rangingen, um zu sehen, wieviel der Anzug kostet, und in seinem Herzen fühlte er das erste Mal Wut auf den Wirt, weil der ihn so ... beschissen vorgestellt hatte, und er drückte den Ball mit aller Kraft zwischen den Handtellern zusammen und lächelte sofort wieder, wobei er die Oberlippe links leicht hochzog, mit einem Lächeln, das er im Süden vor dem Spiegel probiert hatte, und sagte, die Augenbrauen ebenfalls ein bißchen hochgezogen: also im Fußball da bin ich gut, und klar, die Jungs nickten und die Mädchen lächelten und der Hausherr faßte den Ball an, wie um ihn den andern zu zeigen, damit sie ihm glaubten, und gleich darauf ein kurzes Schweigen, während der junge Mann von einem zum andern sah und abwartete, von wo die erste Frage kommen würde, und überlegte, was er antworten würde, wenn es die tolle diskutierfreudige kleine Dünne wäre, die ihn was fragte, die Susanita, die mit den kleinen Titten, aber klein wie zwei große saftige Pflaumen, die Susanita, die im Stehen so viel diskutierte, wie die wohl in der Horizontale wär und er obendrauf und rein raus, und jetzt mitten in das Schweigen der Schwarze, unerbittlich, voll rein, kanns nicht lassen: wo stehst du in der Politik? und Arturo will was sagen, nachdem er dreimal geblinzelt hat, und Susana, die zur Verzögerungstaktik greift mit ihrer etwas heiseren kleinen Stimme, nicht viel auf den Rippen, aber für den Anfang nicht übel Mann, gar nicht übel, Susana sagt, sei nicht so zudringlich Schwarzer, die paßt auf mich auf, das Klasseweib, die paßt auf, daß mir diese Blödmänner nicht auf den Sack fallen, und sie sagt noch (Süße-dich-könnt-ich-glatt-verspeisen), wir sind doch hier keine Sektierer Compañero, und als Arturo gerade den Mund aufmacht, sagt Mari und reibt dabei das Frätzchen an der Jacke des sympathischen Dicken (hat dieser Trampel sich eine tolle Biene geangelt gottverdaaammiiiich!), klar wenn du links stehst, ist alles in Ordnung, hier ist keiner sektiererisch, wenn er links steht, und gibt dem Dicken einen bedeutungsvollen kleinen Stoß, bloß darauf kommts an nicht wahr Compañero Osorio, und der Dicke schon ziemlich groggy nach den vielen Rounds, mach mich nicht an Süße ja? und Susanita (die mich vor dem Quark retten will, den diese Blödmänner verzapfen), du bist also gut im Fußball, und in welcher Mannschaft spielst du, und er, in keiner weißt du, ich bin unabhängig weißt du, mal sehn, zu welchem Verein ich geh, vielleicht zum Chile, vielleicht zum Católica, erst mal sehn nicht? dann Hals- und Beinbruch, sagt der Schwarze und reicht ihm die Hand, und Arturo nimmt sie ein bißchen zögernd, und der Schwarze ist nicht zu bremsen, immer praktisch und mit Bewußtsein, Taktiker und Stratege, und die Mädchen sehen ihn vielsagend an, aber er, frisch, frech, fröhlich, kanns nicht lassen: am Sonntag fahren wir zum Arbeitseinsatz, willst du nicht mitkommen? und der Dicke: Schrott ranschaffen für die Gießereien, altes Eisen, Blech, Schrauben, Muttern, Konservenbüchsen, kommst du? und Arturo mit unschlüssigem Gesicht, ich weiß nicht, ich will jeden Tag trainieren, auch sonntags, und Susana jetzt: na klar, er muß mit seinem Bällchen trainieren, und (Arturo) außerdem bin ich unpolitisch, und nun ist das Schweigen ein ganz anderes, nicht mehr beweglich und sympathisch wie ein Fahrrad, sondern es liegt schwer im Magen, ist dickflüssig wie Mehlpaps, und das Wort unpolitisch, breit wie Boakopf und Wurmende, rollt sich inmitten dieses Schweigens zusammen, und auch wenn es nicht noch mal wiederholt wird, füllt es das Schweigen aus, und damit wäre es eigentlich mehr als genug gewesen, aber Arturo ist nun mal ins Fettnäpfchen getreten, und dazu das Schweigen, da kann er auch mit dem ganzen Körper rein, also sagt er eben, hier steh ich, und stellt sich in Pose, und da die Politik, seht ihr? und weil alle ratlos sind, denkt er, daß er die Abwehr aber ausgetrickst hat und er nicht im Abseits ist, sondern im Spiel, e-i-n-w-a-n-d-f-r-e-i-i-m-S-p-i-e-l, sehn wirs uns auf dem Monitor gleich noch mal an und jetzt live, Arturo tritt vor und sagt mit dem Ernst eines Nachrichtensprechers: wißt ihr, daß sie unten im Süden einen Bauern umgelegt haben, weil der sich in die Politik eingemischt hat? die haben da die Mapuches verteidigt, und da kamen die Besitzer eines Gutes und zack hatte er seine Kugel im Kopf, und die Gutsbesitzer wurden nachher einfach freigelassen, und hinterher steht in den Zeitungen, es war deswegen und deswegen, und man weiß nie, wer nun recht hat, da unten ist mein Großvater derjenige, der sich in die Politik einmischt, und der wurde wütend auf mich, als dieser Typ umgelegt wurde, und ich denk, die sind wegen ihrer eigenen Blödheit umgebracht worden, weil sie die Felder der Mapuches mit nichts wie Stöcken bewacht haben, und die Besitzer kamen mit Waffen an, versteht ihr? und er sieht ihre betretenen, überraschten Gesichter, die Mädchen, die über ihre Röcke streichen, und Susana, die mit ihrem Ring spielt, und den Schwarzen, der ihn anstarrt, als wäre er eine Statue in einer öffentlichen Anlage, auf den Schwarzen hab ich Eindruck gemacht, den hab ich anscheinend aufgeklärt, der kann mir später nicht dumm kommen, und der Schwarze fährt sich mit der Hand über den Nacken, und der Dicke seufzt schwer und schnappt sich die María und schaut mit vorwurfsvollem Blick dem Wirt in die Augen, bis dann Don, und danach der Schwarze, tja bis dann, und der Dicke mit einem traurigen hoffnungslosen letzten Lächeln zu Arturo, wir sehn uns später, und der Wirt, ich muß auch weg, bleibt nur noch die Susana, die weiter an ihrem Kupferring rumspielt, und ringsum das Schweigen, die grau und hellblau tapezierte Wand, die nackte Glühbirne und das klobige Klavier, das Foto vom Präsidenten, die ungleichen Stühle, die fleckigen Sessel und der Staub auf den Blumenvasen und die Kippen in den Meermuscheln und vor allem das rosa-hellblaue Bildchen mit den Tänzerinnen mit ihren zugekniffenen Popochen und der superzarten kein bißchen gepfefferten kein bißchen geilen Stellung und ihren ranken Beinen und ihren Schwanenhälsen wie Beine von duftigen Feen, die in den Wäldern vor großschwänzigen Negern wie dem aus dem Witz oder vor Waldhütern mit einem ganz schönen Knüppel im Sack fliehen.

Arturo legte sich den Ball auf die Hüfte und den linken Arm im Bogen darüber und wartete, daß Susana aufhörte, mit ihrem Ring zu spielen, und ihn ansah. Er starrte sie in einem fort an, bis das Mädchen mit einem etwas schmerzlichen, aber auch geduldigen Ausdruck aufsah.

Der Junge lächelte sie ganz ungezwungen an. Er zog Mundwinkel und Augenbrauen hoch und sagte, während er mit dem Zeigefinger nach dem Gemälde mit den Tänzerinnen stieß, mit rauher und angenehmer Stimme:
– Degas?

– Ich weiß nicht, ob Ihnen Señor López da drin schreibt, daß ich beim Zurückgehn miserabel bin. In der Abwehr taug ich nicht viel.
– Doch, doch, er weist drauf hin, sagte der Trainer und schachtete sich dabei ein Nasenloch aus, um die Ausbeute dann an der Hose abzuwischen. Eine Zeitlang betrachtete er Susana, die auf einem Stuhl in der Ecke in einer Zeitung blätterte. – Ist das Fräulein Ihre Schwester?
– Eine Bekannte aus der Pension, sagte Arturo mit belegter Stimme.
Jaramillo rieb sich hingebungsvoll die Nase und stand auf.
– Das Leben im Verein ist streng enthaltsam, stellte er, den Daumen auf dem Brief, klar. Gebechert wird nicht, gegessen mäßig und so weiter. Fußballer sein ist ein Luxus, der auch seine Dornen hat. Ein Meisterschaftsspieler ist ein Mann aus Eisen, verstehn Sie mich? Sie sind jung, und für einen jungen Mann gibt es so manche Sirenengesänge, wiederholte er, wobei seine Äuglein hinter den Brillengläsern von Arturo zu Susana hüpften. Er grinste breit, wodurch seine roten Schalksbacken noch dicker wurden, und hielt die Tür auf.
– Ziehn Sie sich um, Arturo, und wir sehn uns auf dem Platz.
Mit einem Schwung warf sich der junge Mann den Segeltuchbeutel über die Schulter und ließ Susana den Vortritt. Der Trainer faßte den Jungen am Ellenbogen und schob ihn durch die Tür der Kabine. Als Arturo drinnen war, fuhr sich

Jaramillo über das schüttere Haar, sah den Jungen zu, die Strafstöße auf das Tor schossen, und sagte zu Susana:
– Jetzt werden wir ja sehn, ob dieser Arturito auf dem Platz so gut ist wie im Bett.
Fünf Minuten später standen die Jungen, die Doppelpässe übten, wie versteinert da: Arturo trat in den kompletten Farben der taufrischen, unverbrauchten, nicht zu bremsenden, glorreichen Nationalmannschaft zum Training an. Wie ein Boxer tänzelnd und Haken schlagend, kam er auf Jaramillo zu, und dem schmeckte das hämische Getuschel hinter seinem Rücken ganz und gar nicht, kein bißchen, sagte er, denn damit bedachten sie nicht nur den Helden aus dem Süden, der ganz auf Caszely machte, der Großprotz, sondern auch den „blinden" Jarami, weil er ein Bürschchen zum Vorspielen bestellt hatte, das die Nase so hoch trug, daß er Vögel damit verscheuchen konnte.
– Schön, Arturo, sagte er zu ihm. Ich stelle Ihnen Jáuregui, den Mannschaftskapitän, vor.
Der junge Mann quetschte sich einen Gruß ab, als ob er Kaugummi kaute, und Jáureguis Hand blieb in der Luft hängen.
– Bei uns in Chile gibt man sich immer noch die Hand.
Arturo drückte sie ihm, und danach kamen Carrasco, freut mich, Vicuña, Bertoni, wie gehts, Charlín, Rivera, Etcheverry, freut mich, Nómez, Franklin Martínez, Soto, und noch mal Soto, der jüngere Bruder von dem ersten Soto, freut mich.
– Tja, sagte Jaramillo. Das ist Freund Arturo, er kommt aus dem Süden. Wir wollen gleich mal klarstellen, das vaterländische Trikot trägt er bloß aus Wichtigtuerei, weil Nationalspieler ist er nicht.
– Ich zieh mich immer so an, sagte der junge Mann. So weiß ich, wo ich hin will, und verlauf mich nicht.
Alle lächelten ein verstecktes, bissiges, kleines Lächeln.

Arturo ließ seine Kiefer arbeiten, als habe er Kaugummi zwischen den Zähnen, hatte aber nichts dazwischen als Luft, und Luft war auch das einzige, was er kaute.

– Freund Arturo, setzte Jaramillo hinzu, wird von dem López, dem Kumpel, von dem ich euch erzählt habe, wärmstens empfohlen. Er hat einen Empfehlungsbrief mit, und sein Spezialgebiet ist der Angriff.

– Freistöße auch.

– Gut, und als was spielst du gern, Arturo?

– Sehn Sie, ich bin Vollstrecker. Sturmspitze. Der Trick besteht darin, daß ich den Ball von hinten aus der Mitte abspiel und sofort bis ganz vor lauf. Das heißt, ich spiel den Ball zu einem Außenstürmer, egal welchem, und der erste, der hinläuft, nimmt ihn sich und flankt ihn schön maßgerecht zu mir, und zwar so, daß er nahe der Strafraumgrenze landet, und wenns ein harter Schuß ist und er flach gegeben wird, um so besser, weil sie in die Abwehr manchmal so lange Latten stellen, die dir im Kopfballduell keine Chance lassen oder dir den Ball von hinten wegköpfen, wenn du ihn mit der Brust stoppen willst, und das ist der ganze Trick, und den Rest mach ich dann allein.

Der Schuß klappte beim dritten Vorstoß: Charlín läuft, dribbelt allein mit dem Ball nach vorn, Arturo stoppt ihn an der Strafraumgrenze, umspielt Carrasco, täuscht Vicuña links an und zieht rechts an ihm vorbei, schießt den Torwart an, bringt den Ball, an den Fuß geklebt, bis ins Tor und beult das Netz nicht mal aus, sondern setzt ihn gemächlich genau hinter die Torlinie, eher wie man ein Ei legt, als wie man ein Tor schießt.

Als der Ball zum Mittelpunkt zurückkehrte, wurde den Jungs vom Flecha bewußt, daß sie alle diesen Schuß *gesehen* hatten und daß, wenn alle ihn *gesehen* hatten, er auch echt war. Daß der Junge ein As war. Und Jaramillo glaubte es jetzt nicht; er, der seine Strategien an krummbeinige

Maulesel verschwendet hatte, die so anmutig wie Motten am Feuer waren, an rempelnde Klötze, herumstehende Kraftmenschen und reine Köpfer, wie der Negro Campos in seiner Anfangszeit, bevor Trainer Zorro ihm Schliff beibrachte und ihm sogar bis in die Ruhmreiche verhalf, er glaubte es nicht, konnte es nicht glauben. Dieser Bursche hatte sie benebelt wie Wein, hatte ihnen eine Milonga vorgetanzt, war wie ein Känguruh gesprungen und hatte bei allem Maßarbeit geleistet wie ein Kartograph, der mit Zirkel und feiner schwarzer Tinte zeichnet und keine Kleckse, keine krummen Linien und keine zittrigen Kurven macht.

In seiner zweiten bedeutenden Aktion säte der Junge Taumel und erntete Raum, bis Etcheverry seine Knöchelchen testen wollte und am Rand des Strafraums bei einem Preßschlag gegen ihn das Bein stehenließ. Jaramillo ahndete das Foul, und die Jungs bildeten zu fünft eine Mauer, obwohl sie nicht mehr als sechs Meter zurückgingen. Arturo legte den Ball umständlich an einer ganz bestimmten Stelle des Rasens zurecht, als wäre jeder Zentimeter Gras so verschieden wie ein Land vom anderen. Er kniff ein Auge zu, um den Winkel zu messen, und bevor er gegen den Ball trat, sah er die Jungs in der Mauer an, die mit den Händen ihre Kleinodien beschützten, stieß einen schulmeisterlichen Finger in Susanas Richtung und sagte:

– Das ist meine Braut.

Er nahm Anlauf, und im gleichen Augenblick, in dem er den Ball trat, bog er den Knöchel nach innen, und aus dem Boden fuhr ein Strom wellenartig in den Fuß, schlug in das Leder ein, und der Ball flog in hohem Bogen an der Mauer vorbei neben Carrasco ins Netz. Die Jungs erdrückten ihn fast und zausten ihm den Kopf. Jaramillo kam schon auf ihn zu, und Arturo versuchte auszumachen, ob Susana das gesehen hatte, seine Visitenkarte, sein für sie geschossenes Supertor.

Die Sonne war schon fast untergegangen, und trotzdem hielt sich am Himmel ein schönes sanftviolettes Licht und auf der feuchten Erde eine milde Wärme. Der junge Mann fuhr sich über die Schenkel und merkte, daß das Ding zwischen seinen Beinen wie stets nach dem Fußball prall angeschwollen war. Er lächelte Susana zu und ging, den Ball ans Becken gedrückt, zum Duschen in die Kabine.

Auf dem Straßenpflaster zerstreute sich das Licht der Laternen, und während sie zum Bus gingen, nutzte Arturo die günstigen dunklen Stellen und roch an dem so nahen Haar des Mädchens. Der Beutel baumelte ihm auf dem Rücken, und bis zur nächsten Kreuzung wühlte er mit unschlüssigen Händen in den Jackentaschen.
– Wohnst du weit von der Pension?
– Fünf Straßen.
– Das ist nah, sagte er, während er sich vergeblich den Kopf zermarterte, wie er es ihr sagen sollte. Er tastete nach dem Bündel Geldscheine in der Tasche, denn er wußte, sie würden unweigerlich an das Wartehäuschen kommen. Susana hielt die Arme beim Gehen über der Brust verschränkt, und jedesmal, wenn eine Laterne ihren feuchten Mund in ihr Licht tauchte, blitzten ihre leicht auseinanderstehenden oberen Zähne auf, und durch diese zarte Öffnung kam manchmal betörend die Spitze ihrer Zunge hervor. Arturo wollte sich mit dem Muster des Pflasters ablenken, aber der frühe Abend sprach zu ihm von heißer Erde, alle Hausflure waren Abenteuer, bei denen man den Atem vermengte und sich an Küssen berauschte, und seine tief im Futter vergrabenen Finger spürten im voraus die wunderbare Feuchtigkeit, die er zwischen den Schenkeln des Mädchens finden würde, und ihre Lippen würden sich ganz auftun, um seine heiße Zunge aufzunehmen, wie er es als Schüler in seinen Lieblingsbüchern gelesen hatte. Sie hatte ihn spielen sehen,

hatte mit brennenden Augen die harmonische Bewegung seiner Beine, die Bewunderung der Jungs vom Verein, die Gier des Trainers erlebt. Er war *jemand.* Sollte er sie anfassen? Sollte er ihren Arm pressen und mit dem Handrücken die kleine vibrierende Brust streifen? Ob sie ihn lassen würde? Sollte er dann mit glühenden Lippen über ihr Ohr herfallen, es mit diesem Speichel aus Verlockungen benetzen, aus Träumen, Jahren des Fieberns, Jahren des Neids auf großspurige Klassenkameraden, auf Romanhelden und Hollywoodschauspieler? Er spürte seinen Wulst brennen, und je schmerzhafter es wurde, desto weniger fiel ihm ein. Er spürte seine Hände, die jetzt unten scheuerten, wie Krallen, seine Füße wie Klauen, seinen Mund wie ein ausgetrocknetes, grobes Maul, das zum Fressen, vielleicht auch noch zum Zubeißen taugte, nicht aber, um einer jungen Dame etwas Ähnliches wie einen Kuß auf den Mund zu drücken.

Der Bus stand an der Haltestelle, und in der Baracke schmierten sich die Fahrer Schinkenbrote und tranken Bier aus der Flasche. Das Mädchen stellte sich unter einen nahen Baum, und sein ganzes Laub schien sich auf ihr Gesicht zu projizieren und es mit Lichtern und Rätseln zu bevölkern. Sie sah, mit welcher Verbissenheit Arturo nach ihrem Mund gierte, und lächelte.

– Was hast du?

Da es alles, absolut alles, nicht mehr und nicht weniger als alles alles alles war, antwortete er:

– Nichts.

Das Mädchen sah ihn gelassen forschend an.

– Ein Gesicht machst du!

Der Junge zuckte mit den Schultern und trat mit dem Absatz auf dem Boden herum, als wäre die ganze Erde nichts als ein kriechendes Insekt, tückisches, schleimiges Ungeziefer. Er sah den Fahrer in den Bus steigen und danach Fahrscheine und Geld in die Kasse legen. Das Mädchen machte eine Bewegung auf den Bus zu, aber da stellte sich Arturo ihr mit einemmal in den Weg.

– Ich dachte, daß wir in ein Hotel gehn, sagte er, ohne sie anzusehen, trat so nebenbei mit der Fußspitze nach dem Tier, aber doch auch mit dem ganzen Körper, mit dem ganzen Körper.

Das Mädchen sperrte den Mund auf, als würde sie damit denken oder hören.

– Wie bitte?

– Daß wir beide in ein Hotel gehn.

Susana zuckte pausenlos mit den Wimpern; ein Gesicht so weiß und ausdruckslos wie ein Brief ohne Anschrift. Er spürte ihre Abwesenheit und sah sie nun doch an und sagte lauter, fast schreiend:

– In ein Hotel! In ein Hotel!

– Und wozu sollten wir beide in ein Hotel?

Der junge Mann hielt in der Tiefe der Hosentaschen mit beiden Händen alles fest, bis seine Fingernägel sich durch den Stoff krallten. Was aus seinem Mund kam, war nicht das, was er hinter dieser unsichtbaren Umklammerung, die sein eigenes Schweigen war, erwartet hatte, was ihm bekannt war oder was er intuitiv wußte. Nicht einmal der Blick, den er ihr zuwarf, oder die Art, die Lippen aufeinanderzupressen, stammten von ihm. Aber sie stammten *auch* von ihm. Er war verwirrt; das war er und sonst gar nichts: ein schönes Häufchen Verwirrung. Er hätte in den Bus steigen oder, das Kinn auf dem Pullover, losheulen sollen. Statt dessen sagte dieser Mund, der seiner war und auch wieder nicht:

– Um miteinander zu bumsen. Wo du doch jetzt meine Freundin bist.

– Wo hast du denn das her? Wieso soll *ich* deine Freundin sein?

– So richtig Freundin noch nicht. Aber so gut wie, verstehst du!
Das Mädchen öffnete ihren Geldbeutel und holte die Scheine für den Bus heraus.
– Vorhin hast du zu allen gesagt, daß ich deine Freundin bin. Weißt du, wie man sich da fühlt, wenn einem jemand mit solchen Lügen kommt?
– Woher soll ich das wissen?
Jetzt kaute er an seinen Fingernägeln und spürte ein rotes schweißtriefendes Gewicht im Nacken, das ihm den Kopf hinunterdrückte. Sie stellte fest, daß der Fahrer es nicht eilig hatte, und steckte die Scheine wieder in den Geldbeutel.
– Aber warum hast du denen das gesagt?
– Es machte mir eben keinen Spaß, da vorm Tor zu stehn und kein Mädchen zu haben, kapierst du? Ich hab einfach gedacht, es wär schön, wenn du meine Freundin wärst.
– Gedacht!
– Und gesagt, so bin ich eben, verstehst du?
Susana lehnte sich an den Baumstamm und sah ihn lange mit offenem Munde an. Sie hatte die Hüfte vorgeschoben, und der Bauch wölbte sich nach vorn. Arturo blickte langsam auf, und als er ihre Augen traf, machte er sich sekundenlang klein, als ob er Kind spielte. Er deutete vorsichtig ein Lächeln an.
– Hör mal, Arturo, bist du so blöd oder stellst du dich nur so?
Arturo streckte die Hand wie eine Tatze aus und griff nach ihrer Brust. Er betastete sie, ohne die Augen zu senken. Das Mädchen sah die Finger an sich herumwursteln und verzog geniert das Gesicht.
– Was machst du da? sagte sie, ohne ihre Haltung zu ändern, mit brüchiger, etwas heiserer Stimme.
Arturo ließ einen Augenblick von der Brust ab, machte eine vage Gebärde und legte die Hand wieder auf die Brust und

befühlte sie von neuem, wobei er Susana mit gespannter Ruhe, fast ironisch ansah.
Darauf machte das Mädchen einen Katzenbuckel, preßte sich mit düsterem Gesicht ganz eng an den Baumstamm, bis seine Hand in der Luft hing. Sie bog den Unterleib nach hinten und schob sich zur Seite, so daß sie Arturo nicht mehr direkt vor sich hatte, und er mußte den Arm fallen lassen, als wäre er tonnenschwer.
Er bemerkte nicht mehr, daß ihre Wangen naß waren. Er faßte sie nicht an und konnte auch nicht wissen, daß ihre Lider fiebrig geworden waren. Er nahm den Luftzug ihrer stürmischen Bewegung wahr, mit der sie die Handtasche an sich riß, und dann ihre Schritte bis an das Trittbrett des Busses. Er sah nicht, wie sie einstieg, stellte sich aber an die Holzwand der Fahrerbaracke und beobachtete von dort aus, wie sie sich mit dem Taschentuch die Backen abtupfte. Der Fahrdienstleiter pfiff zur Abfahrt, und im gleichen Moment ließ der Fahrer den Motor an. Dieses Brummen aus nächster Nähe schien Arturo aus einem Traum zu reißen. So wirklich und gegenwärtig, als keuchte sie sie ihm ins Ohr, hörte er noch einmal ihre letzten Worte, und plötzlich gab es nicht einen Windhauch mehr: die Luft um ihn war welk wie Friedhofsblumen. Er spürte sein Zahnfleisch brennen und seine Knie zittern. Ein Schrei stieg aus seinem Magen auf. Aber als er auf der Zunge war, wollte er nicht hinaus. Der rechte Rand seiner Oberlippe wurde hochfahrend, eine Augenbraue zog sich nach oben, er schüttelte den Kopf wie ein Zuhälter, ging ans Busfenster, schlug gegen die Karosserie wie jemand, der im Spiel um Einlaß bittet, und sagte:
– Wenn ich mir überlege, was du für ein Theater machst, weil ich eine angefaßt hab! Was hättest du gemacht, wenn ich alle beide gegrapscht hätte?

Der Kleine Herr aß, ohne aufzusehen, seine Suppe, wie man in einer Herberge eben ißt. Der große Mann dagegen hatte seine Portion rasch und geräuschvoll hinuntergeschlungen und wurde erst still, als er den Löffel abgeleckt hatte und die Finger zwischen den Beinen verschränkte.
Zwischen Suppe und Spaghetti lag eine Zeitspanne, in der es keine Gabel gab, die man bewegen, kein Salzfäßchen, das man weiterreichen, keinen Brotkrümel, den man mit scheinbar zerstreuten Fingern kneten konnte. Als das Hausmädchen mit dem zweiten Gang hereinkam, rückten alle erleichtert ihre Stühle an den Tisch. Nur Arturo blieb lässig zurückgelehnt sitzen, stocherte in den Spaghetti und hob sie, ohne sie essen zu wollen, ein Stück hoch. Durch die von der Gabel hängenden Nudeln hindurch sah er zu, wie der Hüne schmatzend die seinen schlürfte.
Schließlich räusperte sich der Wirt:
– Ich freue mich sehr, Ihren Freund kennenzulernen, Señor Lecaros.
Der bedachte ihn mit einem halben Kopfnicken und zerkleinerte eine in viel Tomatensoße schwimmende Masse.
– Er ist nicht mein Freund. Er ist mein Assistent.
– Ich werde Trampel genannt, sagte der Lange und zeigte sich auf die Brust.
– Und Ihr Vorname?
– Ángel. Aber sagen Sie ruhig Trampel zu mir.
Der Wirt schob sanft seinen Teller von sich und stützte den

Ellenbogen auf den Tisch, um das Kinn darauf zu legen und nachzudenken.

– So große Menschen wie Sie habe ich in meinem Leben nicht viele gekannt, sagte er, und der Trampel hörte auf, in seinen Nudeln zu manschen, um ihn erschrocken anzusehen. – Aber essen Sie doch bitte weiter, genieren Sie sich nicht.

– Essen sollst, befahl ihm der Kleine Herr und rammte ihm den Ellenbogen in die Seite.

– Waren alles feine Menschen, mit vornehmen Manieren und freundlichem Wesen. In Oakland, um nicht weiter auszuholen, kannte ich einen, der hatte einen Hals wie ein Felsbrocken und trug eine Kosakenmütze mit Ohrenklappen. Er konnte wunderschön Bing Crosby nachahmen. Er wickelte eine Nudel um die Gabel, drehte sie und tat sie auf den Teller zurück. – Große Frauen, die ich gekannt habe? Wenige, waren aber treu und sehr auf Hygiene bedacht. In Schweden war ich mal mit einer verheiratet. Wir führten ein Hutgeschäft, und jedesmal, wenn es heiß war, hab ich sie wie einen schattigen Baum aufgesucht. Einen Baum voll Ameisen natürlich, weil ich sie ganz schön abgekitzelt hab. Arturo sah den Wirt an und zwinkerte. Der blickte zur Wand und hob dann die Handflächen. – Ich weiß nicht mehr, warum das Leben uns auseinandergerissen hat, sagte er.

Wehmütig schwiegen sie eine Minute, die nur dadurch unterbrochen wurde, daß der Trampel sein Besteck derb auf den leeren Teller knallte. Der Wirt seufzte schwer und trommelte auf die Tischdecke.

– Was ich noch sagen wollte, meine Herren, rief er. Sie könnten allmählich Ihre Miete bezahlen. Ich entziehe niemandem, weder im besonderen noch im allgemeinen, mein Vertrauen, aber Sie könnten langsam mal Ihre Rechnungen begleichen. Money, nicht wahr? Mir fällt auf, Kleiner Herr, daß wenige in diesem Hause arbeiten gehen. Und wenn nicht

gearbeitet wird, denke ich mir, kommt auch kein Geld rein. Und wenn kein Geld reinkommt ...
– Ich probiere gerade eine neue Stimmenimitations-Nummer.
– Sehr schön. Solange Sie nicht übertriebene Vollkommenheit anstreben.
Der Trampel wischte seinen Teller mit einem Stück Brot aus.
– Der Kleine Herr hat einen Plan, wie er Geld verdienen kann, sagte er. Er hat einen jungen Hahn, der nach andern Hähnen hackt und sie totmacht. Wir wollen ihn gegen andre Hähne kämpfen lassen und Geld verdienen.
– Wirst du wohl still sein, zischte das Männlein.
Der Trampel zeigte mit dem Finger auf Arturo.
– Der hat den Hahn gesehn.
Alle blickten den Jungen an, aber der warf mit unbeteiligter Miene ein angegessenes Stück Brot auf seinen Teller.
– Ich misch mich da nicht ein, wissen Sie?
Der Wirt stand auf, und die Hände auf den Tisch gestützt, richtete er das Wort an alle.
– Ich muß Sie bitten, so bald wie möglich zu zahlen. Heute gibt es keinen Nachtisch und keinen Kaffee.
Er ging zu seinem Lieblingssessel, um die Zeitung zu lesen, und stellte im Radio das Programm mit den Sportkommentaren an.
Der Trampel flüsterte seinem Partner zu:
– Haben Sie gemerkt, daß er mich nicht angesprochen hat? Der hat nicht mal gemerkt, daß ich da bin. Glatt übersehen hat der mich.
Der Kleine Herr rieb sich ingrimmig die Stirn.
– Schon gut. Sei jetzt still.
Arturo schnipste eine Brotkrume weg, sie flog dem Kleinen Herrn ans Revers. Bevor er sprach, suchte er den Blick des Polizisten, der sich gelassen in den Zähnen stocherte.

– Wer da maust Hühnerchen, kriegt ein Buckelchen, sagte er hastig in vertraulichem Ton, der den Kleinen Herrn zurückprallen ließ. Er zerwühlte sein Haar und ließ den Blick zum Tischende wandern, wo der Dicke, in die Lektüre eines Buches versunken, langsam seinen Rest Spaghetti aufaß. Daraufhin nahm er mit zwei Fingern die Gabel auf und hämmerte gegen die Flasche. – Am Tisch lesen gehört sich nicht.

Der Dicke zwinkerte ihm zu, blätterte um und las seelenruhig weiter. Der Kleine Herr stieß den Trampel in die Rippen, sie standen auf und wandten sich zur Treppe. Als sie verschwunden waren, wischte sich Arturo mit der Serviette den Mund ab.

– Was liest du da? fragte er den Dicken.

– Lenin.

– Ist das der Typ, der behauptet, wir wären alle gleich?

– So was sagt der nicht, er sagt, wie man zu einer sozialistischen Revolution kommt.

– Die Sozialisten wollen, daß alle gleich sind. Das weiß ich aus der Schule.

– Sie wollen, daß die Produktionsmittel allen gehören. Sie haben nie gesagt, daß wir alle gleich sind.

– Für Politik hab ich nichts übrig. Ich will meine Ruhe, ich will keinem was, und mir soll auch keiner.

Die Tür wurde heftig aufgestoßen, und herein kamen der Schwarze, Alcayaga, Susana und Mari in buntbekleckSten Overalls. Sie legten Zeitungen auf den Fußboden und stellten Konservenbüchsen, Farbe und Pinsel darauf.

– Sie haben ihre Karten auf den Tisch gelegt, sagte der Schwarze. Sie wollen, daß die enteigneten Fabriken an die Besitzer zurückgegeben werden.

Der Dicke knallte das Buch auf die Tischdecke und sah Arturo an.

– Klassenjustiz. Da stehts, Idiot! Was machen wir jetzt?

– Die Arbeiter organisieren sich schon, um die Fabriken zu verteidigen. Wir gehen Losungen malen. Zieh deinen Overall an.
Als sie alle in einer Ecke des Zimmers zusammenstanden, um die Malsachen vorzubereiten, ging Arturo zum Klavier. Er zog ein Taschentuch hervor und begann den Staub von den Tasten zu wischen. Wachtmeister Sepúlveda stand ebenfalls auf und verließ das Haus. Eine Minute später trat Susana auf Arturo zu und lächelte ihn an.
– Hallo.
– Hallo.
– Sauer?
– Nein, sauer warst doch du.
Das Mädchen schlug ein paar Tasten an und ließ den Marsch der Linken anklingen. Der Schwarze und der Dicke klatschten lautstark von ihrer Ecke aus. Während sie mit gesenktem Kopf spielte, schielte Arturo nach dem verführerischen Spalt zwischen ihren Brüsten. Er sah weg und rieb unermüdlich auf einer blitzsauberen schwarzen Taste herum, als wäre sie von einer dicken Moderschicht überzogen.
– Willst du mit uns mitkommen? fragte das Mädchen und musterte seine gewissenhafte Arbeit.
Er rieb weiter, schon leicht gerötet, schon unfähig, sie anzusehen.
– Wohin?
– Losungen malen. Wo du doch die ganze Zeit allein bist, hab ich mir gedacht, das könnte dir gefallen. Und nebenbei hilfst du uns ein bißchen.
– Nein, danke.
Er schluckte allen Speichel hinunter, der sich auf seiner Zunge angesammelt hatte, und stammelte ohne Überzeugung, von vornherein geschlagen:
– Ich würd lieber mit dir allein ausgehn. Wir könnten ins Kino.

– Ein andermal.
– Und heute abend?
– Heute abend zieh ich mit ihnen los. Die politische Arbeit geht vor.
Arturo hatte das Gefühl, daß es ihm den Kopf hochriß, und er stieß die Worte mit gepreßter Stimme hervor, damit nur sie ihn hören konnte:
– Ihr geht wohl immer in der Herde wies liebe Vieh. Einer hinterm andern und mit der Nase am Hintern des Vordermanns. Du kommst nicht einen einzigen Augenblick von denen los, nicht mal, um ins Kino zu gehn. Ohne die hast du Angst, da bist du nichts, oder?
Er packte den Klavierdeckel und knallte ihn zu, klappte ihn wieder hoch und schlug ihn noch mal zu, so daß der Wirt von seiner Zeitung aufsah. Arturo versuchte sich zu beruhigen, aber ihm schien, die Luft bestünde aus Flammen und er wäre einer von diesen Scharlatanen, die wie der Kleine Herr im Zirkus Dreck und Feuer schluckten. Er trocknete sich die Hände an den Schenkeln ab.
– Ich geh weg von dieser Pension!
Von einer Sekunde zur anderen schlug die erste Regung des Mädchens in distanzierte Ironie um.
– Willst wohl wohin, wo den Leuten den ganzen Tag vor Ehrfurcht die Spucke aus dem Maul läuft, was? Weißt du, was mit dir los ist, Arturito? Du hältst dich für den Nabel der Welt! Du bist einer, der den ganzen Tag bloß seinen heiligen Bauchnabel angafft!
– Ich hab auch noch woanders Freunde! Ich kann bei andern Freunden wohnen!
Als sie ihm den Rücken zukehrte, packte Arturo sie grob am Ellenbogen und schnaubte ihr aus nächster Nähe ins Ohr:
– Gottverdammich! Kapierst du denn nicht, daß ich dich gern hab?

Das Mädchen blickte auf seinen zitternden Mund, die erhitzten Wangen, den schmutzigen Hemdkragen und den Hals mit der violetten, zuckenden Ader. Für den Bruchteil einer Sekunde glaubte sie, dem jungen Mann anzusehen, daß er auf sie einprügeln, daß seine geballte Hand ihr die Nase blutig schlagen würde. Aber sie unterdrückte den Schrei, der ihr bereits auf der Zunge lag, und errichtete noch einmal eine wunderbare Ruhe zwischen ihnen, die den Auftritt des jungen Mannes betonte und wie ein totes Insekt bestimmte. Sie nahm die Hand und versuchte, sie streng wegzuschieben.

– Na?

Die Augen des Jungen weiteten sich, und er bedachte sie mit dem Blick eines Ertrinkenden und sagte mit der absurden Logik der Unschuldigen:

– Du sollst mich auch gern haben!

Susana unterdrückte ihr Lächeln, ihre Ironie war in Ratlosigkeit umgeschlagen. Sie hatte das Gefühl, daß sie diese Szene nicht wirklich erlebte, sondern daß es ein Gespräch aus einem irgendwann als Kind einmal gesehenen Film war. Ein Gespräch der Marx Brothers vielleicht. Mit drei sanften Klapsen auf die Hand gelang es ihr, freizukommen. Dann blieb sie neben ihm stehen und fühlte sich reif, auf gefährliche Art wissend. Sie gefiel sich selber nicht, als sie wie eine Lehrerin zu ihm sagte:

– Was ist denn an dir dran, weswegen ich dich gern haben sollte? Würdest du mir das netterweise mal verraten?

Bei der Frage mußte er blinzeln und vor Verständnislosigkeit lächeln. In seinen hängenden Schultern, in seinem krummen Rücken, in der zitternden Oberlippe, in der bebenden Nase war dieses sprachlose Staunen. Er sah auf und bemerkte die friedfertige Atmosphäre, die ihn umgab: eine Gruppe Menschen, die Farben anrührten oder ausgetrocknete Pinsel einweichten, ein Polizist, der quer durch den Raum zur

Treppe ging, ein Mann, der Zeitungen las. Da schluckte er einfach seinen Speichel hinunter.

– Und was ist an dem Dicken dran? Was ist am Wirt dran? Was ist an dem Kleinen, am Trampel, am Schwarzen dran?

Susana neigte den Kopf ein wenig.

– Wärme.

Seine Hand fuhr wie ein Messer nach ihrem Handgelenk.

– Und ich? Und ich? sagte er und führte gleich darauf in heftiger Erregung ihre Hand an den Wulst seines Geschlechts.

– Laß mich los, sagte sie.

Der Schwarze war aufmerksam geworden und stand auf. Das Mädchen ging an der Gruppe vorbei auf die Straße. Arturo setzte ein Lächeln auf und setzte es wieder ab, sobald die anderen sich wieder ihren Farbtöpfen zuwandten. Dann trat er zu dem Wirt und stellte das Radio leiser.

– Don Manuel, sagte er, ich war noch nie mit einer Frau zusammen.

Der Kleine Herr achtete peinlich genau auf sein Äußeres. Jedesmal, wenn er eine neue Idee hatte, liebte er es, sich zum Waschbecken in seinem Zimmer zu begeben und sich die Hände zu waschen und dann mit der Spitze einer Schere den Inhalt seiner Fingernägel herauszukratzen. In jüngster Zeit trug er mit fanatischem Eifer einen karminroten Morgenmantel mit goldener Filigranstickerei, das einzige Stück aus seiner Garderobe, das nicht nur eines Künstlers würdig war, sondern auch noch die seltene Exklusivität besaß, auf seine Statur zugeschnitten zu sein. Zwei Wochen nach seiner Ankunft stand die wirtschaftliche Taktik fest: Der Trampel würde den Hahn übernehmen, für den er eine ganz besondere Zuneigung an den Tag legte, und er würde in seinem Schaustellerkoffer wühlen, bis er das nötige Zubehör für seine nächsten Auftritte beisammen hatte. Was seine Kunst betraf, so sah er sich selbst als Mann der Praxis: über seine Möglichkeiten würde er nicht hinausdenken, auch wenn sich um die Mittagszeit ein Einfall an den anderen reihte und er sich Gefühle gestattete, die sonst nur von Folies-Bergère-Maschinerien hervorgerufen werden. Das endete bald damit, daß ihn die Nachsicht gegenüber seinen eigenen Träumen anwiderte, und dann verklärte ihn seine schlechte Laune wie der Strahlenkranz einen Heiligen. Den Kopf aufs Kissen gestützt, sah er zu, wie der Trampel auf dem Fußboden mit dem Hahn spielte, den er mit Cristobita jagte, der Puppe aus dem ausrangierten „Schauspiel von den Knüppeln" nach Texten von García Lorca. Er nahm eine Tüte Maiskörner aus dem Nachttisch und bedeutete Ángel, er solle sie sich holen.

– Gib dem Hahn zu fressen. Der Partner suchte ein paar Körner aus und rieb die größten zwischen den Fingerspitzen, bis sie glänzten. – Gib her, drängte der Kleine Herr, streckte die Hand hin, und der Trampel legte die Körner hinein. Bäuchlings auf dem Bett liegend, hielt er sie über den Boden, und der Hahn stürzte sich aufgeregt darauf. Er pickte zielsicher und jagte ihm nur einmal den Schnabel in die Handwurzel.

Der Kleine Herr verpaßte dem Hahn einen Schlag, der ihn bis zur Tür beförderte.

– Er hat wieder kein Maß gehabt, sagte er. Gib ihm zu trinken.

Der Trampel wollte ihn mit dem Wassernapf locken, den er vorsichtig in den Fingern hielt, die so dick wie Havannazigarren waren.

– Miez, miez!

– Sei kein Idiot. Du kannst doch den Hahn nicht rufen, als ob es eine Katze wäre.

Das Tier kam erst näher, als in dem Gefäß ein paar Maiskörner schwammen, und pickte sie sofort mit präzisen Schnabelhieben heraus.

– Heute morgen ist er ganz schön in Schwung, sagte der Trampel.

– Jetzt dasselbe mit Brot. Das mag er. Und sei so nett und trink nicht den Wein für den Hahn aus. Habe ich mich deutlich ausgedrückt?

Der Trampel gehorchte, nur den kleinen Schwaps, der ihm über den Handrücken gelaufen war, leckte er aus Hygienegründen auf. Als sich das Surren des Telefons mit dem Lärmen der Vögel vermischte, sprang der Kleine Herr aus dem Bett und band den Gürtel seines Morgenrocks fest.

– Hörst du? sagte er. Das macht mir angst.

Er zeigte auf den Hahn.

– Hinter Schloß und Riegel mit ihm.

Der Trampel sperrte ihn in den geflochtenen Vogelkäfig und stellte sich dann sofort neben die Tür, während die Treppe unter dem Gewicht schwerer Schritte knarrte. Jemand trommelte an die Glasscheibe in der Tür, und danach stieß Don Manuel sie behutsam auf. Als er sich von den beiden flankiert sah, konnte er es sich nicht verkneifen, angesichts der *robe de chambre* seines Mieters ein maliziöses Staunen zu zeigen.

– Ein schöner *fumoir*, Kleiner Herr. Wo haben Sie den anfertigen lassen? Bei der Standard Electric?

– Sachen, die man so hat, antwortete er.

– *Fumoirs* wie Ihren bekommt man nicht alle Tage zu sehen. Ich erinnere mich an einen aus den dreißiger Jahren, der es mit Ihrem hätte aufnehmen können. Aber seien Sie unbesorgt, das war im Film, und Ronald Colman hatte ihn an. Ihnen steht er sichtlich gut.

– Danke.

Der Wirt stieß gegen den Requisitenkasten und überschlug mit lüsternen Augen seinen Wert, dann fiel sein Blick auf

die Handpuppe, die der Trampel immer noch auf einen Finger gestülpt trug und nun hochhob und mit den Armen zappeln ließ. Don Manuel kratzte sich an der Backe.
– In diesem Zimmer sehe ich jedesmal mehr Mieter, sagte er. Nun, ich bin gekommen, um Ihnen zu sagen, daß eben das Telefon geklingelt hat.
Der Kleine Herr raffte seinen Hausrock um die Taille und hielt ihn mit der Hand fest zu, als fürchte er, aus seinen Falten könne unversehens ein gewisser Körperteil springen.
– Das Telefon, sagte er.
– Ein kleingewachsener Mensch wurde verlangt. Männlichen Geschlechts. In schwarzem Anzug. Ob das ein Mieter von mir sei. Ein Kerl mit einer unangenehmen Stimme.
Er bückte sich, nahm ein Maiskorn und schnipste es in den geflochtenen Käfig. Der Hahn schlang es hinunter, und sein scharfes Auge schien auf mehr zu warten. Der Wirt richtete sich auf und öffnete den Requisitenkasten. Er konnte der Versuchung nicht widerstehen, hob einen Zylinder hoch und steckte den Arm hinein, bis er durch den doppelten Boden hindurch war.
– Kaninchen?
– Ist eingegangen.
– Aha. Also ein Kerl mit sehr unangenehmer Stimme, wiederholte er und ließ den Zylinder dabei auf seinem Arm tanzen. – Ich habe nein gesagt, Kleiner Herr. Ich hätte noch nie so einen in meiner Pension gesehen. Er ließ den Hut in die Kiste gleiten und bohrte dem Männlein mehrmals einen mahnenden Finger in die Brust. – Strengen Sie sich an, daß Sie etwas Geld auftreiben. Ich kann nicht mehr lange warten, verstehen Sie?
Er öffnete die Tür und zwinkerte jedem der beiden zu.
– Kann es sein, daß jemand nach Ihnen fragt, Señor Lecaros?

– Ich telefoniere nie.
– Wenn Sie nie telefonieren, wird Sie auch kaum jemand anrufen.
– Genau das wollte ich sagen.
– Dann ist es ja gut.
Kaum hörte der Kleine Herr ihn die Treppe hinuntersteigen, löste er wie elektrisiert den Knoten seines *fumoir* und schleuderte das Gewand mit einem kurzen Ruck hinter sich. Er trat zum Spiegel, knotete sich die Krawatte und ließ Augenbrauen und Finger einen Tango tanzen. Mit einer Handbewegung befahl er seinem Partner, den Käfig zu nehmen. Der hob ihn auf, und der Kleine Herr packte ihn mit Zeitungspapier ein, bis sich der Hahn wie ein Geist nur noch durch seine Flügelschläge bemerkbar machte. Er warf sich den schwarzen Sakko über, stellte sich, kerzengerade, schneidig und entschlossen wie ein Ausrufezeichen, unter die Glühbirne und strich sich die Haare glatt und bedeutete dem Trampel, er solle ihn begutachten. Er drehte sich im Kreis wie eine Schaufensterpuppe.
– Wie sehe ich aus?
– Gut.
– Tadellos?
– Tadellos, Vater.
– Was dich betrifft, so wäre ich dir dankbar, wenn du dir den Kopf mit Seife waschen würdest, und zwar möglichst noch in dieser Woche. Es riecht hier in diesem Zimmer.
– Und wenn ich mich erkälte, Vater?
– Wenn du mich fragst, du bist mir tot lieber als unhygienisch. Er deutete auf die Tür, als ob er auf den obligatorischen Klingelknopf drückte. Der Trampel machte sie auf, ließ ihn hinausgehen und schloß ab.

Alle in toller Stimmung aneinandergequetscht im Bus, auf dem Kamm blasend, auf die Rückenlehnen trommelnd, die große Marimba aus Streichholzschachteln, Fingerschnipskonzert, keine Spur patriotisch das Ganze, bibbern alle wie nasse Mäuse in der Frühsonne, aber alle glücklich, als ob es in die Ferien ginge und nicht zur Arbeit, *Arbeiten, Arbeiten, Schuften,* weil so läuft die Karre nun mal in diesem Land, die schießen mit Kugeln auf uns, und wir laden uns Säcke auf, die zünden uns unsre Versammlungsräume an, und wir fahrn zum Bewässern auf die Felder, die machen uns noch mit ihrem Putsch fertig, aber da ziehn wir los und gehn auf die Straße und machen nen tollen Aufmarsch, und ich denke, wenn wir alle auf der Alameda zusammenkommen, wer zum Henker nimmts da auf mit dem Volk, wer kann die Massen aufhalten, wenn wir alle, alle miteinander marschieren, und man denkt, wer ist denn da gegen uns, wer stellt uns da ein Bein, wer legt uns die Wirtschaft lahm, wer hamstert unsre Lebensmittel und hat uns derart am Arsch, und warum, denkt man, warum können wir denen nicht auf die Pfoten haun, wir haben doch Puste genug, um zu asten, was das Zeug hält, und ein breites Kreuz, wo sie nicht gegen an können, und ne Kehle, ums ihnen zuzubrüllen, aber Knarren hab ich bloß im Kino gesehn und Kugeln bloß in den Compañeros, die sie uns nachts umbringen, aber wir sind unversenkbar, wie Alcayaga noch gestern gesagt hat, und jetzt wo wir hier alle in Stimmung, unversenkbar sind, Mensch Dürrer, da kippst du uns schon so früh am Morgen um wien Sack Kartoffeln, wo du gestern als einziger zeitig in die Falle bist, anders als die Kumpels hier, die mit ihrem Literchen Cola-Rum und ausgesaugt wie Armeleutekippen zum Asten kommen, wo du doch unser Star bist, wenns um die Lieder von den Quilapayún und von Víctor und Payo Grondona geht, und das hier, das gefällt dir doch so gut, Dürrer, sag schon, du lachst, Dürrer, da unter deinem Mantel, leg schon los mit dem Lied, Dürrer, *laß-sie-nicht-durch laß-sie-nicht-durch, soverlangtsdasVolkvondir-Allende, laß-sie-nicht-durch laß-sie-nicht-durch, denPutschistenbindenwirdieHände*; das ist von den Quilas, Kumpel Alcayaga! und hör zum Henker auf zu heulen, siehst doch, es bedrückt mich, und wenn den Dicken was bedrückt, ist der ganze Einsatz im Arsch, weil der liebe Gott will, daß wir Dicken immer zu Witzen aufgelegt und Spaßmacher sind, nichts schlimmer als ein trübsinniger Dickwanst, ist ja wien Schwein bei der Predigt, du, Dürrer, kannst den ganzen Tag ein Gesicht ziehn wie ne welke Primel, aber unsereins braucht nur maln winziges bißchen mit Lachen aufzuhörn, schon falln sie alle Mann über dich her, Mensch Dicker, wasn los mit dir, alle Mann, haste Hunger Dicker; stimmts Dürrer, du heulst gar nicht, und der Dürre heult an meiner Schulter: ich heul nicht Dicker; klar heulst du Blödmann, und der Dürre, wenns bloß die Jungs nicht merken, und der Dicke: Scheiße, wenn du so an mir klebst, denken die noch, wir sind schwul, jetzt hab ich dich erwischt Dürrer, du hast gelacht Dürrer, und der Dürre lacht und heult zugleich, klar lach ich, und da heult der Dürre wieder: wozu zum Teufel leben wir eigentlich Dicker, wozu das alles, wozu die ganze Plackerei und das ganze Palaver Dicker, wenn mit einer Kugel alles aus ist Dicker; verdammt Kumpel werd mir nicht philosophisch, solchen Quatsch kannst du den Jungs von der Uni überlassen, sing lieber mit, *soverlangtsdasVolkvondir-Allende laß-*

sie-nicht-durch, und draußen die Stadt mit ihren Pflasterstraßen und jetzt die leere Alameda und die Zeitungsjungen, die mit erhobener Faust grüßen, und die Straßenkehrer mit erhobener Faust, und die alten Weiber in Schwarz, die gleichgültig zur Kirche tippeln, ganz Verachtung, weils keinen Zucker gibt, weils kein Öl gibt, weils weiß der Henker was nicht gibt, Sirup, Deodorant, und für einen Liter Öl eine Kugel; Schluß, Dürrer, was machst du fürn Scheiß, jetzt reichts aber du Scheißkerl, und der Dürre: ich kann nicht aufhörn, du, ich kann einfach nicht; Scheiße, was bist du fürn Flenner Dürrer, und das Lied ist aus, und all die Blödmänner haben nichts Besseres zu tun, wie die Köppe zu drehn, was auf der letzten Bank los ist, und jetzt hängt sich auch noch Mari rein mit ihrem Käsegesicht, und ich muß mit so ner Bewegung auf den Dürren zeigen, der ganz aufgelöst an meiner Brust klebt und seine Krallen in meiner Schulter hat, und ich drück ihn fester und fester, weil nun mal alle Tränen auf dem Bauch vom Dicken landen müssen, verdammt, ich hab das nasseste Hemd in diesem netten Land, das auf friedlichem Weg zum Sozialismus schreitet, und María: auf friedlichem Weg, Dicker, auf dem friedlichen Weg, die werden uns am Ende noch alle in den friedlichen Pazifik schmeißen; sei still Mari, je mehr du redst, desto mehr heult doch unser Dürrer, und der Dürre nimmt zum ersten Mal sein Gesicht von meiner Brust und guckt mit seinen grünen Augen zu der Mari hoch, und wie ich dieses Gesicht seh, verflucht, was die aus dem Gesicht von meinem kleinen Compañero Alcayaga gemacht haben, verdammt, wie das auf einen wirkt, ein gebrauchtes Taschentuch das Gesicht von dem Dürren, Reste auf dem Teller in nem schäbigen Restaurant das Gesicht von dem Dürren, und die Mari hält seinen Blick nicht aus und wirft sich auf ihn und wirft sich auf mich, und weil dem Mädchen nun mal die Tränen locker sitzen, packt sie unsern Dürren bei den

Haaren und drückt und drückt dran, als ob sie dem Dürren ein für allemal die Tränen herausquetschen wollte, und um die Scheiße noch größer zu machen, fängt die Mari über dem Kopf vom Dürren auch noch zu heulen an, und jetzt kriegens alle Kumpels im Bus mit und gucken uns an, verdattert, und so ein Kleiner steht auf und sagt, ich mach Medizin, Compañeros, hatn Doktorgesichtchen der Compañero, blaue Augen und nicht den schlechtesten Dufflecoat, ich mach Medizin, Osorio, und ich, ist gut Compañero, sag ich zu ihm, das ist ne Gefühlsangelegenheit von den Compañeros hier, da haben wir uns nicht einzumischen, verstehst du? und eine Kleine, die in meiner Nähe sitzt, hat die richtige Antenne und fängt das andre von den Quilapayún an zu singen, *wie sie wackelt*, und die Jungs, mit ner Mordsstimmung, steigen ein in den Swing und schaffen sich, und so übernächtigt und k.o. die auch sind, ich weiß genau, die asten heute den ganzen Tag im Zwiebellager an der Panamericana Norte, auf den Buckel die Säcke, weg mit den Verfaulten, daß sich die Guten nicht anstecken, rauf auf die Laster, ab zum Almac von Santa Julia, den wir diesen Banditen weggenommen haben, und Scheiße, mir kommts hoch, wenn ich an all die Blöden denk, die heut am Sonntag zum Schuften ausm Haus gehn, und zugepackt und frisch gesungen, meine Seele, und nichts wird aus dem Sonntagsamateurspiel, aus dem Auspennen im warmen Bettzeug, aus dem Morgenbums mit dem Mädchen, wenn Hinterteil und Rücken schön warm sind, nichts aus Großmutters Ravioli und Spaghetti mit dem herzhaften Schluck Roten, damits besser rutscht, der ganze Spaß ist im Arsch, nichts wie Kälte an den Laderampen, nichts wie Schinderei in den Gruben, den Textilfabriken, den Elendsvierteln, den Schulen, beim Bau von Versorgungszentren, das muß dich doch mitreißen, Dürrer, sieh dir die Typen an, wer soll diese Massen bremsen, wir sind unbesiegbar, Dürrer, wir sind mehr als die, Dürrer, auch wenn sie uns den blonden Ahumada umgelegt haben, wir sind trotzdem mehr, weil der Blonde wächst, Dürrer, weil durch den Tod von dem Blonden die Leute überall kapieren, daß sie kämpfen müssen, für dasselbe, für das der Blonde gekämpft hat, das ist, wie wenn eine Million blonde Ahumadas mehr da wärn Dürrer, und die Mari: stimmt Dicker, stimmt; und der Dürre unter Tränen: ich weiß nicht Dicker, du verstehst dich aufs Reden Dicker, Teufel es gibt nichts Beschisseneres wie einen Dürren, der heult, die Tränen fließen denen am Körper runter wie ein Strom, richtig elektrisch geladen sind die Dürren, wenn sie heulen, sieht aus, als würden sie sterben, die heulen wie auf dem elektrischen Stuhl die Dürren, beruhig dich Alcayaga, und Mari: nimm das Taschentuch sag ich dir, und Alcayaga nimmts und hebt sein Gesicht von meiner Brust und setzt sich schön grade auf seinen Platz und wischt sich mit Maris Taschentuch übers Gesicht wie mit einem Handtuch und holt tief und lange Luft, um dann alles in ein letztes überzeugendes Schluchzen zu legen, und als der Dürre den Lappen von seinem winzigen Gesicht nimmt, scheints, er hat ne Ruhe drauf wie ein Papst, er steckt sich eine Richmond an, der Dürre raucht nämlich, seit er fünfzehn ist, und lächelt mir zu und lächelt der Mari zu und allen Jungs im Bus, die sich die Hälse verrenken, er lächelt ihnen zu, als wollte er ihnen sagen, Schluß mit dem Quatsch Compañeros, Scheiße Dicker, sagt er, ich hab ja hier hinten ne halbe Fernsehschnulze aufgeführt, und in Farbe, sag ich; sah ja aus, als könnte ich nicht wieder aufhörn, was Dickerchen? Scheiß noch mal ja, weiß gar nicht, wieso du nicht in deinen eigenen Tränen ersoffen bist; besser, daß ich sie endlich los bin, stimmts Dicker? stimmt, und weißt du, was mir am meisten an die Nieren gegangen ist Dicker? keine Ahnung Dürrer; was mir am meisten an die Nieren ging, war, wie wir von der Kommission hin mußten, um der Frau von dem

Blonden zu sagen, daß sie ihn abgeknallt haben, weißt du Dicker, wie das ist, wenn du an der Haustür stehst und den Finger auf der Klingel hast und nicht weißt, wer von den vieren reden wird, weil keiner von den vieren vorher was gesagt hat und alle den Kopf hängen ließen? wie sollte ich der Frau sagen, daß sie den Blonden bei einer Demonstration umgebracht haben, daß sie auf ihn geschossen haben, wie er laut rufend mit tausend andern gelaufen ist, und wenn sie fragt, warum, was soll ich ihr da sagen Dicker, und wenn sie fragt, warum er, was soll ich ihr da sagen Dicker, da hab ich losgeheult, aber es kam keine Träne, und wie ich die Stimme von dem Baby des Blonden drin gehört hab, gottverdammich Mann, da wollte ich tausendmal lieber, die Kugel hätte mich umgelegt, und der Älteste von uns hat geklingelt, aber da waren die Genossen von der Partei schon drin, sie wußte schon alles Dicker, sie hattens ihr schon gesagt, und mir blieben die Worte, bevor ich sie überhaupt gedacht hatte, im Bauch stecken, blieben stecken wie ne Kugel Dicker; ist gut Dürrer, und der dürre Alcayaga packt mich derb am Arm, klammert sich an mich wie an einen Bruder oder an eine Mutter und sagt, sag mir nur eins, Osorio, aber ehrlich, von tief drinnen, aus den Eiern raus, sag mir, ob du wirklich glaubst, daß die Scheiße hier mit Arbeit in Ordnung kommt, daß wir die Scheiße mit freiwilligen Einsätzen und Demonstrationen voranbringen, bloß das sollst du mir sagen, Bruder; und ich, der dicke Osorio, seh all die Kumpels da sitzen, übernächtigt, mit langer Mähne, verschnupft, die Augen triefend, aber friedlich wie ein Dorfteich, und die Mädchen, mit Kniestrümpfen, unterm Minirock die Schenkel weiß von der Kälte, wie sie Kaffee aus der Thermosflasche verteilen, ich, der ultralinkste Dicke, den es je gegeben hat, nicht wegen den Ideen in meinem Kopf, sondern weil ich das Herz immer ein Stück weiter links habe als die andern Blödmänner, obwohl ich deswegen bloß Ärger krieg und mir die Compañeras jede Woche die Hölle heiß machen, ich muß jetzt schön eine gelassene Stimme rausholn, muß die ganze irre Scheiße untern Tisch fegen, die mir jeden Morgen die Kotze hochjagt, wenn ich die reaktionären Hetzblätter lese, und muß den Hals nach vorn stoßen wie einen Kolben, muß wie eine unheimlich klare Sonne sein, wie ein Stier, der angreift, weil am Horizont nichts als ein rotes Tuch, ein einziger brennender Himmel zu sehn ist, und dazu den Mund aufmachen und solche Sachen herbeten: klar, Dürrer, so kommts in Ordnung, schön überzeugend und fest, als wär ich Napoleon, der von den Jahrhunderten redet, die auf uns herabblicken, und lauter so Sprüche, und da läßt Alcayaga meinen Arm los und nickt, wischt sich einen Rest Nasses von der Backe und gibt der Mari das klitschnasse Taschentuch zurück und erkennt an der Straße, daß wir gleich an den Lagerhallen vom Hauptbahnhof sind, wo wir Zwiebeln verladen und ausfahren, auch wenn keine Laster da sind, weil die Schweinehunde streiken und sich einen Dreck darum kümmern, daß es in den Arbeitersiedlungen keinen Reis, keinen Zucker, keine Nudeln, keine Milch, kein Mehl und überhaupt gar nichts gibt, die schert es einen Dreck, daß die alten Weiblein bei der Kälte vor den Läden Schlange stehn, daß ihnen die vertrockneten Titten abfriern, mit denen sie die vielen Proletenkinder gestillt haben, und jetzt gehts Zwiebeln ausfahren in den Citroyens von den Jungs und in den Bussen von der Universität, und als ich den Dürren seh, der nicht mehr heult, denk ich dasselbe wie er, und da kommt mir das Heulen, und der Dürre siehts und packt mich und sagt, nicht doch, nicht, schlappmachen gilt nicht, Kumpel.

jetzt kommt der Freistoß, der Schiedsrichter zählt die vorgeschriebenen Schritte ab, und die Mauer weicht widerstrebend zurück, versucht dabei, doch noch den einen oder andern Zentimeter rauszuschlagen, und da kanns passieren, daß die Unparteiischen, die schließlich auch nur Menschen sind und manchmal die Nerven verlieren, die rote Karte zücken, und ab gehts, Jungs, dem Spiel von der Bank aus zugeschaut, aber jetzt ist alles fertig, alles bereit zum Freistoß über die Mauer hinweg, dort vorm Strafraum bauen sie sich auf, der Torwart wehrt mit der Faust ab, und das Leder landet in der Mitte des Sportivo Italiano, dort nimmt Jáuregui den Ball an, stoppt ihn mit der Brust und läßt ihn abtropfen, sucht einen günstig postierten Mitspieler oder seinen Außen, aber keiner bietet sich an. Jáuregui behält den Ball, und jetzt, Achtung, gibt er ihn in einem steilen, langen Paß an Arturo ab, der kann ihn kurz vorm Strafraum erreichen, er umspielt einen Gegenspieler, jetzt versucht Rodríguez reinzugrätschen, verpaßt ihn aber, Gefahr, der Torwart läuft Arturo entgegen, will retten, und Toooooooooooor, Totototototoooooooooor. Der Ball war ihm von Jáuregui steil bis vor den Strafraum zugepaßt worden, Arturo hatte ihn mit der Stiefelspitze locker angenommen, hatte den Verteidiger umspielt und konnte das Leder dann wieder erlaufen. Rodríguez versuchte, mit dem rechten Bein zu klären, aber Arturo täuschte ihn mit einer Hüftbewegung, so daß er auf dem falschen Fuß erwischt wurde, und

als sich ihm als letzte Rettung der Torhüter entgegenwarf, spitzelte er ihm den Ball unterm Körper durch, und da hatte der Torwart nicht die geringste Chance mehr, und Tooooooor Toototoooooor für Flecha, dank dem triumphalen Einstand unseres Arturo, der mehrere Beobachter aus den allerersten Mannschaften auf diesen abgelegenen Platz gelockt hat. Die Spielzeit und Ihren Kommentar, Facús!
zwölf Minuten in der ersten Halbzeit, und in der Tat hat sich eine Blütenlese berufener Experten heute hier ein Stelldichein gegeben, um dieses sportliche Duell zu erleben, von meinem Platz aus erkenne ich Dante Pesce, Washington Urrutia und Braulio Musso, Arturito erfüllt alle Erwartungen, die er während des vergangenen Monats geweckt hat, bleibt abzuwarten, wie er sich weiterentwickelt
ja, Facús, denn sehn Sie, ich habe die allerschönsten Rosen erblühen und noch am selben Tag welken sehn
so ist es, Márquez, genau so ist es, wir müssen jede tropische Überschwenglichkeit in unserer Berichterstattung strikt vermeiden, sonst könnten wir Träume säen, die die Natur nicht aufgehen läßt
Sie sagen es, Facús, es ist gefährlich, Kartenhäuser zu bauen und Luftschlösser zu errichten, aber von einem Meisterstück wie diesem kann man sagen, es läßt Großes erwarten, ein blutjunger Torjäger mit einer atemberaubenden Hüfte und mit schneller Entschlußkraft, Facús, der nicht davor zurückschreckt, in den Strafraum zu dribbeln, und der um seine Knie nicht fürchtet und der dann alles zu einem guten Ende bringt, denn vergessen Sie nicht, Facús, viele unerfahrene Youngster sind ganz verliebt in ihre Taktik, und vor dem entscheidenden Schuß stehn sie da wie ein Klotz, als ob sie eben aus einem Traum aufwachten
Sie sagen es, Márquez, Sie sagen es, manche fallen aus allen Wolken, wenn ihnen der Torwart in die Quere kommt, als ob ein Geist oder der Teufel oder der Schwarze Mann per-

sönlich vor ihnen auftauchen würde, und dann vertändeln sie den Ball oder schießen ihn in die Wolken, Vögel jagen oder den Sternen guten Tag sagen, umso mehr Ehre hat Arturo eingelegt, Márquez, von dem wir, ohne in tropische Überschwenglichkeit zu verfallen, sagen dürfen, er ist potentiell erste Garnitur

potentiell erste Garnitur, Facús, Sie haben es getroffen, die richtigen Worte, um die Arturosche moralische und sportliche Qualität so sachlich zu würdigen, wie es unsere Hörer verdienen, Ihr Urteil wird ihm voll gerecht, Facús, ohne daß wir uns damit, und das ist das We-sent-li-che, auf irgend etwas festlegen

Sie sagen es, Márquez, und fünfzehn Minuten der ersten Halbzeit sind gespielt, und nun zur Werbung, Facús

schießen Sie das Tor des Jahrhunderts: gehn Sie mit Ihrer Frau essen zu Santiago Zúñiga & Söhne, am traditionellen Ort, nur wenige Meter von der Plaza de Armas entfernt, verlangen Sie Ihre Muscheln, Ihr Lendensteak mit Pommes frites, Ihren Pfefferpansen, suchen Sie aus einem unübersehbaren Angebot an Weinen und Desserts aus, alles mit der traditionellen Gastlichkeit des Inhabers persönlich serviert. Und wenn es um Nudeln geht, Imola-Nudeln, lecker von einem Ende zum andern. Alles für die Schuhherstellung zu günstigen Preisen in der Gerberei Che Martín. Besuchen Sie Ihren Autofachmann an der Roten Ecke im starkbesiedelten Viertel Diez de Julio. Bastler, Sie finden auch das letzte für Ihren Wagen in der Elektrowerkstatt Luzifer, San Isidro Nr. 545, Tag und Nacht geöffnet, und Flecha geht in die Attaaaackeeee, Márquez!

so ist es, Facús, mit einer schönen Vorlage von Jáuregui an Arturito auf der rechten Sturmspitze, der schnellt wie ein Pfeil seitlich vor den Strafraum, dort rutscht Verteidiger Rodriguez aus, Arturo bleibt Sieger, Tello will ihn aussteigen lassen, wird von Arturo angeschossen, ausgetrickst, der

Torwart will das kurze Eck decken, jetzt ist nur noch Jáuregui auf gleicher Höhe und lauert auf seinen Paß! aber Arturo versucht jetzt, am Torwart vorbeizudribbeln, springt, um das Leder über ihn hinwegzuheben, und Ecke! im letzten Moment rettet Torhüter Aguirre zur Ecke, Facús!
tja, wie wir bereits sagten, Márquez, da kommen die Burschen an wie die jungen Hunde, haben den Knochen fest zwischen den Zähnen, und statt ihn ins Tor zu bringen, scharren sie sich ihr eigenes Grab, denn, Márquez, was da bei Arturo so wunderschön, so gekonnt begann
gekonnt, Facús
gekonnt, Márquez, wie gesagt, was so schön begann, endete im Massengrab aller Eitelkeiten, den Nagel wollte er treffen, auf den Finger hat er sich gehauen, das war wahrhaftig wie ein Buch mit Goldschnitt, in dem auf jeder Seite ein Druckfehler ist, Márquez
genau darauf wollte ich Sie hinweisen, Facús, dieser schicksalhafte Hang, auf Grund zu gehn, der die Stürmer der Nation im Torraum befällt, diese masochistische Sucht, zu lecken und unterzugehn, wenn man die stürmische Seefahrt schon hinter sich hat und im Hafen ist, das ist eine Epidemie, typisch für dieses Land, Facús, das bekommen unsere Spieler schon in den Chromosomen mit, wie Lochkarten von IBM haben sie eben ihr Loch, und jedesmal im Torraum klappt garantiert das Ende nicht, und nebenbei gesagt, da hätten wir einiges von den Holländern zu lernen, Facús
wieso das, Márquez?
tja, wie Sie wissen, sind die nicht nur auf große Kühe mit fetter Milch spezialisiert, neben Windmühlen und Tulpen, sondern sie exportieren in letzter Zeit zunehmend Fußballer in verschiedene Länder Europas
richtig, Márquez, zur Illustration für unsere Zuhörer, der Crack Johan Cruyff
Croif, Facús

na schön, Cruif, Croif, Craif, wie andere sagen, wurde vor kurzem für mehrere Millionen an Barcelona verkauft
höchst interessante Anmerkung, Facús, ich meine, wir sollten rechtzeitig vorher einen Verpflegungsspezialisten nach Holland schicken, damit der sich anguckt und genauestens aufschreibt, was die Spieler bei denen da zu essen bekommen, damit er die Luftdichte mißt und das Besondere an ihrem Trainingsstil beobachtet, um dann in unserer Umwelt genau die gleichen Bedingungen zu schaffen
ja, warum nicht, Márquez, warum nicht, man macht ja schon künstliche Besamung, die praktisch eine Herausforderung an die unerforschlichen Pläne der Gottheit darstellt, warum sollte man da nicht auch die minimalen Umweltbedingungen herbeimutieren können, so daß bei gleichen Voraussetzungen gleiche Wirkungen entstehen, und hoffentlich hören uns unsere Funktionäre und stellen sich nicht taub, Márquez
und ... meine Meinung ist immer, der Krug geht so lange zum Wasser, aber auch: vom frühen Aufstehen wirds doch nicht schneller hell, und wie Luis Sandrini sagte, „wenn die Worte knistern, Stecker aus den Ohren", Facús, und die Spielzeit, neunzehn Minuten der ersten Halbzeit, und nun ein paar Tips für unsere Hörer: schießen Sie das Tor des Jahrhunderts ...

– Wie machst du das?
Arturo streckte den Kopf unter der Dusche vor.
– Ich kann dich nicht hören.
– Wie machst du das, daß es denen schwindlig wird, sobald du in Tornähe kommst?
– Inspiration, Mann. So was kann man nicht erklären!
– Aber Technik auch.
– Technik auch.
– Warum bringst du uns das nicht bei?
Arturo warf sich das Handtuch über den Kopf und begann

sich trockenzureiben. Jáuregui stellte sich fröstelnd unter die Dusche.

– Warum sollte ich? Einer wie ich in der Mannschaft reicht. Wenns nur einen gibt, steigt er im Preis. Das bringen sie einem doch schon in der Schule bei. Bist du nicht zur Schule gegangen.

– Ich hab die Grundschule. Jetzt arbeite ich in einer Gerberei.

– Aha.

– Nichts gegen meine Arbeit!

Der Junge kämmte sich die verfitzten Haare durch und verfolgte im Spiegel, wie Jáuregui sich duschte.

– In der Stadt geben sich alle mit dem zufrieden, was sie haben. Ich nicht, Mann. Ich bin auf Größeres aus. Ich würd nie in so eine Fabrik socken.

Er zog ein weißes Hemd mit gestärktem Kragen aus dem Beutel. Dabei bemerkte er den Globus auf der Bank, und als er ihn mit dem Finger anstieß, drehte er sich um die eigene Achse. Er knöpfte sich das Hemd zu, und als Jáuregui die Dusche abdrehte, stieß er den Globus mit einem erregten Lachen noch einmal an. Dann schloß er die Augen und tippte mit dem Finger auf die Kugel. Er ging mit der Nase heran und sah, daß der rote Fleck Rußland war.

Jáuregui lächelte.

– Ich hab dich, Mann, sagte er. Du lachst, weil ich Kommunist bin. Was ist denn dabei?

– Ihr werdet sowieso noch mal alle mit nacktem Hintern betteln gehn.

– Weißt du, was? Ich hab den Eindruck, dir liegt nicht viel an diesem Zipfel Erde.

– Klar liegt mir was dran, Jáuregui. Er hielt sich den Globus vor den Bauch und drückte die blaue Fläche der Ozeane gegen sein Glied. – An dem Zipfelchen hier, da liegt mir was. Er begann, mit der Hüfte zu kreisen. Mein bestes Stück!

Jáuregui strich sich bedächtig über die Nase, sah ihn an und grinste spöttisch übers ganze Gesicht.

– Stimmt es, daß du noch nie mit einer Frau geschlafen hast?

Der Junge hatte das Gefühl, als sei ihm unter der kühlen Dusche von innen her siedend heiß geworden.

– Wer hat dir das gesagt?

– Das hört man so.

– Wer es dir gesagt hat!

– Das hört man so, sag ich dir.

Arturo streifte sich die Uhr mit dem elastischen Band übers Handgelenk.

Auf dem Gesicht des anderen lag unverändert der Hohn, wie eine Maske.

Arturo zog die Uhr auf, bis sich das Rädchen nicht weiterdrehen ließ, und betrachtete sich dann lange im Spiegel. Er zog die Oberlippe hoch und ein wenig auch die rechte Augenbraue.

Einen Untergebenen nennt man Chef, einen Unerfahrenen Meister, einen Kellner Ober, einen Schuhputzer Boß, Assistenten Professoren, Kranke Patienten, Krankenpfleger Doktoren, Gefreite Hauptleute, Hauptleute Majore, Majore Generale und solche ohne jeden Dienstgrad: Wachtmeister.

Wachtmeister Sepúlveda war in letzter Zeit ein milder Wächter über den Verkehr, insbesondere am Morgen, wenn sein Entzücken an der glatten Rasur auf der kühlen Haut noch nicht durch die Routine verflogen war. Auf der Kreuzung Costanera-Brücke genoß er die Ironie, die darin lag, Cabriolets langsamer und schneller fahren zu lassen, denn er selbst wohnte in einem der südlichen Vororte, in einer Gegend, in der Handwagen, Ochsenkarren und Taxiwracks aus den vierziger Jahren fuhren, über die eine bescheidene Bezirksverwaltung ihre Hand hielt. Es erfüllte ihn nie mit Stolz, wohl aber mit Verwunderung, daß ein uniformierter Körper die Macht besaß, diese schweren und aufreizenden Wagen anzuhalten oder in Fahrt zu bringen, je nachdem ob er ihnen die Brust oder die Seitenansicht zukehrte. Wenn das Brennen in den Füßen und die Sehnsucht nach seinem nachmittäglichen Gläschen die zackigen Bewegungen, mit denen er die Zeichen gab, erschlaffen ließen, addierte er im Geiste die Tausende Kilometer Autos, stählerne Bänder, die ihn im Vorbeijagen streiften, ihm Wind ins Gesicht wehten, mit ihrem Chrom Sonnengeschosse auf ihn abfeuerten, und rechnete sich aus, wann ihm diese Wind- und Sonnengranaten nach und nach die Pupillen angreifen würden, bis er sich wie alle anderen Kollegen eine dunkle Brille kaufen würde, die ihm dann die Stadt verdunkelte mit der lehmigen Farbe, lehmbraun wie der Fluß, der sich unter und neben ihm träge dahinschleppte.

In diesen Morgenstunden absolvierte er seine Bewegungen kraftvoll wie ein Turner, höflich wie der Portier eines Luxushotels und blieb gelassen, wenn die Fahrer im Leerlauf das Gaspedal durchtraten, um ihn damit unter Druck zu setzen, das breite Maul der Straße zum Zentrum freizugeben. Vor Jahren brachten ihn diese arroganten Tritte aufs Pedal noch auf, für die die Verkehrsordnung keine Strafe vorsah und mit denen oft ein herausforderndes Überfahren der weißen Linie und ein Vordringen in den markierten Fußgängerstreifen einherging. Anfangs maßregelte er sie dafür, indem er den Wagen an die Seite dirigierte und einen Verwarnungszettel wegen Widerstands gegen die Staatsgewalt ausstellte, was auf der Brückenkreuzung zu Verkehrsstauungen führte, die gewöhnlich mit kleinen Kratzern und leichten Auffahrunfällen endeten, um die er sich wiederum zu kümmern hatte. Bei solchen Anlässen fragte ihn dann wohl sein Vorgesetzter, warum er nicht auf seinem Posten gewesen sei, er habe nämlich den Stau nicht nur zugelassen, sondern regelrecht provoziert, durch seine Manie, Strafzettel auszuteilen, verschwenderisch wie ein Pfaffe, der alten Weibern und Kindern Heiligenbildchen aufschwatzt, wo er geht und steht. *Schon richtig, Sepúlveda, dem Buchstaben nach war es eine Ordnungswidrigkeit, aber die Praxis selber, die drängende Zeit, der Sinn für das rechte Maß, das Gefühl für Ausgewogenheit und vor allem das Bemühen, größere Übel zu vermeiden, zwingen unter Umständen den Hüter des Gesetzes, über läßliche Sünden großmütig hinwegzusehen.* Sepúlveda gewöhnte sich also daran, das arrogante Gebaren als geistige Verwirrung, als Angstzustände der Fahrer hinzunehmen, die die Costanera bis zu den zentralen Banken und den Geschäften hinunterrasten, als wäre jeder verlorene Zentimeter eine Katastrophe für ihre Brieftaschen. Noch schlimmer war es geworden, seit sich die Bewohner der oberen Stadtviertel zuraunten, daß die Polizei mit der Regierung sympathisiere, daß in der Regierung lauter solche Leute wie sie säßen, mit ihren groben Sergeuniformen und ihrer Proletensprache.

Eine Zeitlang ersetzte er den Strafzettel durch einen strengen Pfiff und eine barsche Handbewegung, mit der er den Fahrer, ohne eine Miene zu verziehen, aufforderte, rückwärts zu fahren. Das machte dem Mann am Steuer zwar klar, wo er hingehörte, erwies sich jedoch gleichfalls nicht als wirkungsvoll. Manche Frevler verloren über der Entrüstung, von der Staatsgewalt wie gewöhnliche Verbrecher behandelt zu werden, jegliches Raumgefühl, und vor Zorn und Ungeduld bebend, fuhren sie, ohne in den Spiegel zu sehen, rückwärts und verhakten sich mit ihren Stoßstangen in denen der nachfolgenden Wagen, was wieder zu Stauungen, Schmährufen und Bumsern führte, wenn nicht gar unselige Beulen in der schnittigen Stromlinienform der

Wagen entstanden, welche so makellos und blitzsauber waren wie Kinder, die, von der Mutter gewaschen, zur Schule gehen. Es genügte, daß sein Vorgesetzter einmal zu ihm sagte, *Sepúlveda, zuviel Redlichkeit ist genauso schädlich wie zuviel Schamlosigkeit*, damit der Wachtmeister darauf verzichtete, die Ängste der Fahrer auf diese Weise zu rügen. Jahrelange Erfahrung brachte ihn auf subtilere und wirksamere Methoden: wenn das arrogante Fauchen eines Cadillac ihm den Atem nahm, wenn seine Haltelinie überfahren wurde, ja sogar wenn ihn mitten aus den Abgasen und dem Brummen der Motoren die Hupen anbellten, ließ Sepúlveda sich umso mehr Zeit, den Verkehr freizugeben, und wenn er auf der Brücke einen Ochsenkarren sah, der gemächlich vom Großmarkt angerumpelt kam, wartete er, bis das stolze Gefährt über die Costanera gekrochen war und sich einige Meter entfernt hatte, hob die würdevollste aller Hände und gab erst dann mit der genüßlichen Autorität des Torero, der den Stier vorbeiläßt, freie Fahrt. Die Wirkung ließ sich leicht ausrechnen, denn während die solcherart beleidigten Fahrer bereits die Straße hinunterrasten, konnten sie es nicht lassen, den Hals zu drehen und ihm noch einen Blick zuzuwerfen, mit dem sie ihm ins Gesicht zu spucken schienen. Dieses Vorgehen ließ sich noch durch eine Maßnahme steigern, die für Sepúlveda die Krönung einer tadellosen Leistung war: er grüßte, indem er mit zwei Fingern an den Schirm seiner Mütze tippte, den Karrenlenker, der ihm mit erhobener Hand dankte.

Mit der Zeit stellte Sepúlveda die Anzeichen der Reife, diese unausgesprochene Sicherheit bei sich fest, die es ihm erlaubte, Bagatellfälle zu ignorieren und seines Amtes mit Gelassenheit und entspannter Routine zu walten. Während des ganzen letzten Jahres hatten sein Körper und sein Pfiff sich auf das berufsübliche Mindestmaß eingespielt. Die Praxis zeigte ihm, daß er mit dieser Methode selbst in der

morgendlichen Hetze auf der Costanera realistische Möglichkeiten für sein Projekt ersinnen konnte, das er gleichzeitig mit seinem Pensionierungsantrag in Angriff nehmen würde: Berufsmusiker zu werden.
Gefühlsprobleme machten ihm nicht zu schaffen, da er den Witwerstand mit jener Inbrunst akzeptiert hatte, die sich im Laufe der Trauermonate allmählich in ein pünktlich ausgeführtes Ritual umgesetzt hatte: er legte an jedem Jahrestag Blumen aufs Grab.
Die Wohnung, für so viele ein Problem, war für ihn eine Lust. In der Pension fehlte es weder an Ruhe noch an Lärm, und nie beschwerte sich jemand über seine Sitzungen am Klavier. Soweit er die Psyche der Leute kannte, waren ihnen seine Darbietungen so unentbehrlich wie die abendliche Mahlzeit. Er verstand sich zwar mit einigen besser als mit anderen, doch mit keinem, absolut keinem, verstand er sich schlecht. Der Fußballer aus dem Süden war wohl ein unverschämter Bengel, aber ihm war er bis jetzt mit keinem Wort zu nahe getreten, und wenn er es versuchen würde, konnte er sich immer noch überlegen, wie er vorzugehen hatte: das war das Praktischste.
Plötzlich spielte sich, weniger als einen Straßenzug von seinem Platz entfernt, etwas Ungewöhnliches auf der Avenida ab. Drei rasende Wagen drängten ein anderes Fahrzeug auf die Innenspur zum Fluß hin. Sepúlveda hatte das Gefühl, daß diese Episode ihm irgendwie gegenwärtig war, daß er sie schon erlebt, gehört oder im Kino gesehen hatte. Er riß sich die Brille herunter, und in der plötzlichen Helligkeit sah er, wie der attackierte Wagen scharf bremste und ein weiteres Auto sich quer vor ihn stellte und ebenfalls anhielt. Er sah, daß nur ganz wenige Autos auf der Außenspur weiterfuhren. Der Verkehr stockte, die Fahrer stiegen aus, umringten den Wagen und verlangten mit Geschrei, der Insasse solle herauskommen. Die Tür ging auf,

und ein Mann in Uniform, vielleicht ein General, stieg aus, und Sepúlveda sah von seinem exklusiven Platz auf dem Dienstpodest, wie er eine große Frau mit Männerfrisur fixierte, die aus der Menge heraus brüllte. Sepúlveda steckte seine Brille in den Uniformrock und ging zum Ort des Geschehens. Die Menge zog sich jetzt wie ein einziges Tier um den Uniformierten zusammen und schnitt ihn so immer mehr von seinem Wagen ab, während sich zwei junge Männer neben die Hinterräder knieten. Sepúlveda bekam gerade noch mit, wie sie ihre Taschenmesser in die Reifen stießen, und hörte, wie die Luft herauszischte. Während er sich einen Weg zu der Gruppe zu bahnen versuchte, wurde ihm bewußt, daß seine Rechte den Griff des Dienstrevolvers umklammert hielt. Er tastete etwas tiefer und stellte fest, daß er irgendwann auch die Patronentasche aufgeknöpft haben mußte. Er merkte, daß er nicht weiterkam, weil der Menschenhaufen eine Mauer bildete. Dicht neben dem General standen zwei Fotografen mit laufenden Kameras, als handelte es sich bei alldem um einen Staatsakt, einen Botschafterbesuch an irgendeinem Heldengrab. Sepúlveda verspürte eine Beklemmung, die mit der pflichtgemäßen Ruhe eines Ordnungshüters nichts zu tun hatte: es war, als ob ein unheilverkündender Vogel über einen brennenden Himmel zieht. Während das Gefühl unter der grünen Uniform zu kaltem Schweiß wurde, sah er sich selbst, wie er sich mit aller Kraft in die Mitte der Gruppe vorkämpfte. Ein Mann hielt dem General die Tür eines Taxis auf, der General stieg ein, und unter Pfiffen und hämischen Zurufen verschwand der Wagen auf der Costanera. In Dreiergruppen stieg eine Handvoll junger Leute, darunter die, welche die Luft aus den Reifen des Wagens gelassen hatten, in vier Autos und setzte sich über eine Seitenstraße nach Providencia ab. Sepúlveda ging bis zu dem Auto und streckte den Arm vor, um sich Überblick über die Szene zu verschaffen.

Ein älterer Mann mit rotem Gesicht und sehr schmalen blonden Schläfen versperrte ihm mit vorgereckter Brust den Weg, und zwei elegante junge Männer, die ihn flankierten, sahen Sepúlveda drohend an.
– Platz da! befahl er.
Der Mann straffte sich und postierte sich vor ihm, als würde er zu Stein.
– Wohin willst du? fragte er.
Sepúlveda sah das vorausgeahnte Unheil, flink wie eine Kakerlake, schmutzig wie eine zerdrückte Fliege an der Scheibe, auf sich zukommen. Jetzt kreisten sie ihn ein, genau wie sie vorher den General eingeschlossen hatten. Ließen ihm wie einem Clown eine kleine Arena frei, einen Kreis aus Asphalt statt aus Sägemehl, und die Frauen rasselten mit ihren Wagenschlüsseln, und den jungen Männern waren wie in einem Spuk kurze, mit Gummi überzogene Eisenknüppel aus den Fingernägeln geschossen, und alle hatten viel Speichel auf den Lippen, und aus ihren Mündern schlüpfte ein anzügliches Grinsen wie ein Tier.
– Platz da, sag ich, befahl Sepúlveda, winkelte den Arm an und packte die Waffe fester.
Der Mann rümpfte die Nase und verständigte sich mit den anderen mittels eines kleinen Geräuschs durch die Nase, einer verächtlichen Geste, eines kaum merklichen Achselzuckens, als verjage er eine Fliege.
– Was hast du jetzt vor, du Hurenloch? Willst doch nicht etwa einen Caballero umbringen?
Der Wachtmeister spürte, daß seine Hand am Revolver kraftlos wie ein Schatten war, daß die Waffe nach einer entschlossenen Faust verlangte, um den Lauf in die Waagerechte zu bringen und noch mal und noch mal auf diesen Abzug zu drücken. Es schoß ihm durch den Kopf, daß er *Sie sind verhaftet* sagen könnte, aber er wußte, das wäre ein unangemessener, lächerlicher, fruchtloser Akt, und blieb

stumm, die Waffe auf den Boden und die Augen auf den Lauf der Waffe gerichtet. Einmal, in der Schule von Coquimbo, hatte er sich ganz genauso gefühlt, als ein Junge aus der sechsten Klasse sich in die Hände spuckte und ihm die Ohren mit Speichel einrieb: nur dieses eine Mal hatte er sich ebenso gefühlt, und das war während der Regierung von Aguirre Cerda, der mit seinem freundlichen Schnurrbart und seinem sanften Indiogesicht im Direktorzimmer hing, und der Direktor hatte ihn für eine Woche vom Unterricht ausgeschlossen, für eine Woche, und daß dein Erziehungsberechtigter zu mir kommt, denn der Lange aus der Sechsten war von dem Tritt in die Eier ohnmächtig geworden, einfach liegengeblieben mit schmerzverzerrtem Gesicht, wie ein Toter.

Jetzt kam ihm der Körper der männlich wirkenden Frau unter der demütigenden Sonne wie ein Vogelschnabel vor. Wie sie da am Arm eines Halbwüchsigen stand, war sie ihm aufgefallen, weil sie die Schlüssel ganz dicht vor seinem Ohr rasseln ließ. Als Sepúlveda sich dazu durchrang, sie anzusehen, hatte sie ihren harten Mund schon geöffnet.

– Schlappschwänze, sagte sie, als spreche sie sowohl ihn als auch andere an, und bohrte ihm den Wagenschlüssel in die Uniform.

Das war der Tag, an dem Wachtmeister Sepúlveda viele Stunden lang mit offenen Augen schlief und sich weder am Klavier einfand noch zum Abendessen erschien.

Schon seit mehreren Minuten sprach keiner, und in dem komplizenhaften Schweigen waren das eintönige Suppeschlürfen und die mechanischen Armbewegungen auffälliger. Alles erschwerte seine Lage: der Wind, der durch die zerbrochene Fensterscheibe pfiff und wie in einem Gespensterfilm an den Falten des Tischtuches riß, die vornehmen, mit puderfeinem Staub bedeckten Nippesfigürchen und vor allem der Hausdiener in der steifgestärkten Uniform und mit dem Seeräuberbart, der, als er Javier Wein einschenkte, mit einem effektvollen Schlag auf die Tischkante das Glas zerbrach. Die Eltern warfen ihm einen eisigen Blick zu, und während der verstörte Diener die Scherben in sein Serviertuch wickelte, stemmte Javier sich auf seinem Stuhl zurück und machte, Augen und Mund weit aufgerissen, ein Kaspergesicht. Arturo hielt sich die Serviette vors Gesicht und dachte, daß das Urinbächlein, das dringend hinauswollte, schlimmer war als das Lachen, das er sich kaum verbeißen konnte.

Genau in dieser Sekunde wischte sich Señora Marcela einen Brotkrümel aus dem Mundwinkel.

– Ist dein Großvater immer noch so ein Schürzenjäger, Arturito? Javier sah, wie ein Hampelmann mit dem Hals wackelnd, seine Mutter an und wartete, ruckelnd und mit aufgeblasenen Backen triumphierend, darauf, daß sein Freund das Schweigen bräche. Arturo schluckte und nickte und schnitt die widersprüchlichsten Grimassen dabei. Die

Frau setzte ein gelangweiltes Lächeln auf. – Je älter das Unkraut...
Der Vater trommelte mit der Gabel an sein Glas.
– Alter Ochs liebt jungen Rasen, bemerkte er, kurz auflachend. Die Jungen ahnten, daß dieses Lachen sie anstecken konnte, und vermieden es, sich anzusehen, während ihre Finger auf der Tischdecke Kobolz schossen. Arturo schloß die Augen, denn ihm war klar, daß sie die einzige sichtbare Körperöffnung waren, aus der das Lachen jeden Augenblick entweichen konnte. Der Vater lockerte sich den Kragen und klapperte mit der Gabel. – Wenn dein Großvater Landwirtschaftsminister wäre, hätten sie uns inzwischen sogar den Garten enteignet.
– Selbst das Schwarze unter den Nägeln, setzte Señora Marcela hinzu.
– Dein Großvater war der schlimmste alte Nimmersatt, den ich je gekannt habe. Alles, was ihm nicht gehörte, wollte er verteilen. Der hätte noch den Klee auf der Wiese enteignet.
– Alles, ergänzte die Dame.
– Hinter den Bauernmädchen war er her wie der Teufel hinter der armen Seele, und in der Politik hat er mitgemischt wie ein Pfaffe. Von Verstaatlichungen redete er schon damals unter Ibáñez. Da warst du vielleicht so groß. Die lieben langen Sommertage bist du mit Javier baden gegangen. Weißt du noch, wie Javierito in den Ferien heimgekommen ist und uns die Witze aus der Hauptstadt erzählt hat? Weißt du noch ein paar?
Arturo spürte, daß er nahe an der Grenze war, daß er nur noch an einem Muskel, einem dünnen Häutchen hing: wenn es auch ein Kleine-Jungen-Spiel war, verlieren wollte er nicht. Er vermutete, daß es Javier am ganzen Körper schüttelte, und glaubte sogar, es im Bauch seines Freundes lachen zu hören. Er machte sich Mut mit dem Gedanken,

daß der andere kurz vorm Losprusten sei, und lächelte dem Alten zu.
– Und die ganze Zeit hat dein Großvater die Bauern in Gewerkschaften organisiert. Er brach ein Stück Brot ab.
– Bis die Sache geklappt hat.
– Bis es geklappt hat, echote die Dame und strich sich das Haar hinters Ohr.
– Es hat seine Zeit gedauert, aber es hat geklappt. Jetzt haben sie wahrscheinlich einen Schweinestall in der Kirche! Nicht wahr, Arturo?
Der junge Mann mußte den Mund weit aufreißen, um nach Luft zu schnappen.
– Um Gottes willen! sagte die Mutter. Der arme Kleine hat sich verschluckt.
– Eine Ge ...! brüllte Arturo hochrot und schwitzte, hustete, japste und wischte sich mit dem Handrücken die Augen aus.
– Eine was? fragte sie.
– Eine Genossenschaft! Er schluckte hinunter, was er in der Nase hatte, um sprechen zu können. Sie haben eine Genossenschaft in der Kirche eingerichtet!
Javier lief blitzschnell um den Tisch herum, packte ihn am Hals und riß ihn zu Boden, setzte sich dann auf ihn und kitzelte ihn, wo immer es Arturos wild um sich schlagende Hände erlaubten.
– Javier! sagte die Mutter.
– Hast als erster gesprochen, brüllte ihr Sohn und bohrte Arturo die Finger in den Bauch, bis der, halb erstickt vor Lachen, „bitte, bitte, bitte verzeih mir“ rief und sich, immer noch lachend und weinend und nur mit Mühe den Kopf aufrichtend, der Dame zuwenden und zu ihr sagen konnte:
– Verzeihung, Señora Marcela.

Sie erhoben sich von dem kleinen Tisch im Garten, auf dem sich die Fliegen am Zucker und an den Kaffeeresten gütlich taten. Der Alte griff nach einem Stock, den er nicht nötig hatte, und ging, darauf gestützt, wie ein Exkursionsteilnehmer in einem modrigen, von giftigen Kräutern und Getier verseuchten Urwald.

– Das Unkraut, sagte er und bohrte seinen Stock ins Moos. Da standen einmal Gladiolen, und das hier sollte ein Nußbaum werden. Aber Unkraut und Staub sind gefräßig. Er legte Arturo einen Arm um die Schulter und ermunterte ihn weiterzugehen. Hundert Jahre braucht es, um die schönste aller Rosen heranzuziehen, aber in wenigen Monaten überwuchert das Unkraut alles. Unter der Erde hat es geschlafen. Wie ein Toter. War aber nicht tot. Hat wie ein Wurm die Wurzeln der Blumen zernagt, kannst du mir folgen, Arturito?

Der Junge nickte zerstreut, weil die Brüste einer Diana auf der Jagd ihn fesselten, die einen Springbrunnen mit trübem Wasser krönte.

– Gefällt sie dir?

– Ja, Señor.

– Schau dir die Kleine gut an. Wieviel, meinst du, hat sie gekostet?

– Keine Ahnung, Señor.

– Genau dreißig. Und an jedem Ort der Welt würde ich das Dreifache dafür bekommen.

– Warum verkaufen Sie sie dann nicht in den Staaten?

Der Alte riß ein Büschel Unkraut aus, das ihm bis über die Knie reichte, und schleuderte es weit von sich, als wäre es ein warmer Kuhfladen.

– Darum. Einfach darum. Hier lasse ich sie stehen, sollen die Vögel an ihr herumhacken und die Würmer sie vollschleimen. Verstehst du?

– Ja, Señor.

Der Freund hielt ihn am Ärmel fest. Er streckte die Hände warnend vor und sah mit listigem Gesicht zu, wie der Alte sich entfernte. Dann deutete er zu einer Hütte und forderte Arturo mit einem Augenzwinkern auf mitzukommen. Er holte einen Satz rostiger Schlüssel hervor und hantierte mit dem dicksten herum, bis das Schloß nachgab. Als er das Licht einschaltete, drehte er den Kopf, um Arturos Staunen zu genießen. Da standen stapelweise Bilder mit Landschaftsmotiven, Kristallservice auf dem Schreibtisch, verstaubte Weinflaschen in Kisten, filigrandurchwirkte Teppiche und nutzloses Zeug.

– Wie findest du das?

– Wozu braucht ihr das alles?

– Habens gehamstert, ums zu verkaufen.

Javier ging zu einer der Kisten, holte einen Korkenzieher aus der Hose und entkorkte die erste Flasche. Dann rieb er das Etikett sauber und zeigte stolz Jahrgang und Marke. Nach einem langen Zug tat er, als sei er mit einemmal übergeschnappt. Arturo wischte mit der Hand über den Flaschenhals und trank einen noch größeren Schluck als der andere.

– Das war die Hütte vom Gärtner.

Nach dem zweiten Zug hatte Arturo die Flasche fast leer.

– Hör mal, Javier, sagte er und packte ihn wie im Fieber, kennst du ein paar flotte Bienen?

Der Freund stürzte den Rest Wein hinunter und machte sich mit plötzlichem Unbehagen von den Händen los, die an seinen Schultern rüttelten.

– Der Gärtner war einer, ein schlimmerer Frauenheld als dein Großvater. Hast du den Roman über den Gärtner gelesen, der mit der Hausherrin gebumst hat?

– Lady Chatterley und ihr Liebhaber.

– Also, der Typ hier war genauso. Ich glaube, sogar mit der Dame des Hauses hat er eine Nummer gebaut.

– Mit deiner Mami?
– Genau.
– Sag doch keine Ferkeleien über deine Alte. Arturo schielte zu der Kiste mit den Flaschen. Im Ernst?
Javier griff nach zwei kostbaren geschliffenen Kristallgläsern und fuhr mit den Fingern darüber wie über eine in verlockenden Tönen schimmernde Haut. Er füllte sie mit Wein aus der zweiten Flasche, der dunkel wie geronnenes Blut war.
– Mami hat immer gesagt, dieses Kristall ist so heilig wie eine Hostie. Er streckte die Zunge heraus und leckte mit verdrehten Augen am Rand.
Sie tranken und legten dabei den Kopf in den Nacken, bis ihre Nasenspitzen zur Decke zeigten.
Dann schob Javier mit einem Ruck das Sofa beiseite. Er kniete nieder und fuhr geschickt mit dem Korkenzieher in einen versteckten Schlitz im Plüsch. Er drückte mit beiden Daumen und ließ ein Türchen aufspringen, durch das beide Hände paßten. Bevor er sie wieder herauszog, biß er sich auf die Zunge und bedeutete Arturo mit den Augen, er solle niederknien. Er wollte ihm eine Pistole zeigen. Er hob sie mit beiden Händen hoch und hauchte auf das Metall, wie um einen verletzten Vogel wiederzubeleben. Als er den Freund ansah, hatten dessen Augen einen sanften Ausdruck.
– Gefällt sie dir?
– Ist sie geladen?
– Keine Angst.
Er fuhr mit einem Arm in das Loch und legte dann behutsam eine Maschinenpistole mit kurzem Lauf und danach ein Kästchen auf den Teppich, das mit dem gleichen Plüsch bezogen war wie das Sofa. Als er das Kästchen aufklappte, lagen darin wie Goldzähne angeordnete Patronen und warfen das senkrecht einfallende Licht der Glühbirne zu-

rück. Er trommelte mit den Fingern darauf, als spiele er eine Melodie auf einem Xylophon.
– Was wollt ihr damit? Wozu die ganzen Waffen?
Javier legte jäh den Finger auf die Lippen.
– Papi hatte letztes Jahr den Einfall, Cowboy zu spielen. Hat sich ausgespielt.
– Wie?
– Jetzt müssen anscheinend die ran, die was von dem Geschäft verstehen.
– Ich versteh nichts.
– Im Westen wohl nichts Neues, was, Leutnant Arturito?
Er umklammerte die Pistole und lockerte dann den Griff, um sie seinem Freund in die Hände zu legen. Steck sie dir in die Jacke, ich schenk sie dir.
– Bist du verrückt?
– Ich schenk sie dir, Idiot. Keine Widerrede.
Er tastete nach der Innentasche in Arturos Jacke und steckte sie dahinein. Dann knöpfte er sie ihm behutsam wie eine besorgte Mutter zu.
Arturo fühlte mit einem Unbehagen, das fast schon Angst war, durch den Stoff nach der Waffe. Danach wischte er sich sofort die Hand am Oberschenkel ab. Es war, als habe er ein Verbrechen begangen und wolle nun unsinnigerweise statt der Spuren seine Mörderhand tilgen. Javier ließ eine Handvoll Munition in Arturos Jackentasche gleiten und klopfte dann komplizenhaft dagegen. Mit derselben Hand fuhr er nach oben und befingerte Arturos glattes Nackenhaar.
– Im Ernst, Javier, kennst du nicht ein paar Bienen?
Der Freund trank genießerisch den letzten Schluck aus der zweiten Flasche und rollte sie über den Teppich, wie um ihn zu bügeln.
– Bienen, sagte er. Geht klar. Wir nehmen das Auto.
– Klasse. Hör mal, ich möcht die Patronen hierlassen.

– Die Patronen, du Arsch?
Er stützte sich auf Arturos Schulter. Als er das Sofa an seinen Platz schieben wollte, fiel er auf den Rücken und blieb platt auf dem Boden liegen. An Arturos Arm arbeitete er sich wieder hoch, warf sich jedoch, als er schon fast auf den Beinen stand, nach hinten und riß Arturo im Fallen mit sich. Staub wirbelte auf, und sie mußten husten.
– Das Zeug da sind die Wolken, und wir sind im Himmel. Bleiben wir lieber hier, Mann.
– Ich will weg.
– Wenn du wegwillst, gehn wir weg.
Er torkelte auf das Sofa zu, versuchte aber gar nicht erst, es zu rücken, sondern sackte gleich zusammen. Statt seiner schob Arturo es an seinen Platz, und als sie draußen waren, hob Javier ihn an der Taille hoch, und sie stolperten mehrere Male, bevor sie zum Auto kamen.
– Fliegen, Mensch! Fly me to the moon, Miami. Hunderennen! Samtanzüge! Der Sinatra-Clan! Der Braniff-Clan, Mann!
Arturo sah ihn dreimal vergeblich versuchen, den Schlüssel ins Zündschloß zu bringen. Er überlegte sich, ob er aussteigen, den Schlüssel selber reinstecken oder die dritte Flasche anbrechen sollte.
– Ist was mit dir?
– Nein.
– Umso besser. Dann ists ja gut. Dann ist ja alles in Butter.
Als sie durch das Gartentor fuhren, winkte ihnen der Vater, ein Glas in der einen und eine Zigarette in der anderen Hand. Er stellte das Glas eine Sekunde ab, um die Abgaswolke wegzuwedeln, in die ihn der Wagen hüllte.

Ihm gefiel dieser Politiker, weil er das genaue Gegenteil von ihm selbst war: groß und schlank wie eine Lilie oder eine Altarkerze, sanfte Augen und vergeistigte Hände wie unsichtbare Tauben. Es gefiel ihm auch, daß er sein Sekretär und außer ihm der einzige bei Hofe war. Von seinem mit Copihue-Blüten bekränzten Weidenthron aus sagte er zu ihm: „Der Fleischknappheit kommen wir bei, indem wir Kaninchen speisen. Geht und sagt, daß man sie schlachten soll!" – „Es sind keine Kaninchen mehr da", sagte der Politiker sanft. „Wozu ratet Ihr mir dann?" – „Daß wir an die Strände umsiedeln, ein paar Würmchen als Köder, Bindfaden, ein stählerner Haken genügen, und wir können uns an Fischen satt essen." – „Und was machen wir mit dem Königreich?" – „Das Königreich sind wir. Wo immer wir hingehn, da sind wir." – „Angesichts der wenigen Einwohner ist das ein schlagendes Argument." – „Wir sind ein kleines, aber bewegliches Land." – „Wohl gesprochen, mein Gebieter: solange zwischen uns beiden keine Unstimmigkeiten aufkommen, ist alles gut, und selbst wenn wir streiten sollten, dann ist das Spiel eben aus, husch, Kinder nach Haus und Schluß mit dieser Geschichte." – „Ein Mann allein ist kein Land, Sekretär, dazu braucht es mindestens zwei." Der Mann, der so schlank war wie ein Heiliger, legte ihm einen Finger an die Stirn. „Mir scheint, Herr, Euch geht es schlecht, das Fieber ist wieder gestiegen." – „Das ist gut so", sagte der Kleine Herr, „Vögel sind meine Lieblingstiere. Sie singen den ganzen Tag, weil sie von allem, was kreucht und fleucht, den wärmsten Körper haben, und wenn ich etwas anderes als ein Land oder ein Mensch sein könnte, möchte ich ein Vogel sein." – „Von Symbolen verstehe ich nichts, Herr, ich bin nur ein Vertrauter Eurer Majestät, ein verschwiegener Sekretär und ein leidenschaftlicher Jäger. Ich muß darauf bestehen, wenn wir keine Kaninchen haben – weil es keine gibt oder weil man sie vor uns verbirgt –, dann müssen wir drastische Maßnahmen ergreifen; wir steigen auf die höchste Andenkette und ernähren uns von Raubvögeln und Huemule-Rehen." Der Kleine Herr erhob sich vom Thron, steckte sich die Copihue-Blüten an die Hüfte wie einen leuchtenden Türkensäbel und machte sich, mit dem Sessel auf dem Rücken, auf den Weg zum Ozean, während der feinsinnige Politiker im Weidenkorb einen Vorrat Zitronen trug, und obwohl sie in den Bergen unter dem lieblich bewölkten Himmel nur langsam vorankamen, befanden sie sich doch stets an einem Punkt, von dem die ganze menschenleere Welt zu sehen war. Jeder Schritt brachte sie in größere Nähe zum Meer, aber auch zu den Bergen, zu Argentinien, Polen, Australien, Island, England. „Kommt es Euch nicht merkwürdig vor", fragte der Kleine Herr. „Es kommt mir nicht merkwürdig vor, denn ich denke, wir sind gestorben. Aber macht Euch keine Sorgen, Kleiner Herr, denn der Tod sind wir auch."

Der Kleine Herr entdeckte die Gefahr, als sich seine Ohren aufstellten. Über den Rand der Zeitung hinweg, die ihm den Traum eingegeben hatte, sah er einen rothaarigen Mann nahen, gefolgt von einem etwas größeren Zwillingsbruder mit modischen Absätzen wie ein Zuhälter. Er hatte die glasklare Gewißheit, daß es zu seinem Besten wäre, wenn er diesen Subjekten aus dem Wege ging. Voller Bedauern, die Reise mit dem liebreichen Politiker mit den Zaubererhänden unterbrechen zu müssen, begann er die

Zeitung unauffällig, Zentimeter um Zentimeter hochzuheben, in der festen Absicht, sich hinter ihr zu verbergen und, wenn möglich, zu dem Moment zurückzukehren, in dem der Sekretär zu ihm sagt: der Tod sind wir auch.
Die ganze ausgeklügelte Bewegung wurde hinfällig, als der kleinere Rotkopf einen energischen Finger vorstieß und dieser Finger einen gespannten, ausgestreckten Arm hinterherzog und Finger und Arm auf das Herz des Kleinen Herrn zielten und der große Rotkopf auf seine Stirn zielte, nur diesmal nicht mit dem Finger, sondern mit einer Waffe, deren Aufblitzen ihn blendete. Während der Kleine Herr, wie in einem Film im Vorstadtkino, auf flinken Beinen die Flucht ergriff, dachte er, daß die Wirklichkeit im Grunde doch etwas Wahres, etwas Schmerzliches besaß, das den Träumen abging. Mit jagenden Pulsen dachte er auch, daß er es lieber hätte, wenn die Verfolgung ein Traum und das Land seiner Flucht die eigentliche Wirklichkeit wäre. Er bog um die Ecke und spürte bereits den ersten Schweiß auf den Lidern und etwas Klebriges am Hals. Während er das feststellte, hatte er den Häuserblock auch schon hinter sich. Er behielt das Tempo bei, und als er um die nächste Ecke bog, blieb er drei Sekunden stehen, genug, um dreimal tief Luft zu holen und die Rothaarigen zu entdecken, die, schwerfällig wie Asthmatiker, hechelnd herankamen. Er fühlte sich wie ein Fuchs, als er wieder losrannte, wie die schlaue Puppe, die in seinem Kasperletheater die Ferkel auffraß. Er bog ein letztes Mal ab und japste Sekunden später an dem gleichen emotionsgeladenen Pfahl nach Luft, an dem er sich sein Exil erträumt hatte. Mit bereits ruhiger schlagendem Herzen faltete er die Zeitung zusammen und winkte dem Bus anzuhalten. Er sprang auf und sah gleichzeitig, wie die Rotköpfe, Finger beziehungsweise Pistole schwingend, auf ihn zugerannt kamen und der Trampel wie eine Rakete aus der Hintertür der Hahnenkampfarena hervorschoß und sich mit

seinem schlafwandlerischen Kopf nach den keuchenden Rotköpfen umdrehte und Finger und Pistole der Rotköpfe zur Hühnerhaustür, genauer gesagt, zur Brust des Trampels schwenkten, wie der Trampel, von dem flügelschlagenden Hahn angetrieben, wie eine Dampflokomotive über das Pflaster stampfte, vermutlich auf den Bus zu. Der Kleine Herr nahm seinen Fahrschein entgegen und sagte zu dem Fahrer:

– Fahren Sie los, guter Mann. Es geht um Leben oder Tod.

Und als der Mann ihn halb erschrocken, halb ironisch ansah, hielt er ihm durch die Jackentasche zwei steife Finger an die Schläfe. Der Fahrer folgerte, daß etwas Beunruhigendes darin sein mußte, und gab sofort Vollgas.

– Sie sind überaus verständnisvoll, sagte der Kleine Herr, ging nach hinten und setzte sich in die letzte Reihe.

Nachdem er ausgestiegen und etwa einen halben Block gelaufen war, winkte ihn der Polizist mit gekrümmtem Finger zu sich heran. Gesetzesfürchtig, wie er war, gehorchte Señor Lecaros.

– Wohin wollen Sie, fragte der Grüne.

Der Kleine Herr hielt es für klug, mit einem Finger in die Richtung zu deuten, in die er zum Zeitpunkt des Überfalls gegangen war.

– Das ist kein Ort. Menschen wollen doch zu einem bestimmten Ort.

– Dahin.

– Wohin?

Der Kleine Herr drehte sich auf dem Absatz um und musterte mit zweifelnden Lippen die vier Himmelsgegenden. Schließlich hob er den Finger und zeigte in dieselbe Richtung wie zuvor. Er war sicher, seine Sache gut zu machen, sich bis jetzt noch nicht in Widersprüche verwickelt zu haben.

– Das ist kein Ort, sage ich Ihnen. Eine Straße, einen Stadtteil will ich von Ihnen hören. Wissen Sie nicht, daß Stadtteile Namen haben? Na schön, macht nichts. Haben Sie Feuer?

– Ja. Bitte.

– Rauchen Sie?

– Ja.

– Haben Sie eine Zigarette? Das Männlein reichte ihm eine Schachtel Cabañas ohne Filter. Der Polizist nahm eine heraus und steckte sie sich hinters Ohr. Dann trugen seine Hände einen langen, komplizierten Kampf mit seinem Gürtel und der rutschenden Hose aus und beendeten das Gerangel schließlich, indem sie den Hosenbund so fest zuzogen, daß er nur noch mit Mühe atmen konnte. Seine Brust quoll hervor, und seine Stimme kam etwas gepreßt heraus. – Also, was Sie betrifft, so bringe ich Sie wohl am besten zum Kommissar. Es läuft allerhand Gelichter herum, und wer weiß, was Ihnen alles passiert. Ein schadenfrohes Lächeln ließ seinen goldenen Eckzahn aufblitzen. Gleichzeitig grub er in seiner Gesäßtasche und förderte ein zusammengefaltetes Papier zutage, das sich, nachdem er es im grellen Mittagslicht auseinandergefaltet hatte, als Schwarzweißfoto herausstellte, auf dem jedoch einige Stellen koloriert waren: die Wangen karminrot und die Augenringe lila.

– Von diesen drei Personen, kennen Sie da eine, zwei oder drei?

Der Kleine Herr legte den Kopf schräg und spürte, daß seine Hand über die Fläche streichen wollte wie über warme Körper. Da waren sein Vater und seine Mutter zu sehen und er selbst als Kind. Es war kein Foto von Straßenfotografen oder irgendeinem drittklassigen Künstler. Die drei posierten vor einem Vorhang, auf den der Eiffelturm und französische Bohèmeprofile, Zuhälterkäppis, dünne Lippenbärtchen und Weiber mit weitmaschigen Netzstrümpfen aufgemalt waren.

– Sehen Sie? Wir gehen besser doch zum Kommissar.

– Bin ich verhaftet?
Sie gingen nebeneinanderher, und der Polizist fächelte sich in der heißen, knochentrockenen Luft der Gran Avenida mit dem Foto. Mit seiner Schürze vor dem Bauch kam ihnen der Apfelverkäufer entgegen. Der Polizist hielt ihn an und suchte sich zwei große Äpfel aus dem Korb aus. Er rieb sie an der Uniform, bis sie leuchtend rot waren. Er reichte einen dem Kleinen Herrn, und kauend setzten sie ihren Weg fort.

– Was soll man mit Ihnen machen, Señor Lecaros? sagte der Kommissar und kratzte sich am Kinn. Unter seinem Ellenbogen stapelte sich ein riesiger Aktenberg. – Wirklich, was würden Sie an meiner Stelle tun? Er las, mit dem Finger die Zeilen entlangfahrend: – 1966, Sparbüchsendiebstahl bei einer Witwe. Händlerswitwe, aber trotzdem! Und hier: Weiterverkauf von Eintrittskarten für Clásico Universitario im Nationalstadion. Ist denn das möglich, Señor? Ist es möglich, daß Sie es auch in der heutigen Zeit nicht lassen können? Bei den Wohlhabenden mag das angehn, die Wohlhabenden horten, verstehen Sie? Und das da: 1970, unzüchtige Handlungen im Nachtklub „Zur Hölle". Was war da los? Was haben Sie denn da Unsittliches getrieben? Striptease werden Sie doch wohl nicht vorgeführt haben, oder?
– Das steht in der Akte?
– Glauben Sie etwa der Akte nicht?
– Ich war immer ein Mensch mit Schamgefühl. Ich habe meine Nummern in Nonnenklöstern gezeigt.
– Sind Sie 1968 im Nachtklub „Zur Hölle" aufgetreten oder nicht? Am 18. September 1968.
– Welches Jahr haben wir jetzt?
Der Kommissar sah in seinem Kalender nach.
– 1973.

– Ist das lange her?
– Fünf Jahre.
– Ich kann mich nicht erinnern.
– Betrunken im Wagen des polnischen Botschafters. Erinnern Sie sich daran?
– Welches Jahr?
– 65.
– An dieses Auto kann ich mich nicht erinnern, Señor Kommissar. Haben Sie es da in der Akte?
Ein eleganter Mann hielt es auf der Arrestantenbank nicht länger aus. Er ging zu dem Schreibtisch und baute sich vor dem Kommissar auf.
– Verzeihen Sie, Señor, sagte er. Seit einer Stunde sitze ich hier, um meine Aussage zu machen.
Der Kommissar glättete ein rebellisches Eselsohr in der Akte.
– Hier kommt jeder der Reihe nach dran.
– Ich möchte Ihnen nur erklären.
– Und wenn Sie dran waren, kommen andre rein, und andre gehn raus.
– Verzeihen Sie. Aber hier habe ich meine Unterlagen. Mein Diplom.
Der Polizist stand auf, grüßte die versammelten Arrestanten und hielt die Akte hoch.
– Entschuldigen Sie, meine Herrschaften. Aber wir werden uns diese Fotos mal einen Augenblick anschauen.
Die Männer und Frauen willigten mit beflissenem Lächeln ein.
Der Kommissar bat Señor Lecaros, sich an seinen Schreibtisch zu setzen, und lenkte den Lichtstrahl der Lampe auf die Akte.
– Ich möchte, daß Sie sich geistig und körperlich an meine Stelle versetzen, Señor Lecaros. Lesen Sie sich Ihre Akte durch. Sehen Sie sich auf allen Fotos an, denken Sie nach,

und dann sagen Sie mir offen und ehrlich, was ich mit Ihnen machen soll. Er wartete, bis das Männlein sich in seinen Lebenslauf vertieft hatte, und überflog dann mit einem Blick die Gruppe. – Wer ist der nächste? brüllte er.
Ein Mädchen in einem kunstledernen Minirock schob die muskulösen Beine vor, die in Strümpfen mit Laufmaschen steckten. Ihre ansehnlichen Brüste schwitzten unter einer beinahe durchsichtigen Bluse, die ihren rosa Büstenhalter sehen ließ.
– Ich, Kommissar, sagte sie mit einem Schulmädchenlächeln.
– Sag bloß, daß es mit der Arbeit nichts war. Trotz meiner Empfehlungen?
Das Mädchen hatte den Riemen ihrer Tasche zusammengerollt, und als sie ihn jetzt losließ, ringelte er sich auf.
– Das ist es nicht, Señor Kommissar. Ich hab mich bloß in der Fabrik nicht eingewöhnen können.
– Lieber sich nachts rumtreiben! Mit dem netten Ding arbeiten, was du da hast, wo der Rücken aufhört, was!
– Das ist es nicht, Señor Kommissar.
Der Mann fegte mit einem alles umfassenden Arm sämtliche Arrestanten hinweg.
– Keiner von euch will arbeiten, so ist es doch! Die Arrestanten zogen die Köpfe ein und sahen nur noch die wütend von einem Ende des Raumes zum anderen laufenden Stiefel. Ihr regt mich auf, preßte er hervor. Setz dich, Kind. Er ging zu dem Kleinen Herrn und schlug ihm die Akte vor der Nase zu. Na, was haben Sie mir zu sagen? Funktioniert Ihr Gedächtnis jetzt besser?
Das Männlein fuhr sich mit der Hand an den Hals, um den Krawattenknoten zurechtzurücken, konnte ihn aber nicht finden.
– Was haben Sie mir zu sagen? Antworten Sie!
– Ich weiß nicht, was ich Ihnen sagen soll.

– Ausgezeichnet. Das nenne ich eine gute Antwort. Und wollen Sie mir bitte sagen, was ich jetzt mit Ihnen machen soll? Mit den Fingern in der Jacke einen Busfahrer bedrohen! Wie zum Teufel kommen Sie nur auf solche Sachen?
– Inspiration, Señor Kommissar.
Der Mann schob die Akte zurück, forderte den Kleinen Herrn mit einer Handbewegung auf, sich zu erheben, und ließ sich in den Drehsessel sinken.
– Was mache ich jetzt mit Ihnen? Welchen Rat geben Sie mir?
Der Kleine Herr sah zaghaft zur Tür und blickte vorsichtig fast bis zu den Augen des Uniformierten auf.
– Daß Sie mich gehen lassen.
Der Kommissar nickte ernst und klatschte in die Hände.
– Wache! rief er. Einer kann raus!

Der Strahl fiel schon eine ganze Weile quer durch den trägen Staub im Zimmer und ergoß sich schließlich über Kissen und Wand. Er stieg langsam an seinem Kinn hoch, und als er seine Nase berührte, reagierten die Wimpern, und die Hand legte sich mit gespreizten Fingern auf das Gesicht und blieb dort liegen, während der Körper sich umständlich auf die linke Seite wälzte. Und da entdeckte er die sanft in den dunklen Rücken eingedrückten Träger des rosa Unterrocks und darüber hingegossen, so friedlich wie ihr Schlaf, die schwarzen Haare der Frau. Der junge Mann wollte seine Lippen anfeuchten, aber sein Speichel war vom Alkohol noch wie verbrannt und dick. Er fühlte sich wie ein Eindringling in diesem Zimmer, zwischen so eleganten Tapeten, englischen Jagdszenen mit Windhunden, Füchsen und goldenen Hörnern und den kerzengerade sitzenden Typen mit ihren Jockeimützen, dem roten Frack und den geilen weißen Hosen. Er spürte seine eigene Bewegung nicht, als er die Hand herunternahm und der Sonne die Wange bot, mit zwei Fingern nach dem Laken griff, mit dem die Brünette bis zur Taille zugedeckt war, und es bis zu den Knien herunterzog. In die runden Beine schnitt ein kurzes Höschen ein, das in den warmen Gruben des geschmeidigen Fleisches verwachsen schien. Er bemühte sich, nicht zu atmen, sah sich an dem oberen Teil der Gesäßbacke satt und knabberte dann still an seinen Fingernägeln. Plötzlich entschloß er sich, wobei ihm das Gefährliche des Unternehmens bewußt war.

Er stemmte die linke Schulter in die Matratze und richtete den Oberkörper auf, bis er mit dem Kopf über dem Rücken der Frau war und ihr Gesicht und ihre Brüste erspähen konnte. Erschöpft von der heimlichen Anstrengung, ließ er sich zurückfallen. Sein Atem ging schwer. „Teufel auch", sagte er ganz leise, „gar nicht übel, der Käfer." Bei einem flüchtigen Blick nach rechts entdeckte er Blut auf dem Kissen. Er faßte sich mit der Hand an die Wange, und als er sie wegnahm, hatte er einen großen Fleck auf den Fingern. Entweder, dachte er auf dem Weg zum Spiegel, ich hab die Fresse poliert bekommen, oder die Schwarze da hat gestern Premiere gehabt. Er mußte die Nase fast an den Spiegel kleben, um seine zerschrammte Wange erkennen zu können. Sie haben mir die Fresse poliert, dachte er, und die Knie wurden ihm plötzlich weich. Er stellte sich im Profil vor den Spiegel, um seine langen Haare zu betrachten. Wenigstens sind sie nicht mit der Schere rangegangen. Er belagerte das Bett von rechts und genoß, auf Knien vor der Frau, einige Sekunden lang den Atem aus ihrem breiten, leicht geöffneten Mund.

– Schwarze, sagte er, und drückte ihr den Zeigefinger in die Schulter. Sie haben mir die Fresse poliert.

Die Frau öffnete die Augen, schloß sie wieder, faßte sich an die Schläfen und sah dann zu Arturo auf. Der Junge schätzte sie auf gute Dreißig.

– Sie haben mir die Fresse poliert, Schwarze, sagte er und zog sich dabei die Unterhose hoch.

– Weiß ich ja.

– Haben ganz schön zugeschlagen, hast du gesehn? Er drehte den Hals nach rechts, damit sie die Stelle begutachten konnte. Hast du das hier gesehn?

Die Frau seufzte und strich eine widerspenstige Haarsträhne hinters Ohr.

– Fängst du schon wieder an?

– Was sagst du?
– Die ganze Nacht dieselbe Platte, Dicker! Faß mal hier an, faß mal da an, haben mir die Fresse poliert. Haben sie, und fertig. Leg mal endlich eine andere auf.
Arturo biß sich auf die Lippen und starrte, unentwegt blinzelnd, auf den Mund der Frau. Ihm gingen die Worte durch den Kopf. „Dicker“ hatte sie ihn genannt. Die spinnt, die Puppe, dachte er. Ich bin sonstwas, aber doch nicht dick.
– Hast du auch die Wunde am Auge mitgekriegt?
– Ja. Das Auge haben sie dir auch poliert.
Die Frau gähnte unverhohlen und vereinigte langsam die Wimpern. Der Junge hockte da und verfolgte diesen Atem, der immer ruhiger wurde. Über eine Minute sah er hingerissen zu, wie die Brüste sich hoben und senkten. Dann wickelte er sich unschlüssig einen Zipfel des Lakens um den Daumen. Als er sich entschlossen hatte, ging er mit dem Mund ganz nah an ihr Ohr und setzte ein ergebenes, eher erwartungsvolles als sanftes Lächeln auf.
– Du, Schwarze, wie war ich? sagte er in einem Ton, der so vertraulich wie ihr Atem war.
Die Frau brachte die Wimpern nicht auseinander.
– Was?
– Im Bett, Schwarze. Wie war meine Nummer?
Er zeigte vergeblich auf die Mitte der Matratze, denn die Frau machte nach wie vor die Augen nicht auf.
– Wozu willst du das wissen?
– Nur so.
– Was liegt dir denn daran?
– Mir liegt eben daran.
Die Frau schob die gleiche aufsässige Haarsträhne hinters Ohr und drückte sie mit der Handfläche glatt. Sie hatte grüne Fingernägel und trug einen Kupferring mit rötlichem Stein am Ringfinger.

– Willst du das im Ernst wissen?
Sie schlug die Augen auf, und der junge Mann machte Bekanntschaft mit diesen braunen Pupillen, die sofort spöttisch aufblitzten. Ihre Gesichter nahmen einen einander entgegengesetzten Ausdruck an. Seines wurde demütig wie das eines Bettlers, der voller Märchen steckte, und in ihrem spannten sich die erwachenden Gesichtsmuskeln trotzig für den ersten Überlebensakt an diesem Tag.
Arturo versuchte ihr zuvorzukommen.
– So mittel?
– Fragst du wirklich im Ernst?
– Weniger als mittel?
– Weniger. Weniger als mittel, Dicker.
Er schluckte den Speichel hinunter.
– Unter aller Sau?
– Noch schlimmer, Kleiner. Es ist gar nichts passiert, kapierst du?
– Nichts passiert? Wieso denn nichts passiert? Er zog ihr die Decke herunter, als wolle er die Frau in ihrem Unterrock und mit ihren Brüsten, dem zerwühlten Haar und den warmen Hüften zum Zeichen seines Sieges vorführen. Die Frau rollte sich wie ein Embryo zusammen. Arturo stand da und bebte vor Verlangen, irgend etwas zwischen die Finger zu bekommen.
Die Frau warf sich rasch auf die andere Seite des Bettes.
– Nichts, nicht das geringste ist passiert, Dicker. Du bist eingepennt, kapierst du?
Da ging der junge Mann zum Vorhang und zog an der Schnur und ließ Sonne und Wind wie Geschosse ins Zimmer. Geblendet, drehte die Frau sich um und hielt den Ellenbogen vor die Augen.
– Mach diesen Scheißdreck zu! schrie sie.
– Du hast was gegen das Licht, weil man da deine Falten sieht, was?

– Mach zu, sag ich dir.
Er stand wieder vorm Spiegel und zog am Lid, bis der violette Fleck sich schmerzhaft spannte.
– Die Fresse haben sie mir poliert, flüsterte er. Wie viele waren es, Schwarze?
Sie hatte sich die Schuhe angezogen und stieg jetzt in einen schulmädchenhaften Schottenrock.
– Wie viele was?
– Die mich verprügelt haben.
– Das war einer, du Idiot.
– Muß ein Kerl wie ein Baum gewesen sein.
– So klein war der, Idiot. Sie zeichnete die Größe einer Stecknadel in die Luft.
Die Faust im Mund, nagte er an seinen Fingerknöcheln, bis die Frau fertig angezogen war.
– Du mußt noch zahlen, Dicker. Macht dreihundert.
– Das nicht. Geld hab ich keins.
– Ich weiß von nichts. Hier wird gezahlt.
– Was soll ich denn machen?
– Abgemacht ist abgemacht, du Idiot. Kies her!
– Ich sag dir doch, ich hab keinen! Er ging zum Spiegel und schlang sich mit drei Handgriffen den Krawattenknoten. Die Frau stellte sich hinter ihn und wippte mit der Handtasche.
– Und wenn ich nicht zahle, was machst du dann? fragte er und belauerte sie im Spiegel.
– Ich kann dir nur sagen, das lohnt sich nicht.
– Was? Kommt dann ein Zuhälter rauf und kitzelt mich mit dem Messer? Ist es das?
– So ungefähr.
Der Junge drehte sich zu ihr um und streckte ihr die leeren Hände entgegen.
– Du mußt schon verzeihen, süße Schwarze, aber ich hab wirklich kein Geld.

Die Frau zeigte auf sein Handgelenk.
– Die Uhr.
– Viertel nach elf.
– Doch nicht die Uhrzeit, Idiot. Hergeben sollst du sie.
– Bist du verrückt, die hat mir mein Großvater geschenkt.
– Her damit.
Die Frau packte ihn am Arm und zerrte mit der anderen Hand an dem elastischen Metallband. Der Junge wand die Faust hin und her und legte seine Hand darauf. Einige Sekunden lang rangen sie miteinander. Dann ließ sie los, aber nur, um ihm die Fingernägel in den Handrücken zu krallen. Drei dünne Blutrinnsale liefen ihr über die Knöchel. Arturo musterte die Spuren wie ein Kartenspieler sein Blatt. Dann streifte er sofort das Band ab und gab der Schwarzen die Uhr in die Hand.
– Danke, Dicker.

Als Arturo an der Ecke den Kleinen Herrn sah, wie er einen Brief las, hatte er den Eindruck, daß sich die schwarzen Katzen auf seinem Weg verzehnfachten. Je näher er der Stelle kam, die das Männlein unvermeidlich mit seinem schwarzen Traueranzug einnahm, umso lieber hätte er in der Zeit der Entdecker gelebt, wäre König auf einer Insel gewesen, die er nach seinem Geschmack aufgebaut hätte, zusammen mit seinen liebsten Mannen, mit fügsamen Frauen und ohne Schatten und unglückbringende Tiere. Als er hastig an dem Kleinen Herrn vorbei wollte, gesellte der sich ihm zu und schwenkte den Brief über seiner Schulter. Nachdem Arturo einen halben Block lang den Geistesabwesenden gespielt hatte, sprach der Kleine Herr ihn an:
– Guten Tag.
– Tag, sagte Arturo, ohne ihn anzusehen oder stehenzubleiben.

– Haben Sie irgendwelche Sorgen?
– Wie bitte?
– Sie sehen besorgt aus.
Er sah, wie sich das Männlein an Augen und Backen tippte, um zu erklären, was das in seinem Kopf hieß: Sie sehen besorgt aus. Sonst spuckte Arturo weder auf der Straße noch auf dem Fußballfeld aus, aber diesmal spuckte er gegen eine Wand.
– Ich frage Sie, fügte der Kleine Herr hinzu, weil ich nämlich Sorgen habe. Da dachte ich mir, Sie könnten auch welche haben.
– Ich erzähle keinem meine Sorgen oder meine Träume.
– Ich brauche Geld. Ich habe einen Brief von einigen Herren bekommen, sie bringen mich um, wenn ich gewisse Schulden nicht bezahle. Arturo riß ihm das Blatt aus der Hand und las es, bis sie vor der Pensionstür standen. Er drückte es ihm wieder in die Faust, als werfe er es in den Mülleimer.
– Beschissener Fall, sagte er. Wo wollen Sie das Geld herkriegen?
– Können Sie mir etwas leihen?
– Leider nein.
Er betrat den Gang und gähnte, wobei sein Gesicht wieder zu schmerzen begann. Plötzlich drehte er sich auf dem Absatz um und kehrte mit drei Sätzen zu dem Kleinen Herrn zurück. Er griff in seine Jacke und legte dann dem Männlein den Revolver in die Hand.
– Nehmen Sie. Da. Wehren Sie sich.
Der Kleine Herr wich zurück, und das Gewicht der Waffe zog ihm den Arm nach unten. Eine Sekunde sah er Arturo an, als ob der ein Hund wäre. Arturo schüttete eine Handvoll Munition in die Brusttasche des Kleinen Herrn, in der ein nicht ganz einwandfreies Taschentuch prangte.
– Stecken Sie sie ein, Mann. Sie werden sie brauchen können.

Der Kleine Herr steckte die Waffe in die Tasche, und Arturo gähnte mit plötzlicher Trägheit auf sein glattes, pomadisiertes Haar hinunter, wobei er sich mit letzter Kraft darauf konzentrierte, den Mund nicht allzuweit aufzureißen. Das Männlein wartete geduldig, bis die kleine Vorstellung beendet war, und befühlte seine Jackentasche.

– Die Eisendingerchen tun Sie da rein.

– Was mache ich damit?

– Wenn die Sie angreifen, schießen Sie. Verstanden?

Er drehte ihm den Rücken zu, wie um ein weiteres Mal herzhaft zu gähnen, und fügte hinzu:

– Wenn Sie wollen, können Sie sich auch selber umbringen.

Es vergingen einige Minuten, in denen seine Gedanken abtrieben, und er wollte die Wimpern vereinigen und sich seiner Wanderfahrt mit dem ritterlichen Politiker überlassen, aber sein Kopf war so vollkommen leer, daß er starr wie eine Reklamewand auf der Straße stehenblieb.

– Vater, Vater!

Der Trampel kam herbeigerannt, die Sonne mit seinem mächtigen Gestell verdeckend, und seine blauen Augen waren von roten Äderchen durchzogen, wie um seinen Weinkonsum in alle Welt hinauszuposaunen. Unbekümmert um seine Fahne und seinen Überschwang, packte er den Kleinen Herrn und riß ihn hoch, um ihn in die Arme zu schließen. Das Männlein trat ihm vergeblich gegen die Oberschenkel.

– Was hast du zu mir gesagt?

Der Trampel hielt ihn einen Augenblick von sich weg. Zum ersten Mal sah der Kleine Herr ihn in gleicher Höhe vor sich und konnte nicht umhin, sich über das glasklare Blau der Augen seines Partners zu wundern. Seemannssprößling, entschied er bei sich.

– Vater, sagte der Trampel, Sie sind doch mein Vater! Und

er lachte dabei über das ganze Gesicht und entblößte seine Zähne, die so weiß und glänzend wie Eiswürfel waren.
– Laß mich runter! befahl der Kleine Herr und plazierte einen letzten Fußtritt oberhalb der Schenkel. Es ist vollkommen idiotisch von dir, mich Vater zu nennen. Wie wir sehen, passen meine Hüften in eine Hand von dir. Findest du es nicht lächerlich, daß ich der Vater von so einem klobigen Lulatsch wie dir sein soll?
– Es gibt kleine Väter mit großen Söhnen.
– Außerdem dreht sich mir der Kopf, wenn du mich hochhebst. Ich habe idiotische, dichterische Empfindungen. Mir war, als wäre ich ein Blatt an einem Baum. Das geht nicht, ist dir das klar? Dem Trampel entging, daß sein Partner vor Scham glühte. Der Kleine Herr war sonst immer bleich wie ein Pantomime und konnte sich nicht erinnern, jemals Blut an sich gesehen zu haben. Ja, ihm wurde schon bei dem Gedanken übel, daß dieses rote Zeug in seinem Leib sein könnte. – Du kannst die Leute nicht einfach so packen und so ungestüm hochwuchten! Habe ich mich deutlich ausgedrückt?
– Ja, Vater.
– Na schön. Gut, daß du gekommen bist, wir sind nämlich in Schwierigkeiten. Er hob den Blick einen halben Meter, bedachte ihn mit der eindringlichsten seiner Diagonalen und machte mit der Handkante die Bewegung des Halsabschneidens. – In ernsten. Er ließ die Diagonale auf ihm ruhen. – Ich nehme an, du hast kein Geld. Der Trampel schüttelte eifrig den Kopf. – Habe ich mir gedacht. Es ist für niemanden hier ein Geheimnis, daß du kein Geld hast.
– Ich tu, was ich kann, Vater.
– Ich mache dir keine Vorwürfe. Nur brauchen wir eben Geld. Er gab ihm ein Zeichen, und beide setzten sich auf den Bordstein. – Informiere mich, wie die Sache mit dem Hahn gelaufen ist, sagte er, vertraulich in Ton und Miene.

– Am Sonntag sind Kämpfe. Wir können den Hahn hinbringen und wetten, soviel wir wollen.

– Ausgezeichnet. Er ließ die Hand in die Hosentasche gleiten, um gleich darauf drei Scheine und ein paar Münzen zu zeigen. – Ich habe nur dieses Kleingeld. Sonntagvormittag, sagst du? Der Trampel nickte sanft. – Was macht der Hahn?

– Der ist lieb wie immer.

– Ausgezeichnet. Bis zum Sonntag ist es nicht mehr lange, und viel Kopfzerbrechen bringt uns auch nicht weiter. Du gehst am Sonntag hin und nennst einen hohen Einsatz, nimmst aber kein Geld mit. Wenn unser Hahn den andern umgelegt hat, steckst du das Geld von allen ein, und wir sind reiche Leute.

– Ich soll also mogeln?

– Frag nicht so viel und freu dich erst mal, ich nehme dich nämlich zu einem Glas Wein mit.

Er stand auf und klopfte sein Gesäß gründlich ab, bis er auf dem blanken Stoff auch nicht das kleinste Staubkörnchen mehr entdecken konnte. Der Trampel spürte seine ausgetrocknete Zunge, und nachdem er sie an der Luft wie an einem Aperitif angefeuchtet hatte, behielt er sie den ganzen Weg bis zur Kneipe drinnen. Dort aber verführte ihn die Ungeduld dazu, vorlaut zu werden.

– Wo sind Sie die ganzen Tage gewesen, Vater? Was war mit Ihnen?

Der Kleine Herr ließ ein Lüftchen fahren, das beim Passieren seiner dünnen Röhre einen unverhältnismäßig lauten Ton von sich gab.

– Ich kann mich nicht erinnern, sagte er und stützte sich mit den Ellenbogen auf die Theke.

man sieht sie im Nebel ankommen und Dampf ausstoßen wie Lokomotiven, du kannst dir denken, daß sie mit bereiften Nasen kommen, der feuchte Wind durchnäßt ihre Kleider, wirken wie Bäume am Morgen, und eine Hundekälte, scheint so, als ob sich in diesem Mistviertel die Anden gegen uns verschworen hätten, das wär ein Witz, Schwarzer, wenn die Anden uns auch noch fertigmachen wollten! und ich geh ans Barackenfenster und muß erst die Scheiben freiwischen und danach die Hand über den Kocher halten, weil sie kalt ist wie Gefrierfleisch, und da kommen die Compañeros und immer noch mehr, die Hälse in ihre dünnen Schals gewickelt, auf Schusters Rappen kommen sie an, unsre Proleten, weil die Busse aus dem Viertel schon seit fünf Tagen wie vom Erdboden verschluckt sind, die Busfahrer, die Lastwagenfahrer und die Säcke von Händlern bilden sich mit ihren Streiks wohl allesamt ein, sie hätten uns schon reif fürs Familienalbum, die sollten mal sehn, wie die Leute durch die Bank zu Fuß hier angezittert kommen! die würden aus den Latschen kippen, wenn sie die bereiften Nasen sehn würden, und die Compañeros steigen in die Arbeitskluft, und du fragst sie, mußtest du lange laufen, Compañero Espinoza, und der Typ, der in Tropezón wohnt, mach dir das mal klar Mari, in Tropezón, der antwortet: es geht, und mir quetschts vor Wut meine dicken fetten Klöten ab, wenn ich so was hör, und zu Berta Santelices, die in La Cisterna zu Hause ist: wars schwer, herzukommen, die sagt:

ein bißchen, ich schwör dir, Schwarzer, für die müßt ich Tangos komponieren können, die Leute, die wir da haben, sind unbesiegbar, mein Schwarzer, aus Eisen sind die, wenn ich an die Gesichter denk, mit denen die an mir vorbeiziehn, wenn ich in der Baracke Wache schieb, dann denk ich, was haben wir bloß gemacht, daß wir solchen Dusel haben und diese Bombentypen haben, Mann, und da hat der Schwarze einfach nicht die Ader für, da erwischt der nicht die richtige Taste, Mari, da kommt der mit Recabarren, mit Elías Lafertte, mit Santa María, mit der Illegalität seiner Partei während der Gabito-Zeit, die Bibel in durchgesehener und erweiterter Auflage, meine Dicke, und ich: mein Schwarzer, das einzige, was ich sagen will, ist, daß diese Leute wie Bäume sind, wie Wind, wie Häuser, mein Schwarzer, ich hab dich nicht um die ruhmreiche Geschichte deiner nie genug gerühmten Partei gebeten, ich sag dir nur, was ich so fühl dabei: und der Schwarze, der als erstes zum Kiosk die Parteizeitung kaufen gegangen ist, damit die Partei zu ihrem Geld kommt und um mit dem Compañero Zeitungsverkäufer zu reden, der auch von der Partei ist, der sagt zu mir: aber ja doch und tippt sich ans Parteibuch, versteh dich Dicker, du bist ein Gefühlsmensch und erzählst gern, was dich bewegt, und das ist ja auch gut so, aber ich nicht, Dicker, ich will wissen, wie die Dinge sind, woher sie kommen, wohin sie gehen, und was dir da so gefällt, das nennt man proletarisches Klassenbewußtsein, das solltest du wissen, und da, Mari, geh ich vor ihm in die Knie und flehe ihn an, um Gottes willen, lieber guter Schwarzer, hör auf, hör doch auf, ich hab ja alles verstanden, und der Schwarze, wozu *fragst* du dann, hab Erbarmen, Schwarzer, sag ich, ich hab dich doch gar nichts gefragt, so, und warum *redst* du dann so Sachen, wenn *ich* dabei bin, du weißt doch, daß ein Parteigenosse mit Bewußtsein *aufklären* muß, wenn einem Compañero was unklar ist, mach einen Punkt, liebster

Schwarzer, um Himmels und der Allerheiligsten Jungfrau willen! sag ich, mir ist doch gar nichts unklar, nichts, nicht das kleinste bißchen, und ich zeig ihm den Nagel von meinem kleinsten Finger, nicht das allerkleinste bißchen, und der Schwarze: ach und ich dachte, und da warn wir gerade, als die Jungs vom Sicherheitskomitee ankamen, genau zwanzig Minuten bevor die Frühschicht anfing, und Compañero Osorio, wir machen eine dringende Versammlung, weil ein Problem aufgetreten ist, und ich guck den Schwarzen an und sag, na dann geh ich mal, Compañeros, und statt dessen steht der Schwarze auf und faltet sorgfältig seine rote Zeitung auf dem Tisch zusammen und sagt zu mir: ich selber hab drum gebeten, daß du den Fall übernimmst, aber Schwarzer, sag ich, ich hab hier nichts zu melden, ich kann mich doch nicht in Sicherheitsfragen einmischen, und der Schwarze: entweder du mischst dich ein, oder ein Kollege der Fabrik muß sich auf was gefaßt machen, und da stoppt ihn der Sicherheitsbeauftragte, sei still, Schwarzer, sei still, du sollst dem Compañero hier doch gerade keine Vorurteile in den Kopf setzen, und der Schwarze, ist klar, Compañeros, und geht raus, und so, Mari, muß also dein armer Dicker den Karren aus dem Dreck ziehn, Compañero Osorio, kennen Sie den Compañero Oliva, klar kenn ich den, was ist denn mit dem, da gibts ein Problem, das das Funktionieren unseres verstaatlichten Betriebes betrifft, was das wohl ist, wenn ihr so ernste Gesichter macht, also Compañero, um die Dinge beim Namen zu nennen, der Oliva hat seine monatliche Stoffzuteilung genommen und verkauft sie nun auf dem Schwarzmarkt, und das ist schlimm, Compañero Osorio, wie finden Sie das, und ich, sehr schlimm, und das schlimmste ist, daß er auch den andern Compañeros den Tip gegeben hat und viele ihren Stoff verkaufen wollen, und wir meinen, das geht nicht an, Compañero, und ich frag, wieso eigentlich, ich denk, der Compañero Oliva ist ein Linker, der war immer auf unsrer Seite, so ist es, aber so stehn die Dinge leider, und was sagen Sie dazu, Compañero Osorio, was soll ich dazu sagen, sieht nicht grade gut aus, die Compañeros Funktionäre hier sagen, sie wollen ihn entlassen, und wir vom Komitee wissen nicht recht, weil wer sind wir denn, daß wir jemand entlassen können, noch dazu einen aus unserer eigenen Klasse, Compañero, und wenn wirs dem staatlichen Verwalter melden, dann ist Oliva gleich weg vom Fenster, und wo seine Frau erst vor einem Monat ihr erstes Baby gekriegt hat, was hältst du davon, Compañero Osorio, was soll ich dazu sagen, du sollst uns bloß sagen, was wir machen sollen, weil der Schwarze hat sich gedrückt, der Schwarze hat gesagt, wenn der Oliva gefeuert wird, würden hinterher alle sagen, er wär schuld daran, der Schwarze, der Sektierer wär schuld daran, ein dicker Brocken, mit dem ihr mir da kommt, was soll ich denn dabei, also du sollst mit dem Compañero reden und dann entscheiden, und ich, aber Compañeros, und Oliva soll von draußen reinkommen; was, sag ich, der steht vor der Tür? und heiß und kalt wurde mir dabei, Marita, wie es deinem Dicken noch nicht war, höllisch heiß und eiskalt, Marita, und die Compañeros, kommen Sie rein, Compañero Oliva und machen Sie die Tür hinter sich zu, und da steht er vor mir, der Oliva mit seinen ungekämmten Haaren, die Kneifzange am Gürtel, das dünne Bärtchen naß vom Reif, und bläst sich in die Hände, wie wenn er Lokomotive spielt, und ich mit Haut und Haaren vor den Compañeros, und ich sag dir eins, wie ich den Mann da so vor mir sah, durchgefroren, leicht geduckt und mit diesem ausgefuchsten Linksaußengrinsen, da hat mir nicht der Schwarze und nicht der Vorsitzende und nicht mal der Typ leid getan, Mari, da hab ich mir gottverdammich selber leid getan, weil wer war ich denn, ich hatte ja gar nichts gegen den Oliva, ich war in keiner Partei, ich hatte nicht mal ein Fünftel von den proletarischen Büchern gelesen, die der Schwarze liest, und ich tat mir leid, weil von allen Compañeros ich, ein Niemand, zum Henker, Schwarzer, ausgerechnet ich! entscheiden mußte, aber was sollte ich machen; also Compañero, sage ich, du weißt, warum du hier bist, ja Osorio, weiß ich, du mußt mir verzeihen Oliva, daß ich dir sag, was die Compañeros sagen, ich will dir nämlich nicht zu nahe treten, sags ruhig, Compañero Osorio, dafür sind wir schließlich Klassenbrüder und Proletarier, eben, Oliva, was du da tust, geht gegen die Klasse und gegen die Proletarier, ich mein, gegen die Proletarierklasse; was, Momentchen mal, Kumpel Osorio, was soll denn das, einen Verräter an der Klasse nennst du mich (kannst dir vorstellen, Mari, ein schöner Einstieg, ich hatte den Mund noch nicht zweimal aufgemacht und schon jede Menge Blasen auf der Zunge); so mein ich das ja auch gar nicht Compañero Oliva, aber ohne daß ich dir wie gesagt zu nahetreten will, erklär mir doch mal selber, ob es stimmt oder nicht, daß du den Stoff von der Zuteilung auf dem Schwarzmarkt verkaufst, und der Compañero Oliva steht da wie mit Eis im Hintern, der stiert mich an, wie wenn er sagen will, und wegen dem *Mist* holt ihr mich her, wegen *dem* Mist, und klar, er sagts auch, mit einem breiten Grinsen, und dafür haben die Compañeros mich hergeholt? und ich, während der Oliva sich abkühlt, komm allmählich in Hitze: dafür, Compañero, da findest du wohl gar nichts dabei, und der Oliva, nein, Osorio, find ich nicht, wenn dus wissen willst, und damit du Bescheid weißt, die Fabrik gehört uns, die gehört den Arbeitern, die drin arbeiten, oder? und wenn die Compañeros ihre Stoffzuteilung kriegen, dann können sie die zu Hause lassen oder verkaufen, wos ihnen paßt, dafür ist es schließlich unsere Fabrik, und wenn du noch was wissen willst, Compañero Osorio, ich denk, wie das geht mit dem Prozeß hier, fallen wir noch alle auf den Bauch, und auf einmal hab ich gemerkt, daß bei mir drin eine Maschine anfing zu laufen, die Ordnung in den ganzen Salat brachte, ich hab gemerkt, der Dicke funktioniert, wenn sich der Motor erst mal warm läuft, genau wie die Autos von Anno dazumal, und da hab ich gesagt, na Compañero Oliva, und hab das *Compañero Oliva* schon so halb verdächtig gesagt, na dann soll mir der Compañero Oliva doch mal erklären, wie er die Sache sieht, ganz einfach Compañero Osorio, die Fabriken und Werkstätten müssen alle den Arbeitern übergeben werden, und ich hörs und, in Ordnung, was noch, Compañero, darum müßte die Fabrik hier, Compañero, auch uns gehören, ich mein das Geld, was da reinkommt, wär dann für uns, und wir wären die Besitzer von den Maschinen; und ich, bis dahin stumm wie eine Mumie, sag jetzt, na prima, einverstanden, was hätte ich sagen sollen, Schwarzer, na und, hab ich gesagt, Oliva, sag ich, gehört die Fabrik denn etwa nicht uns? gehören die einundneunzig Verstaatlichten denn etwa nicht dem Volk? und Oliva: überhaupt nicht, dem Volk gehörn die nicht; wenn die dem Volk gehörn würden, er wär ja auch das Volk, aber das Geld von der Fabrik, das kriegte er nicht zu sehn oder? und da hab ich den Kerl durchschaut, da hab ich durch den Burschen durchgeguckt, wie wenn ich ihn textilfrei auf Doktors Röntgenbild vor mir hätte, barfuß bis zum Hals hat der vor mir gelegen; ich hab mir meinen Mann an den Schreibtisch gesetzt, ihn dabei aber mit dem Blick festgenagelt und nicht mehr losgelassen und hab auch jede Scheu verloren, ihn anzupöbeln, wie man so sagt, und hab jeden Benimm beiseite gelassen, wie man so sagt, und hab gesagt: weißt du was, Oliva? du bist gar kein Verräter, du bist gar kein Überläufer aus den Reihen des Proletariats, weißt du, was du bist, ein armes Arschloch bist du! wie bitte Compañero, wie ichs gesagt hab, du Arsch, ein armes Arschloch bist du, was soll das, Compañero, den Respekt wollen wir doch wahren, und nein Oliva, versteh mich nicht falsch, was ich gesagt hab,

hab ich gesagt, und dabei bleib ich auch, aber was du willst Mann, ist, daß alle Arbeiter Kapitalisten werden, du willst als Besitzer von dem Ding hier mit dem Kapitalisten von dem andern Ding konkurrieren, und wenns ginge, würdst du auch gern Arbeiter haben, die deine Arbeit für dich machen, wenn du reich bist oder? Moment mal Compañero, und laß mich ausreden Mann, weil wenns nach dir ginge, müßten die Kupferbergleute, ja die Kupferbergleute du Arschloch! die Besitzer von den Bergwerken sein, müßten Dollars verdienen, Cadillacs fahren, Appartements in Miami haben, die Kinder in London studieren lassen und sogar ihre Privatarmee haben, weißt du Oliva? du redest so, weil du nicht weißt, wie die Dinge laufen, weil du den Charakter der Kämpfe des Proletariats nicht kapierst, weil du nicht kapierst, wer du *selber* bist du Arsch, weil wenn du den Stoff auf dem Schwarzmarkt verkaufst, verkaufst du dich doch selber Mann, verkaufst dein Baby Mann, weil du mithilfst, daß sich alles rückwärtsdreht, und du benimmst dich sogar noch schlimmer als die Reaktionäre, schlimmer als die Milicos, die uns die Fabriken und Wohnungen durchsuchen, als die Faschisten, die uns abknallen, weil du die einzige Waffe kaputtmachst, die wir haben Mann, die Klassenmoral, das Klassenbewußtsein, kapierst du das Mann? und der Oliva beguckt sich seine Schuhe und sieht nicht mal auf, als er sagt: aber reg dich doch nicht auf Compañero, und ich: aufregen tu ich mich ja gar nicht, ich will nur wissen, ob du verstanden hast; und der Oliva streicht sich mit den Händen über die Nase, und ich merk, eigentlich will er sich die Augen zudecken, weil er aber sieht, daß ich ihn immer noch anguck, geht er statt dessen ans Fenster und tut, als ob er rausguckt, aber da gibts kaum was zu sehn, weil die Läden zu sind, die sind noch von der Nacht her zu, weil die Fachos vorbeifahren und jeden, der Wert darauf legt, frische Luft zu schnappen, mit der MP niedermähen, ich nehm an, der Oliva wird deswegen so komisch, weil er im Grunde das Herz auf dem richtigen Fleck hat, und ich weiß, wie seine knochigen Backen jetzt wahrscheinlich aussehn, und weil ich weiß, daß man einem ordentlichen Proleten nicht zusieht, wenn er kackt, hab ich mich hingesetzt und mir diese rote Zeitung vorgenommen, wo drinsteht, wie das Zeugs alles zustande kommt, bis sich der Compañero Oliva von selber umdreht und sagt: sonst noch was Compañero? ich hab nichts mehr, sag ich, dann geh ich also, sagt er und ich: geh ruhig, und kaum ist er raus, kommen der Schwarze und die beiden vom Komitee rein, auf den Gesichtern ein einziges *Und?*, darum sag ich, setzt euch hin und erzähl ihnen Stück für Stück, mit Händen und Füßen, was er gemacht hat und was ich gemacht hab, und die Parteigenossen fahren die Horcher aus und gucken alle drei aus der Wäsche, als ob sie die ganze Zeit auf einem Farbfoto wärn, und wie ich fertig bin, hab anscheinend ich das *Und?* auf dem Gesicht, und weil über eine Minute so rumging, hab ich mir eben ein Stäbchen angezündet, und erst da steht der Schwarze auf mit einem Lächeln, wie ichs bei dem noch nie gesehn hab, hat gegrient, der Schwarze mit seinem weißen Pferdegebiß, und stellt sich hin und sagt: du warst Klasse, Dicker, und die andern drücken mir die Hand wie auf dem Sterbebett, und, Marita, obwohl ich es doch sonst versteh, den Leuten Tränen ins Knopfloch zu reden, fiel mir nichts anders ein, als zu sagen *venceremos.*

Als er durch den Aufenthaltsraum ging, fiel ihm auf, daß Wachtmeister Sepúlveda, in seiner Uniform, mit Revolver und Dienststiefeln, vor dem Klavier stand wie vor einem sturmgepeitschten Ozean. Auch die Dienstmütze hatte er auf, und von hinten sah es so aus, als horche er auf etwas, das das Klavier von ihm verlangte. Don Manuel spürte etwas Verheißungsvolles in seiner Haltung und schlich auf Zehenspitzen die Treppe hinauf, um sich nicht auf ein Gespräch einzulassen, bei dem er gezwungen wäre, ihn zu ermuntern und ihn zu Vertraulichkeiten zu verleiten, über die Sepúlveda später erröten würde, und dann würde er vielleicht eine Woche lang nicht zum Essen herunterkommen.

Er setzte sich auf die Bettkante und tastete von da aus nach dem Schalter der Nachttischlampe. Als es hell wurde, riß der Junge den Mund zu einem herzhaften Gähnen auf.

– Hallo, Arturito. Wie gehts so?

– Wie gehts, Don Manuel?

– Gut. Was macht der Fußball, Junge?

– Bin dabei. Er gähnte noch einmal und rieb sich dann die Augen. Wollen Sie das Geld für die Pension?

– Nein, mein Sohn. Deswegen bin ich nicht hier. Kommen Sie mal näher ran.

– Wozu?

– Ich will Ihnen etwas zeigen. Etwas, das ich Ihnen mitgebracht habe.

Der Junge setzte sich auf, stellte die bloßen Füße auf den Boden, und Don Manuel holte ein ledergebundenes rotes Buch unter seiner Achsel hervor.

– Das bringen Sie mir?

– Hier, Arturito, stehen sehr schöne Sachen, die man den Damen sagen kann.

Der Junge kratzte sich am Kopf, wie um den Schlaf zu vertreiben, und rieb sich dann die Schenkel, während das kleine Spiegellächeln hervorkam.

– Den *Damen*, wiederholte er. Ich glaub nicht, daß mich das interessiert, Don Manuel. Ich will nicht mit ihnen reden, Sie wissen schon, was ich will.

– Daran liegt es ja bei Ihnen, junger Mann. Sie haben es zu eilig. Kennen Sie diesen Autor?

– Neruda. Er sah vom Buch auf, dem Wirt in die Augen. Pablo Neruda? Der Dichter?

– Ich möchte, daß Sie sich etwas anhören. Sie werden sehen, was für schöne Sachen hier drinstehen, die man den Damen sagen kann.

– Hat dieser Dichter flotte Bienen?

Don Manuel rief mit einem vielsagenden Blick den Umfang des Buches zum Zeugen.

– Haufenweise, sagte er und schlug es auf der Seite auf, wo das Buchzeichen in das hauchdünne Papier dieses Bandes der Gesammelten Werke einschnitt.

– Pablo Neruda ist sehr bedeutend, sagte Arturo. Er hat den Nobelpreis bekommen.

– Schön. Hören Sie sich das an, mein Sohn:

Für mein Herz genügt deine Brust,
für deine Freiheit genügen meine Flügel.
Von meinem Mund gelangt bis zum Himmel,
was schlummerte auf deiner Seele.

In dir ist die Illusion eines jeden Tages.
Du kommst wie der Tau zu den Blumenkronen.
Du untergräbst den Horizont durch dein Fernsein.
Ewig auf der Flucht wie die Welle.

Du singst, so sagte ich, im Wind
wie die Föhren und wie die Masten.
Wie sie bist du hoch und schweigsam.
Und plötzlich wirst du traurig, wie eine Reise.

Gastfreundlich wie ein alter Weg.
Dich bevölkern Echos und Stimmen der Sehnsucht.
Ich erwachte, und manchmal zeihn flüchtend fort
Vögel, die schliefen in deiner Seele.*

Don Manuel hörte auf zu lesen und strich die dünne Seite glatt. Ohne Arturo anzusehen, ließ er das Schweigen sich immer mehr vertiefen, dieses Nichtvorhandensein von Worten zum Triumph des Dichters werden, zu dem, was vereint und unausgesprochen bleibt. Er spürte diese Anwesenheit in seinen eigenen Augen, in dem leicht unruhigen Pulsen seines Blutes. Dann blickte er von dem Buch auf und sah, daß Arturo, den Kopf an die Wand gelehnt, versunken an die Decke starrte.
– Begreifst du? sagte er weich, als habe er sein rauhes Organ in Samt eingewickelt. – So redet man mit einem Fräulein.
Arturo starrte weiter zur Decke, ohne auch nur mit den Wimpern zu zucken. – Was sagst du dazu, mein Sohn? Woran denkst du?
Arturo seufzte schwer und sagte:
– Wieviel Geld kriegt man wohl für den Nobelpreis?
Der Wirt sprang vom Bett, knallte das Buch zu und hatte schon in der nächsten Sekunde die Tür aufgerissen. Von dort ließ er den Band aufs Bett segeln.

*Nachgedichtet von Fritz Vogelgsang.

– Am Samstag ist ein großes Fest, junger Mann. Wenn Sie eines Tages anfangen wollen, dann lesen Sie besser erst mal Bücher wie das da.
Als der Mann hinaus war, gähnte Arturo so, daß er quer übers Bett rollte. Er rückte zur Lampe, steckte den Daumen ins Buch und blätterte die Seiten wie ein Kartenspiel. Plötzlich hielt er an und begann auf der wahllos herausgegriffenen Seite zu lesen:

Küsse mich,
beiße mich,
entflamme mich,
denn nur darum komm ich zur Welt,
daß scheiternd untergehn meine Mannesaugen
im unendlichen Wasser deiner Weibesaugen.*

Er sah auf und lauschte dem Klang dieser Worte nach.
– Beiße mich, entflamme mich! preßte er mit den ganzen Lippen, den ganzen Zähnen, der ganzen Zunge und der Kehle inbrünstig hervor. Er schlug sich kräftig mit der Faust aufs Knie. – Beiße mich, entflamme mich, sagte er mit seiner natürlichen Stimme. Und dann: – Das ist ein Gedicht!

Als Don Manuel auf der untersten Stufe ankam, erblickte er den reglosen Rücken des Wachtmeisters am Klavier. Da verpaßte Don Manuel dem runden Tisch einen Fußtritt und schrie Sepúlveda an:
– Los schon, Mann. Spielen Sie was! Spielen Sie! Was haben Sie sich eigentlich gedacht?
Der Wachtmeister machte, nicht im geringsten erschrocken, auf dem Absatz kehrt, fast als ob er auf Luft träte, fast als ob er nicht da wäre. Sein sonst korrekt rasiertes Gesicht hatte einen Bartschatten, und sein Uniformkragen stand offen, wie im Film, wenn ein Offizier degradiert wird und

*Nachgedichtet von Fritz Vogelgsang.

dabei eine schauerliche Musik ertönt und der Mann den Kopf senkt und die Braut einen andern heiratet. Aber in Sepúlvedas Augen war nicht die Spur einer Träne, nichts von Verzweiflung, und fast lächelte er ein wenig, ein wenig traurig.

– Wir sind kaserniert worden, Don Manuel, sagte er. Es ist etwas im Gange.

Der Wirt trat mit einer ermunternden Geste zum Klavier.

– Na los, Mann, spielen Sie uns was.

Der Wachtmeister wischte sich die Hände an der Uniform trocken, spielte mit viel Feuer dreißig vollkommene Sekunden lang „Für Elise“ und schlug dabei so in die Tasten, daß die Schwingungen die ganze Pension ausfüllten. Als er seinen Vortrag abbrach, legte er die zehn Finger aneinander, als ob er beten wolle.

– Ist es der Putsch? fragte Don Manuel, ohne ihn anzusehen.

– Scheint so.

– Morgen?

– Kann sein.

Der Wachtmeister stand auf, schielte nach der Tür und zog Don Manuel am Arm hinters Klavier. Dort steckte er hastig die Hand in die Patronentasche, forderte Don Manuel auf, die Hände vorzustrecken, legte ihm die Munition hinein und drückte ihm dann selber die Fäuste zu.

– Damit Sie es wissen, ich behalte nur diese eine, sagte er, während er sie in den Dienstrevolver schob. Und außerdem sollen Sie wissen, die ist für mich, für alle Fälle.

Er sah den Wirt an und machte eine komische Bewegung mit der Augenbraue wie Cantinflas oder so jemand.

– Für alle Fälle, sagte er noch einmal.

Señor Lecaros, Sie sehen bombig aus, irre, geil, fulminant, künstlerisch, mondän, super, feurig in Ihrem Anzug von General Electric, mit Ihrer Tango-Frisur wie Gardel, so rassig, daß man Sie mit dem Admiral von einem Schiff oder dem Kapitän von einer Yacht verwechseln kann, wir sind alle ganz hin von Ihrem Berufsethos, hätten wir gewußt, daß Sie so erscheinen, das Orchester wäre gar nicht nötig gewesen, Sie sehen sublim indiskret expansiv aus, und neben diesem goldenen Flitter, der auf Ihrem Sakko glitzert, verblassen die Schönheiten auf der Bühne mit ihren weißen Kostümchen und den Nelkensträußchen, wie Bräute, die Kandidatinnen, und wir sind hier ganz verrückt nach ihren Lippen mit diesem schimmernden Rouge, das die knusprigen Dinger sich drauftun, das muß man gesehen haben, kesse Segler, die Bienen in ihrem Sonntagskattun, wie die Röcke wippen, kaum zu glauben, wenn man die gleichen Mädchen donnerstags so um fünf aus der Fabrik kommen sieht, das Eßgeschirr leer und die Augen fast zu und die Haut voll von diesem Staub, diesen feinen Fasern, die Tag und Nacht in den Hallen rumfliegen wie weißes Raubzeug, Donnerwetter, wie stolz, wie schick die Spitzenkandidatinnen auf dem Podium stehen, mit ihren gut verpackten Brüstchen und den silbernen Perlenkronen, die ihnen auf der Stirn glänzen, und die Jüngste, die mit den schwarzen Augen, trägt die Krone genau über den Pickeln, das ist die Compañera Emilda Espinoza, siebzehn Jahre jung und schon in der Kreisparteileitung Süd, was sagen Sie dazu, Kleiner Herr, wie unbekümmert sie lacht, die Krabbe, die da ist es, die uns zuwinkt, und der an Tisch fünfzehn ist der Papi von Emilda, Bergmann bis zu seinem Fünfundfünfzigsten, der hat gesagt, am Jahrestag der Verstaatlichung kauft er sich ein Gebiß, damit die Leute mal sein Lächeln kennenlernen, und da haben Sies, und außerdem, hat er gesagt, macht ihm das Sterben jetzt nichts mehr aus, weil jetzt Demokratie im Land ist und weil der Boden denen gehört, die ihn bearbeiten, und der verstaatlichte Betrieb nicht wieder hergegeben wird, Don Florencio Espinoza heißt er, siebenundsechzig Jahre alt, fünfzig davon Partei, und wenn Sie mich fragen, dann wird sie die Schönheitskönigin, weil die Kleine so was an sich hat, daß sie für die Alten wie eine Tochter und für die Jungen wie eine Braut ist, an der ist alles dran, drei oder vier wollten sie schon heiraten, und sie sagt, denk ja gar nicht dran, bin doch nicht blöd, erst bei den Veränderungen hier im Land mitmachen und mich befreien und dann der Bagage die Laken anwärmen, in der Fabrik sind die unheimlich sympathisch, da gehts Süße hier und Süße da, aber hinterher in der Siedlung und wenn man was Kleines im Bauch hat, da werden sie anders und fallen einem besoffen ins Bett, immer feste Compañeritos fabrizieren, was?

Ein unvergeßlicher Tag, Señor Lecaros: Sie waren einsame Spitze, ich schwör Ihnen, ich habe noch immer keine Ahnung, wo Sie das Ei hingesteckt haben, und auch nicht die blasseste Ahnung, wie Sie das gemacht haben, die Zigarette am Hintern anzuzünden, das war eine Wucht, Señor Lecaros, geradezu satanisch, und immer so ernst dabei, so professionell vor all den Leuten, in Ihrem goldenen Jackett, und von Ángel red ich gar nicht erst, der ist ein Kapitel für sich, nicht wahr? ganz in Weiß, das lange Ende, superedel, als ob er der Louis von all den Schönen wäre, und so gestriegelt, und ich will mich ja nicht in Berufsgeheimnisse einmischen, aber wieviel kostet denn so ein Jackett, bloß übern Daumen gepeilt, die gekräuselte Spitzenbluse und diese Ärmelaufschläge, die wie bei der Erstkommunion rausgucken, und die Samtfliege am Hals, alles mitgerechnet, nur so ungefähr, Señor Lecaros, wieviel haben Sie dafür gezahlt, und entschuldigen Sie, wenn ich aufdringlich bin, aber warum lächeln Sie eigentlich nie, der Ángel sagt, das wär eben Ihr Stil, Sie hätten ein goldenes Herz, bloß nicht das passende Gesicht dazu, eine harte Schale hätten Sie, sagt er.

Señor Lecaros, glücklich sind die Augen, die Sie sehen und gesehen haben, das goldene Jackett ist einfach Zucker, was glauben Sie, wieviel Zähne ich mir aus einem einzigen Ärmel von Ihrem Jackettchen machen lassen könnte, Sie sind heute faunisch, sinnlich, blühend, ausgereift, magnetisierend und vor allem vollkommen vollkommen-vollkommen-vollkommen, und entschuldigen Sie, ich könnte mich dumm und dämlich reden, Sie wissen schon.

Señor Lecaros, ich schau Sie mir an und kann es nicht fassen, lassen Sie mich die Sonnenbrille aufsetzen, um die Einzelheiten zu würdigen, diese Knöpfe wie Smaragde und so weiter und so weiter, wenn ich Sie bloß ansehe, dreht sich mir der Kopf, Ihre ganze Person raubt einem den Atem, wir kommen uns vor wie im Kino, nicht wahr? wirklich mit allen Schikanen, Cecil B. de Mille, „Cleopatra“ mit Elizabeth Taylor, ich weiß nicht, wie ich es Ihnen sagen soll, durch Sie bekommt das Fest Format, seht euch die Jungs an, go-go und go-go, wie in einem nordamerikanischen Musical, und alles dank Ihnen, Señor Lecaros, Sie geben der Nummer, wie soll ich sagen, etwas Festliches, nicht schlecht, gar nicht schlecht, letztes Mal war so ein Ansager vom Rundfunk da, mit offenem Kragen, nicht wahr? im braunen Anzug und ohne Schlips, nicht wahr? ist ja in Ordnung, nicht wahr? aber doch deprimierend, nicht wahr? das ist es ja eben mit

der Artistengewerkschaft, daß die uns Proleten immer solche Typen schickt, die sich genauso anziehn wie wir selber, und so geht das eben nicht, Sie sehn ja, wir lieben die Welt des schönen Scheins, der Phantastik, Ihr Neonlicht, Ihre gutangezogenen Mädchen, den ganzen Glanz, Señor Lecaros, Sie sehn ja, für realistische Kunst haben wir die Gewerkschaft, so daß ich Ihnen eigentlich nur noch gratulieren kann.
Und bei der Vorstellung der Kandidatinnen, Señor Lecaros, waren Sie auch ganz groß, gewissermaßen über sich selbst hinausgewachsen. Als Sie wieder aufs Podium kamen, wurden zwar ein paar Witze gerissen, bist wohl als Banane verkleidet, in welchem Klempnerladen haben sie dir das Kostüm da zugeschnitten, und he, Dagobert Duck im Marskostüm, aber im allgemeinen, Don Lecaros, waren die Ovationen ohnegleichen, und Sie greifen zum Mikrophon, so ernst, so professionell, so schick wie die Leiche im Sarg, und die Jungs von den Gewerkschaften rücken näher ran, und der Tanz bricht ab, und die Schlagzeuger trommeln, daß die Untertassen wackeln, und die Trompete bläst wie der Engel der Verkündigung, und Sie senken den Arm wie eine brennende Fackel, wie wenn Ihnen Honig von den Fingern tropft, und die Satansband verstummt, und Sie am Mikrophon (und da kommen die Männer rein und gehn zu Arturo in die Bar und fragen ihn, ob das Señor Lecaros sei, und Arturo, ja, derselbe Lecaros, der auch Kleiner Herr genannt wird, und dabei lächelt er sie an, ihm fällt nichts auf an ihnen, ja, das ist er, Señor Lecaros alias Kleiner Herr), Sie, mit der kultivierten Stimme, wie ein Caballero mit Pfeife und Manschettenknöpfen, ergreifen die Hand unserer unbefleckten Braut und sagen *wie ein Gestirn, wie eine Blüte, Lucía Alba aus der Hütte*, und Lucía Alba kriegt jeden Vormittag, außer montags in der Bäckerei, Beifall, wenn sie die Marraquetabrote kiloweise auf die Waage schmeißt und

die alten Weibchen, ihre Karte in der Hand, in die Kruste kneifen, ob das Brot auch warm ist, dieselbe Lucía Alba von der Bäckergewerkschaft, einzige und heißverehrte Kandidatin, und alles klatscht, aber die Bäcker natürlich am meisten, und Sie klatschen auch, mit Ihren Magierhänden, Señor Lecaros, und Ihr Jackett leuchtet auf und faltet sich wie eine goldene Ziehharmonika, ein wahres Gedicht, mein Herr, und jetzt bitten Sie um Ruhe im Saal und beschreiben dazu mit zwei Fingern einen Kreis, von der Stirn hinunter zu Ihrem Herzen, und zischen dabei scharfe S ins Mikrophon, und sie tritt vor mit ihrem Busen, der in den Textilfabriken berühmt ist, und diesem Lächeln von einer, die ihre Reize nicht versteckt, und rot wie immer, weil sie weiß, daß alle Kollegen sie wegen ihrer Gewerkschaftsarbeit schätzen, es sich aber jetzt nicht nehmen lassen, einen letzten, bewegten Blick auf diese Traumtitten zu werfen, wo wir schon mal da sind, solche holländischen Zitzen hat es in dieser Gegend schon lange nicht mehr gegeben, und Sie, Señor Lecaros, mit Ihrem Gefühl für große Gesten, zu denen Sie auch die großen Worte finden, gehen hin und sagen mit so viel Takt, Charme und Transparenz, *nur die Tiefe der See einen solchen Stern wie Estrella gebiert, ihre schwarzblitzenden Augen wurden dort aus den Felsen tranchiert, ihre Nymphenseele ein schöner Körper ziert, mit den Augen und den Dingerchen drunter sind es der schönen Dinge vier,* und Estrella wird ein bißchen rot, aber nicht so sehr aus Ärger, eher gefällts ihr, weil ihr noch nie einer so schöne Sachen über ihre Dingerchen gesagt hat, und den Jungs von der Textilbranche war das aus der Seele gesprochen, Señor Lecaros, Sie haben uns aus der Seele gesprochen (und Sie konnten nicht wissen, daß die Männer dem Arturo inzwischen ein Gläschen spendiert und verschiedenes mit ihm geredet haben, nicht übel, der Conférencier, was? und nein, übel ist er nicht grade, und der Rothaarige, ganz auf George Raft, zu dem größeren Rothaarigen, sieht einem Freund von uns ähnlich, einem ganz besonderen Freund, was? und schlürfen den Cola-Rum durch die Zähne, und die Eisstückchen tanzen auf ihrer Zunge, und der Fußballer, mir ist das alles egal, mich gehts nichts an, was der Zwerg und sein Frankenstein machen, dieses Spatzenhirn, das den ganzen Tag mit seinem Gockel spielt, mir kommts fast so vor, als ob der mit dem Gockel sogar Ferkeleien treibt, und der Rothaarige, was war das mit dem Gockel, und Arturo, Prost Leute, der Gockel, der versoffene Gockel der, der die Maiskörner mit Wein runterschluckt und die Würmer auf dem Hof massakriert, und jetzt sehen die Männer dem Kleinen Herrn und seiner Nummer zu, die Hände unterm Revers, ganz auf Humphrey Bogart alle beide, ist ja interessant, was, sehr interessant), und Sie, Señor Lecaros, unermüdlich auf Ihrem Podium, und die Arbeiter klatschen, und Sie, immer noch so professionell, aber schon ein bißchen freier, legen der schicken Puppe den Arm um die Taille und miauen wie ein verliebter Kater ins Mikrophon, lecken die *S* mit Ihrer kultivierten Stimme und schnalzen die *D* wie kleine Explosionen und sprechen die *T* scharf wie Dolche, Sie schmeicheln, Sie schmusen mit der Flor María Fernández, Sie deklamieren mit ganzer Seele, *es gibt Blumen im Garten und Blumen auf dem Feld, und in der Gewerkschaft die Flor María Fernández gefällt*, und dann dieser Toreroschlenker, mit dem Sie sie ans andere Ende der Bühne dirigieren, und die professionelle Pause, mit der Sie warten, bis sich der Beifallssturm von selber legt, und überhaupt, wie Sie sie vorstellen, da ist Rhythmus drin, das hat Charme, heute ist Ihr Galaabend, Kleiner Herr, das ist einmalig in der Geschichte der Unterhaltungskunst, und jetzt *die Zähne eine Perlenschnur, die Lippen ein Rubin, das ist Teresa López vom Schuhwerk Carafí*, und Sie große Klasse, sprühend, glorreich, begnadet und unumstritten, bewundert und unerreichbar, Señor Lecaros, mit Ihren empfindsamen, winzig kleinen Fingern an ihrer Taille, und *am Tag ist die Sonne heiter, und der Mond ist die Sonne der Nacht, und die Blanca Ximena Pérez den Rocher-Arbeitern lacht,* und Sie konnten nicht wissen, daß der Trampel in seinem superweißen Anzug wie Reif in den Hof fiel und daß der Hahn, wie ein Feuerwerk mitten in dieser weißen Nacht, an seiner Brust pickte und daß der Trampel, verträumt wie eine Sternschnuppe, wie ein langsamer, prachtvoller Komet, auf ihn aufpaßte und daß Juana Gómez ihre fünfunddreißig Jahre in ihren Zopf einrollte und sich an einen Abend im Caupolicán erinnerte, vor ihrer Zeit als Dienstmädchen, sich erinnerte, daß da im Varieté ein Mann mit genauso einem weißen Anzug gewesen war, und der Mann hatte Pérez Prado geheißen, und das zu große Jackett hing ihm wie ein Priestergewand bis auf die Knie, und darunter kamen ein paar butterweiche Beine hervor, die mambo mambo mambo schlingerten, und neben ihr auf der Galerie im Caupo saß, Händchen haltend, nicht ihr erster, sondern ihr dritter Freund, aber der erste, ders mit ihr gemacht hatte, den sie vielleicht am wenigsten geliebt hatte, aber na ja, und sie sah auch den Hahn auf dem Bauch des Trampels, und es kam ihr vor wie etwas, das fliegt und gleichzeitig stillsteht, das vorübergeht und bleibt, und Juana Gómez hatte das Gefühl, auf diesem Hof gäbe es keine Gläser mehr abzuwaschen, die Besen wären zu Staub zerfallen, die Dreckklumpen lösten sich in der lauen Nacht auf wie Gelee, alle Poster aus der Schlagerillustrierten „Onda" würden lebendig und drängten sich an ihr Ohr und seufzten *unsterbliche Juanita,* es flüstern Ginette Acevedo, Palmenia Pizarro, Ramón Aguilera, Sandro, Yaco Monti, Leonardo Favio, Javier Solís, Lucho Gatica, Enrique Guzmán, Ernesto Gil Olvera mit seiner Sprechenden Orgel und Juana Gómez, die elf Unsterblichen der Galaxis, sie wehen im Wind wie ein Kalender, auf dem es nur Feiertage gibt und von dem nie einer ein Blatt abreißt, der immer glänzt, weil der Wind lau ist und fegt und fegt ohne Besen, bohnert und bohnert, aber ohne Wachs, wäscht und wäscht, aber ohne Wasser, und Sie wissen immer noch nichts, weil Juana Gómez noch nicht reinkommt, mit den Händen an den Schläfen, und es Ihnen zuschreit, weil alle darauf warten, daß Sie den Umschlag mit dem Urteilsspruch der Jury bekommen, und der Umschlag geht von Hand zu Hand, und wie Sie blinzeln, Señor Lecaros, mit diesem kleinen Blitzen in den Augen, das macht den Augenblick so farbig, so erhebend, und Sie strecken den Arm aus, und gleich wissen wir, wer die Königin ist, und trotzdem geraten Sie nicht aus der Fassung, Sie wackeln nicht jedesmal mit den Hinterbacken wie dieser Francisquito vom Fernsehn, wenn Sie jemanden vorstellen, sind Sie einfach *da*, Kleiner Herr! mit dieser überlegenen, schneidigen, todsicheren, messerscharfen Technik, und warten, bis der Umschlag zu Ihnen kommt, und da erst erlauben Sie sich eine einzige Geste, bei der sich die Zuschauer vor Lachen die Hosen naß machen und der Busen der Mädchen vor Erregung zittert, was Sie eben so machen, Señor Lecaros, mit hochgezogenen Augenbrauen die Mädchen angucken und sich die Fliege dabei zurechtrücken und dann mit demselben Gesicht die Arbeiter sämtlicher Gewerkschaften fixieren, als wärn Sie Robert Mitchum, der vom Himmel runter an einem Seil einen schnöden Brief bekommt, da warn Sie mittendrin, Señor Lecaros, und erfuhren es erst später, als Emilda Espinoza schon Königin war und der Compañero Stellvertretende Arbeitsminister, der uns mit seiner Anwesenheit beehrte, einen mit ihr über die Donauwellen schob und Juana Gómez, mit den Händen an den Schläfen, hereingestürzt kam und Don Manuel sich zum Garten durchkämpfte, daß die Tänzer auseinanderspritzten, und der Schwarze auch losrannte, und da merkten Sie, daß Sie in ein und derselben Nacht zu Ruhm gelangt und in Schande geraten waren, woher sollten Sie auch wissen, Señor Lecaros, daß die Rothaarigen in den Garten stürzten wie eine umgekippte Fuhre Möhren und daß der Mond auf ihren Taschenmessern blitzte, woher sollten Sie das auch wissen, wenn Emilda Espinoza in dem Augenblick einen Arm hochhob, und nicht den Arm einer Schönheitskönigin, sondern die stolze sozialistische Faust, und wie die Braut von allen lächelte, wie eine Königin, die nun schon Königin ist, aber mehr noch als Königin die Compañera an diesem Jahrestag, und die Schlagzeuger und die Gitarristen fingen an, den Marsch zu spielen, und alle sangen „Venceremos", die von der Bäckergewerkschaft, die von den Carafí-Schuhen, die Textilarbeiter sangen, bevor der Stellvertretende Minister auf den Donauwellen mit *Königin Emilda der Ersten*, das waren Ihre letzten Worte ins Mikrophon, als Juana Gómez Sie an der Hose zog und sagte, sie wollen Ihren Angelito umbringen, Sie sollen ihn beschützen, und die Rotköpfe duckten sich mit gezückten Messern im Garten, und Ángel, wie ein Schneemann mitten in der Nacht, preßte den Hahn ans Herz, und der kleinere Rotschopf sagt zunächst sanft, gib ihn her, und der große Rotkopf, mach schon, Bürschchen, der gehört uns, und der Hahn sprüht Funken wie eine Sternschnuppe, und Ángel läuft das Blut über den linken Handrücken, und gib ihn her, gib ihn her, verdammich, her damit, wenn du nicht eine rote Plakette auf deine Galakluft bekommen willst, Langer, und Ángel keucht, ihm schwindelt in einem Kreis aus Dolchen, hilflos ohne seine Hände, und da kommt Don Manuel auf den Hof, und auch der Dicke und der Schwarze kommen, und Arturo und Susana tauchen auf, und die Rotköpfe fahren mit den Dolchen herum, sprungbereit wie Athleten, und der einen Schritt vorgeht, ist Don Manuel, und er ist es auch, der redet, er fragt, ob die Herren irgend etwas auf dem Herzen haben, ob ihnen etwas nicht gefällt, ein unfreundlicher Blick, ein häßliches Wort, und die Rotköpfe, nein, Caballero, wir holen uns nur, was uns gehört, was der Lange da an der Brust hat, ist nämlich unser Hahn, unser bester Hahn, und Don Manuel, mal langsam, eins nach dem andern, sind die Herren zu der Feier eingeladen oder nicht, und der große Rotkopf, nein, Señor, und darauf Don Manuel, gehören die Herren zu einer Gewerkschaft, haben Sie einen Ausweis, irgendeine Legitimation vorzuweisen, höflich, Don Manuelito, wie ein Bankdirektor, nein, aber, und Don Manuel fragt alle mit den Augen, fragt den Dicken, Arturo, den Schwarzen, die Bäckerfavoritin, die Jugend, die sich jetzt mit gereckten Hälsen an der Tür drängelt und sich in die Rippen stößt, kennt einer von Ihnen diese Herren, oder hat schon mal jemand von ihnen gehört, und da keiner etwas sagt, sondern alle die Köpfe schütteln, geht Don Manuel zu den Rotschöpfen, öffnet mit einem Ruck ihre Fäuste, und die Messer fallen zu Boden, und wenn Sie erlauben, meine Herren, ohne Ihnen zu nahe treten zu wollen, aber auf dieser Tanzveranstaltung geht es manierlich zu, und wir zeigen Ihnen jetzt, wo der Ausgang ist, hier lang, meine Herren, und die Menge teilt sich, und in der Tür sagt der kleine Rotkopf, sagen Sie dem Zwerg und diesem Langen, das nächste Mal kommen wir mit Pistolen, nicht mehr mit Messerchen, das soll sich der Lange merken, klar? und Don Manuel gibt ihm einen freundlichen Schubs, und während er die Tür hinter ihm zumacht, sagt er durch den Spalt, der noch aufbleibt, ja, er würde es ausrichten, sehr gern und guten Abend, und als er auf den Hof zurückkommt, hat schon einer gesagt *hier ist nichts passiert*, so daß Don Manuel es sich sparen konnte, weil alle schon wieder beim Tanz drin waren, das heißt, bis auf einen kleinen Mann in einem goldenen, für das Viertel haarsträubend luxuriösen, den Sternen im All originalgetreu nachgebildeten Jackett, der kerzengerade in seiner Hose mit den scharfen Bügelfalten dastand, derselbe Spitzenkönner in seinem Beruf, der in einer Nacht den Gipfel der Popularität erklommen, Beifall und Lob Hunderter und Aberhunderter geerntet hatte und nun in Begleitung seines Partners über die Mauer hinter dem Tanzlokal stieg, um in der Nacht der Schmach unterzutauchen.

Sie entschied, daß sie träumerische Augen haben müsse, und sagte sich, in realistischer Selbsteinschätzung lächelnd, daß sie jedesmal, wenn das vorkam, die Menschen besser fand, als sie waren. Außerdem wurde jetzt Jaime Atrias „Für dich würde mein Herz bis zum Opfer gehn" in der Fassung von Lucho Zapata und seiner Maschine gespielt, was sozusagen ihr Lieblingsbolero war, seit sie ihn im November 1970 auf dem Fest um den riesigen Springbrunnen vor dem Präsidentenpalast gehört hatte, wo die Mädchen vor Liebe überströmten und in den Armen der Burschen, die Astronauten glichen, Boleros tanzten, und sie hatte mit dem Compañero Schriftsteller und Jurymitglied der Casa de las Américas getanzt, und noch am selben Abend redeten sie davon, daß man in den Arbeitervierteln künstlerische Werkstätten aufmachen müßte, daß alles, was passierte, noch mal passieren, neu erschaffen und tausendmal neu erfunden werden müßte, in der Literatur, im Film, in Liedern, in Wandmalereien, in Lesezirkeln, in der Art, wie man sich kleidet und sogar, hatte er gesagt, in der Art, wie wir Compañeritos uns diese flotten Schnurrbärte stehen lassen, stimmts, Susana? und er hatte an Ort und Stelle auf eine Serviette vom Indianápolis ein Gedicht für sie geschrieben, und das Gedicht hieß UPOEM und tat nichts anderes als die Zähne der Mädchen beschreiben, die „Für dich würde mein Herz bis zum Opfer gehn" tanzten, und danach kam wortwörtlich der Text, *Für dich würde mein Herz bis zum Opfer gehn, wenn du mir ein bißchen Liebe schenkst,* und darunter setzte er seinen Namen, nämlich Antonio, und damit war das Gedicht auch schon fertig, hatte er gesagt, und gefällts dir oder gefällts dir nicht? Und klar, sie, Susana, hatte immer gedacht, es wäre toll, in einem Gedicht vorzukommen, aber doch nicht mitten in einem Bolerotext, denn ihr gefiel zwar der Bolero als Bolero und die Lyrik als Lyrik, nicht aber die Vorstellung, beides zu vermischen, das war wie Wein mit Milch vermischen, obwohl ihr eigentlich gerade *dieses* besondere Gedicht gefiel, wenn sie auch wollte, daß der Schriftsteller ihr sagte, ob das *wirklich* ein Gedicht, das heißt, ein Gedicht zum *Drucken* und so war, und der Schriftsteller sagte, ja, das wäre es und ihm gefiele es so, weil es politische Lyrik wäre, weil das genaue Datum drüber stünde, und das war ihr nicht in den Kopf gegangen, und er sagte, was wir fühlen, diese kleinen Sachen sind auch die Befreiung, guck dir die Augen der Leute an, findest du nicht, sie sehn sich alle wie Verliebte an? und das ist eben auch die Befreiung, und danach fiel ihm wieder ein, daß sie gesagt hatte, wenn das ein modernes Gedicht sei, dann wäre es ja ganz einfach, Gedichte zu schreiben, dann könnten ja alle in der Gewerkschaft und im Stadtteil Gedichte wie das da schreiben, weil die Leute dort warmherzige und wohlwollende Menschen seien, und sie selber könnte so ein Gedicht fertigbringen, und der Schriftsteller sagte beim Pilsener im Indianápolis zu ihr (na ja, neben dem Schriftsteller waren noch ein paar Kommilitonen vom Pädagogischen Institut da, aber weil sie mit dem Schriftsteller geredet hatte, erinnerte sie sich nun mal nur an ihn), ja, Compañera, *genauso* ist es, jetzt gehn wir Schriftsteller überallhin, damit kein Wort ungeschrieben bleibt, aber sie solle sich nicht einbilden, daß die Sache so kinderleicht sei, daß man, um ein Gedicht zu schreiben, bloß den Bleistift anzuspitzen brauchte und, los gehts, il cuore va bene, ein bißchen Romantik dazu und fertig, vielmehr müsse der Ausdruck freigesetzt werden, das ist so ein Dreh, Susanita, den wir Schreiberlinge manchmal raushaben, und wir sind verpflichtet, das allen beizubringen und den Leuten Mut zu machen, damit sie alles aufschreiben, und Susana wurde klar, daß Antonio recht hatte, denn sie hatte mehrere Male Gedichte geschrieben, so, als die Jungs durch den Fuhrunternehmerstreik total geschafft waren, da hatte sie versucht, eins über die Arbeitseinsätze zu schreiben, und rausgekommen war ein Schmalzkübel, und obwohl die Jungs ihr sagten, daß es schön sei, hatte es nicht die geringste Ähnlichkeit mit dem so einfachen und tollen Gedicht, das der Compañero Schriftsteller Antonio auf der Alameda gemacht und später einfach in der Kulturzeitschrift „El Quinto Pie“ rausgebracht hatte, und seit damals dachte Susana jedesmal, wenn ihre Augen träumerisch wurden, daß sie die war, die da in dem Gedicht vorkam, und daß niemand auf der Welt es wußte, und obwohl es ein Gedanke wie Zuckerguß war, war er ihr doch lieb, um sich in Augenblicken wie diesem daran zu erinnern, wo die Band dieselbe Melodie spielte und außerdem der Jahrestag der Verstaatlichung war und der Cola-Rum ihr beseligend durch die Adern rann. Und da lächelte sie. Sie lächelte für den Schriftsteller, der das Gedicht gemacht hatte, aber noch mehr für Lucho Zapata und seine Maschinen, und danach fiel ihr der Kopf mit einem kleinen Kichern auf die Brust, weil heute außerdem der glorreiche Tag war, an dem Luisín Landáez bei der Cumbia einen Satz gemacht hatte, und bei der Landung waren die Bühnenbretter eingebrochen, und dahinein fiel der Neger, sang mit echt kolumbianischem Schmalz einfach weiter, nur der Kopf guckte über die Bühne, und die Leute lachten Tränen, und Landáez, der nicht auf den Kopf gefallen ist, wenn es ums Geschäft geht, komponierte danach eine Cumbia mit dem Titel „Der Fehltritt“, die auf der Hitliste ganz oben, noch vor der Cumbia „Macondo“ stand.

Als der Compañero mit dem Tablett vorbeikam, wählten sie Cola-Rum, aber die Band spielte bereits etwas anderes, das

Schweigen war jetzt auch ein anderes, und Arturo schien abwesend zu sein. Susana lächelte ihm zu, und er drückte ihr ganz sanft, ganz unaufdringlich die Hand und sagte, ich liebe dich. Sie stand auf, ein wenig belustigt über das Zittern in ihrem Hals und jene Süße in den Knien und den warmen Duft der Nacht, von dem sie Lust bekam, sich an die Brüste zu fassen oder jemanden zu lieben, der *das* machte. Es belustigte sie, daß Arturo *ich liebe dich* gesagt hatte, ein bißchen, weil sonst alle mit *ich mag dich* anbändelten und *ich liebe dich* mehr was vom Fernsehen war. Sie war aufgestanden und mit leicht herausgedrücktem Bauch gegen einen Baumstamm gesackt, und das war auch die Stelle, die Arturo umfaßte, um nach ihren festen Hinterbacken zu greifen.

– Ich liebe dich, wiederholte er und näherte seinen heißen Atem ihrem Ohr.

Das Mädchen schob sein Gesicht und seine Hände weg, ohne daß er Widerstand leistete. Sie sah ihn verwundert und ein wenig betrunken an, als wollte sie herausfinden, wer dieser Mann sei, der sich immer wieder an sie heranmachte.

– Du magst mich? Wieso, warum, seit wann?

– Deine Art gefällt mir. Du bist anders.

– Wieso anders?

– Anders! Nicht wie die andern! sagte er, zeigte dabei in den Saal und kam mit dem Gesicht noch näher.

– Und warum sagst du mir das? Denkst wohl, du sagst mir da was ganz Tolles?

– Werd doch nicht sauer, ich dachte ...

– Gedacht hast du? Wo hast du das her, was du da gesagt hast? Der Junge strich sich das Haar aus der Stirn und sagte nichts, sah sie aber weiter an und zog einen Flunsch. Susana verschränkte die Arme vor der Brust und war sich bewußt, daß auszusprechen, was man denkt, auch eine Art ist, die

Menschen anzublicken. – Außerdem weißt du gar nicht, was Liebe ist!
Der junge Mann griff sich an den Krawattenknoten.
– Was willst du damit sagen? Daß ich es noch nie gemacht habe?
Susana sackte wieder gegen den Baumstamm und kippte ihren Cola-Rum hinunter, so wie man austrinkt, wenn keine Geste, kein Wort mehr bleibt, und sagte:
– Das hat überhaupt nichts damit zu tun, du Rindvieh! Gehn wir wieder in den Saal, ja?
Arturo drückte sich mit dem ganzen Leib an sie, ließ aber zum Zeichen des Respekts die Arme herunterhängen.
– Geh nicht weg, bettelte er. Susana sah seine Lippen nur Millimeter vor sich und drehte, da sie den Kuß vorhersah, das Gesicht ein wenig zur Seite. Arturo küßte sie nicht. Er blies ihr seinen Atem ins Gesicht, umspannte bloß den Baum mit den Armen und blieb so stehen, halb das Mädchen erdrückend, halb den Baum festhaltend. – Gefallen dir Gedichte?
– Ja.
– Patriotische oder romantische?
– Romantische.
Ohne ihre Augen zu suchen, mehr an der Erinnerung als an ihren Lippen hängend, betonte Arturo jede einzelne Verszeile:

> Gastfreundlich wie ein alter Weg.
> Dich bevölkern Echos und Stimmen der Sehnsucht.
> Ich erwachte, und manchmal ziehn flüchtend fort
> Vögel, die schliefen in deiner Seele.

Er schluckte, und seine Hand fuhr, wie ein Fangarm, wie ein Zweig, der vom Baum herunterkommt, langsam in ihren Ausschnitt, bis sie zum ersten Mal die geschmeidige, traumhafte Haut der Brust des Mädchens berührte.

– Laß mich los, sagte sie.
Aber Arturo war wie magnetisiert von dieser Schwellung und drückte den Mund darauf und drückte das Geschlecht an die Hüfte und wand sich an ihrem Leib wie ein verwundetes Insekt.
– Geh nicht weg, geh nicht weg, keuchte er. Geh bitte nicht weg.
Und jetzt rieb er seine Stirn an ihrer, als wollte er in den Kopf des Mädchens kriechen, ihr Gehirn auch körperlich mit seinem Bild ausfüllen, und vielleicht deshalb sagte er zu ihr, ich will, daß du mich liebst, ich will, daß du mich liebst, so laut, mit solcher Wildheit, bis Susana keine Luft mehr bekam, die Baumrinde ihre Kopfhaut aufscheuerte.
– Bitte, war das letzte, was Arturo sagte, bevor sie ihm, halb erstickt, mit dem Knie in die Hoden stieß. Der junge Mann krümmte sich und hielt die Hände schützend vor den Unterleib, und seine Hände fingen alles auf, den ganzen Stoff seiner Träume, randvolle Laderäume eines Schiffs ohne Hafen, seinen Mief und seine Explosion, seine Tauben und Ratten, als vermische eine unaufhaltsame Brandung, wie Ebbe und Flut zugleich, Lust und Schmerz zu einer einzigen Woge, und der Schrei, der ihm das Rückgrat hochstieg, kam nicht über seine Lippen, und seine besinnungslosen Hände waren nur ein warmes weißliches Gefäß, und das war alles – schoß es ihm durch den Kopf –, das war schon wieder alles, und er ließ sich einfach vornüber fallen, lag auf dem Gras in der sternklaren Nacht, wie auf einem letzten Lager, einem Armesünderkissen, und da ließ er den Rest in seine Hose laufen, und die warme Erde war kühler als sein Gesicht, und an ihr beruhigte er seine Stirn, und Susana hatte sich am Baum niedergehockt, rieb sich das gerammte Knie, atmete in tiefen Zügen die Luft auf dem Hof ein. Sie stieß sich wie ein geschlagener Boxer von dem Baum ab und stieg über Arturo hinweg, wie über den zerrissenen Brief eines Ver-

flossenen, ohne Bösartigkeit und ohne Wehmut. Arturo ahnte, daß sie zum Saal zurückgehen würde, wollte aber den Kopf nicht heben. Er wollte weder die zarte Struktur des Himmels noch das feingezeichnete Laub der Büsche, noch die Symmetrie des Mondes sehen. Er wollte das alles nicht sehen, umso weniger in diesem Augenblick, da sein ganzer Vulkan Lava war und seine Lava sich klumpig mit der Erde vermischte und aus dieser Erde und dieser Nacht auch nie etwas hervorgehen würde, und obwohl der junge Mann spürte, daß es noch einmal, flüssiger als vorher, in ihm hochstieg, als sei sein ganzer Körper heute eine Hexenküche, beschloß er, alle Poren zu verschließen, sich mit dem, was drinnen blieb, egal, was es war, zu vergiften, und da auf der Erde, die Nase im Gras, machte er sich mit einem Lächeln Mut und sagte der weichen Nacht und den gleichgültigen Sternen und den hastenden Insekten und dem Mond und den Pflanzen und dem rauschenden Laub des Baums: so bin ich, ihr gottverdammten Hurenfötze, und wenns euch nicht paßt, Pech gehabt!

Die Toiletten leerten sich schnell, die Jungs stürzten hinaus und in den Saal zurück, denn jetzt kam der romantische Teil, mit den Schlagern vom Festival in San Remo, und sie würden es ganz und gar nicht lustig finden, zum Tanz zu kommen und die Freundin Wange an Wange mit einem anderen zu sehen, auch wenn sie noch so anständig war. Alle stürmten hinaus, außer dem Dicken, der sich die Jacke auszog und den Schweiß rinnen ließ wie eine Dusche oder einen Bach. Da entdeckte er Arturo, der sich vor dem Spiegel in der Ecke umständlich frisierte.
– Wie stehts, Arturito?
– So schlecht und recht.
– So gehts im Leben, sagte der Dicke, während er seine Krawatte losband und den Wasserhahn voll aufdrehte.

Dann betrachtete er den verheißungsvollen Strahl und beugte sich vor, um den Kopf darunterzuhalten.
– In dieser Gegend vielleicht, in diesen Gewerkschaften, sagte Arturo und trocknete den Kamm am Revers ab. Altbackener Kuchen, Klappbrote mit Leberwurst, lauwarmer Cola-Rum.
Aber der Dicke konnte ihn nicht hören, weil sein Nacken bereits den Segen des Wassers empfing und das Plätschern den Raum erfüllte. Als er sich abtrocknen wollte, stellte sich Arturo neben ihn und sah ihn im Spiegel bedrückt an.
– Bald ist die Demonstration zum dritten Jahrestag, Arturito. Diesmal mußt du mit, weil da keiner fehlen darf. Wir müssen den Milicos Leute vorzeigen, es sieht nämlich verdammt finster aus.
– Vielleicht komm ich. Er kratzte sich an der Backe und bot dem Dicken dann seinen Kamm an, damit er seine Tolle besser modellieren konnte. Du, Dicker, kann ich dich was fragen, ohne daß du sauer wirst? Es läßt mir keine Ruhe.
– Schieß los.
– Ich will dir nicht weh tun, Dicker. Aber wie bist du zu deiner Biene gekommen? Ich meine, Dicker, ohne lange drumrum zu reden, du siehst doch nicht so besonders aus. Wie soll ich sagen? Du bist breit gebaut, verstehst du? Also, wie bist du da zu so einer irren Biene gekommen? Ist dir klar, worauf ich raus will?
Der Dicke zog in aller Ruhe einen Spiegel aus der Tasche. Er hauchte ihn an, rieb ihn am Hosenbein ab und drückte ihn dem Fußballer in die Hand, um sich nach allen Regeln der Kunst zu kämmen.
– Eh, Dicker?
– Ehrlich gesagt, ich denk, ich krieg die Bienen, weil ich nicht so blödes Zeug frag wie du, Compañero.
Arturo blinzelte und folgte den Händen des Dicken, die eine raffinierte Tolle bauten. Wie die von Elvis.

– Worauf ich raus will, Dicker, ist, wie du *diese* Biene gekriegt hast.
– Sie heißt María, Idiot, María, nicht *Biene*.
– María.
– Ich bin nämlich vorher noch mit andern gegangen.
– Noch mit andern?
– Mit andern, Arturito. Was wundert dich daran?
– Die werden aber mehr oder weniger mies gewesen sein. Ein bißchen pummelig, was weiß ich.
– Ich zeig dir gleich ein paar Fotos. Komm mal unters Licht.
Er holte eine Brieftasche aus dem Sakko, legte das erste Foto auf die Hand und hielt es dem jungen Mann unter die Nase.
– Wer ist der Typ da? sagte Arturo.
– Mein Vater.
– Ist so dick wie du.
– *War* so dick wie ich, Mann. Im November zweiundsechzig haben sie ihn umgebracht. Erinnerst du dich an das Massaker in J. M. Caro?
– Nein, erinnere mich nicht.
– Tja, da hast du gleich noch was, was man braucht, wenn man zu Freundinnen kommen will: ein gutes Gedächtnis. Er reichte ihm zwei Fotos von Mädchen, die für die Geschichte lächelten. – Laurita Boisier, von französischen Eltern. Ana Parra, Folkloresängerin. Das dritte führte er an die Lippen und berührte es damit. – Angélica de Osorio, meine Alte.
– Ganz toll, alle drei! Aber mich interessiert die María, Dickerchen. Wie hast du sie angesprochen? Wie hast du angefangen? Bist du einfach hin, hast den Mund aufgemacht und fertig? Das will ich wissen!
– María ist die Frau meines Lebens, Dünner. Wir haben uns siebzig bei der Wahlkampagne kennengelernt. Also, da sollten wir mit der Ortsgruppe Ost zum Losungenmalen ins

Barrio Alto, deswegen mußten wir im Morgengrauen los, und bei einer Kälte, Mann, daß einem Compañero, der mal mußte, glatt die Pisse gefror. Nun hatte ich auf einem Fest im Viertel schon mal mit María getanzt, da war sie frostig, zugeknöpft, ziemlich ungenießbar gewesen, aber in der Nacht ging alles, was wir machten, als ob wirs aus einem Buch ablesen würden. Wie wir also mit dem Lieferwagen fuhren und der Wind immer fui und fua machte wie eine Axt, die rumwirbelt, da glichen wir diesen Spaniern mit ihren Kastagnetten, so ein Konzert haben wir mit den Zähnen gemacht, und wer konnte, kauerte sich an die Planken, und eine von denen, die konnten, war meine süße María, und wie uns auf der Costanera dann der Wind ins Gesicht peitschte, sagte sie zu mir, hui, ist das kalt, und wie sie das zu mir gesagt hat, hat sie mich schon genauso angeguckt, wie sie mich heute anguckt, hast du das mitgekriegt, diesen ganz besonderen Blick, den sie bei mir hat und bei sonst keinem? also den; das war, wie wenn der Baum den Apfel vor dich auf den Tisch legt, Dünner, also bin ich mit dem Arm so um ihren Rücken rum, und da hat mir der eisige Wind vielleicht unter die Achsel geweht, aber durchgehalten, Kumpel, und der Frost hat einem so von der Seite in die Augen geschnitten, und zumachen konnte man sie nicht, weil wir gucken mußten, ob eine einigermaßen flotte Wand zum Malen kam oder ob die Momios mit ihren Schießgewehren ankamen und all son Zeug, und bei all dem hab ich sie von achtern immer feste gedrückt, so ganz kuschelig und lieb in die Arme genommen, und fühlst dich wohl so? hab ich sie gefragt mit schön heiserer Stimme, nicht? damit sie merkt, ich sprech ganz von innen raus. Ja, hat sie gesagt und sich mit ihrem Gesicht und ihren Haaren an meine Schulter gekuschelt, zum Wahnsinnigwerden, Dünner! und ich hab gemerkt, wenn ich die Finger noch ein bißchen länger mach, krieg ich ihre ganze warme Brust in die Hand, und hab mich ganz sachte millimeterweise vorgearbeitet, machts mit Methode, der Dicke, ich kam mir vor, wie wenn ich ein Vögelchen fangen wollte, so hats geflattert bei ihr, ich hatte schon die Hand davor, brauchte bloß noch zuzufassen und dann sofort zu sterben, aber ich kam kaum vom Fleck, die gute Kinderstube, kapierst du? die repressiven bürgerlichen Moralvorstellungen, kapierst du? und wie ich noch dabei war, ob ich nun soll oder nicht soll, lang ich hin oder lang ich nicht hin, da lädt sie mir doch selber, Dünner, so wie ichs dir sage, Dünner, ihre ganze Brust in die Hand und schiebt sich noch nach vorn. Weißt du, wie die Engelchen singen? Ich habs da erfahren, Mann, und danach hat sie mir ihre Haare zum Küssen überlassen, und da hab ich dran rumgenagt, und danach haben wir die Nasen aneinandergerieben, und ich schwör dir, ich wußte nicht mal ihren Namen, wir redeten uns alle mit Compañero an, und als ich sie fragen wollte, du, da bleib ich fast weg, Mann, da drückt mir das Mädchen einen Kuß auf den Mund, daß mir ganz heiß wird, und sie hatte damals einen Pferdeschwanz, mit nem Band zusammengebunden, weißt du? und ich wühle meine Nase da rein, in dieses Haar, und sag zu ihr, wenn wir die Wahlen gewinnen, könnten wir heiraten, und sie holt da irgendwo vom Nordpol her eine Hand, ihre kleine Klaue, und kratzt mir damit langsam über die Haut von meiner Hand, und ich kapier, damit will sie mir sagen, daß ich in Ordnung bin, daß sie mich Dicken leiden kann, und vergrab gleich noch mal meine Nase in ihren Haaren, und sie küßt mich gleich noch mal, und alle beide mit eiskalten Zähnen ... Und in der Nacht haben wir einfach alles gemacht, Arturito, fünf Wandbilder gepinselt, uns mit den Faschisten geprügelt, und als es hell wurde, hab ich sie zum Kaffeetrinken mit in die Fahrradwerkstatt genommen. Und das war der Anfang vom Lied.

Von der Mitte der Erzählung an hatte Arturo sich allmählich

in sich zusammengerollt. Starr auf die Wand blickend, kam er sich bei der Geschichte des Dicken vor wie in einem Film, der in einem Vorortkino in Nonstopvorführung läuft und in dem er selbst, in Technicolor und mit Mantovani-Geigen und allem Drum und Dran, die Rolle des Siegers spielte.
– Und das war der Anfang vom Lied, seufzte der Dicke, immer noch unter dem Bann der Erinnerung.
Arturo seufzte tief, drehte das Wasser an, sah einen Augenblick, wie es herauskam, und drehte es wieder ab. Er lächelte sehr milde, und als er sprach, hatte seine Stimme einen ähnlichen Klang wie die, mit der er sich eben auf der Leinwand hatte sprechen hören.
– Sehr hübsch, Dicker. Du kannst unheimlich gut reden. Ich hab aber die Redemasche überhaupt nicht drauf.
Osorio griff sich mit der Hand ans Herz.
– Die Frage ist nicht, wie du redest, Alter. Es kommt darauf an, ob du das, was du sagst, auch hier drin hast. Kapiert?
Er hörte ihm zu und versuchte, mehr als die Worte sich die Geste einzuprägen, mit der der Dicke sie gesprochen hatte, aber in dem Augenblick kam der Schwarze in die Toilette, und da klopfte Arturo dem Dicken auf die Schulter und sagte, die eine Augenbraue und den rechten Mundwinkel etwas hochgezogen, mit der gleichen Stimme wie immer:
– Klar, kapier ich. Du hast sie mit nichts wie Blabla rumgekriegt, Dicker!

– Richtig gesehen, was man so sehen nennt, hab ichs nicht, aber mein Kumpel hats mir erzählt. Und mein Kumpel, das ist genau, wie wenn ich es selber wär, weil durch die Sachen, die man zusammen erlebt, zwei Leben sozusagen zu einem werden, und manchmal erinnre ich mich an Sachen, da weiß ich nicht, ob ich sie erlebt hab oder mein Kumpel, und mein Kumpel sagt, ihm gehts genauso. Auseinandergegangen sind wir wegen unserer Veranlagung, ich, weil ich so gebaut bin, wie Sie mich hier sehn, und weil ichs lieber gemütlicher hab. Dagegen ist mein Kumpel ein stämmiger Typ und hat so was Resolutes, Energisches an sich, dem liegt mehr das Aktive, und vor Kugeln hat der keine Angst. Deshalb bin ich auch bei der Verkehrspolizei gelandet, und mein Kumpel Pedro ist zur Wachkompanie vom Regierungspalast gegangen, mit seinen ein Meter siebzig und seinem Auftreten eines Ministers, das einem, Ehrenwort, Respekt einflößt. Mein Kumpel und ich, wir haben mal drüber geredet, was passieren würde, wenn eines Tages das passieren würde, was dann passiert ist, und da sagte mir mein Kumpel, wenns dazu kommen würde, würde er genau das tun, was er dann ja auch getan hat. Und er hat mir gesagt, der erste Gedanke, der ihm durch den Kopf gefahren wär, wie er die Panzer da mit Mordsgranaten munter Löcher in den Palast schießen sah, wär nicht gewesen, was mach ich jetzt, wenn die Militärs ergebt euch ihr Scheißkerle brüllen, sondern er hätte gedacht, wär das ein Pech, wenn er vielleicht an seinem

Namenstag, Peter und Paul, sterben müßte, und was für ein fürchterliches Unglück erst für die Frau von meinem Kumpel, wenn er nicht heimkäme, wo seine Frau Paula Estévez mich doch zum traditionellen Namenstagsputer eingeladen hatte. Mein Kumpel sagt, er hätte sich gesagt: Ich muß hier lebend raus, damit ich meinen Kumpel nicht versetz. So ist er, wie ichs Ihnen sage, und wenn ich ihn nicht so gut kennen würde, würde ich Ihnen nichts weiter erzählen.

Und mein Kumpel sagt, wie die Kugeln dann nur noch so um sie rumpfiffen, hätten sie das Tor mit den Querstangen verrammelt und wären schnell angetreten, und da hätte der, der der Hauptmann war, zu ihnen gesagt, also Jungs, habt schon gemerkt, was los ist, die da draußen wolln den rechtmäßigen Präsidenten stürzen, und uns haben sie ja hier hingestellt, damit wir ihn verteidigen, und wenns nach mir geht, als Hauptmann, dann lautet mein Kommando, Stellung halten, und was meint ihr dazu, und alle hätten gesagt, Befehl ist Befehl, und zum Gehorchen sind wir ja da, und der Hauptmann sagt, gut, dann gefechtsbereit machen, mal sehn, ob bei euch noch was von der Schule hängengeblieben ist. Und mein Kumpel sagt, ein paar Kameraden aus der Wachkompanie wären nicht so begeistert vom Widerstandleisten gewesen, nicht weil sie was dagegen gehabt hätten, sondern die hätten spitzgekriegt, daß sich was Dickes zusammenbraut, und die Uniform in Ehren, aber hier hat mehr oder weniger jeder seine Frau und sein Kind, und also, wenn ihr mich fragt, ob was passieren soll oder nichts passieren soll, dann ist es mir immer noch lieber, es passiert nichts. Das Artilleriefeuer, das würden sie nur hören, und schon bekämen sie Bammel, aber was erst, wenn plötzlich die Marinesoldaten kommen und die Flieger mit ihren Flugzeugen und die Sache zu stinken anfängt, denn wenn sie einen nicht drinnen erledigen, dann stellen sie einen hinterher draußen an die Wand. Und ehrlich gesagt, es arbeitet sich wunderschön, wenn Ruhe herrscht und man Mitte des Monats sein Geld abholen kann, aber kein Geld auf der Welt kann die Angst aufwiegen, die wir ausstehen, wenn es brenzlig wird, wir sind schließlich auch nur Menschen. Wie mein Kumpel sagt, man denkt, man geht nur mal so zu Besuch auf Dienst und geht in Wirklichkeit als Gefangener hin.

Und mein Kumpel sagt, dann wären so ein paar Leutnants angekommen und die hätten ein weißes Tuch geschwenkt und ganz laut gebrüllt, man sollte sie erst mal anhören, weil sie genaue Anweisungen von ihrem Hauptmann bringen würden. Und ein Leutnant wäre reingekommen und hätte gefragt, wer ist hier der Vorgesetzte, der das Kommando hat, und das war der Hauptmann, der die Stellung gehalten hatte, nicht mein Kumpel, sondern der Hauptmann, von dem ich Ihnen vorher erzählt hab, und der sagt, hier, das bin ich, womit kann ich dienen, und der andere sagt, wir haben Befehl, Ihnen zu sagen, daß die Wachkompanie sich ergeben muß, sein Hauptmann ließe ausrichten, die Wachkompanie sollte rauskommen, und sie würden nicht mehr schießen und einen Waffenstillstand machen, und der Hauptmann von den Unsern sagt, wer sagt das, ich mein, von wem ist der Befehl, und der Hauptmann von den andern, vom Hauptmann Soundso, und der Befehl wäre bindend, und ob sie vielleicht nicht sehen würden, daß die Panzer da stehn und daß sich das Heer erhoben hat und sie jetzt die Staatsgewalt sind, und der Hauptmann von uns sagt, vielleicht stimmt das, aber der Befehl von diesem Hauptmann wär nicht gesetzlich und seine Jungs wären dazu hier, die rechtmäßig eingesetzte Regierung zu schützen, und als Soldat müßte er verstehen, Pflicht ist Pflicht, und so wie sie uns angreifen müßten, so müßten wir zurückschlagen, und da fragt der Leutnant von denen noch, ob das alles ist oder obs noch was

gibt. Und mein Kumpel sagt, darauf hätte der Hauptmann von uns gesagt, ja, da gäbs noch was und das wär, er sollte seinem komischen Hauptmann ausrichten, die Wachkompanie ergibt sich nicht, ihr Arschlöcher, und da ist der Leutnant fuchsteufelswild weg, wie mein Kumpel erzählt, und die Panzer und die Milicos haben losgeballert, und klar, heute gehn da alle Leute vorbei, und man kann die Löcher sehn, und die Leute machen den ganzen Tag lange Hälse davor und zeigen mit den Fingern auf die Löcher, und wenn man sie jetzt so sieht, ist das gar nichts, heute ist das, wie wenn ein Gewitter vorbei ist und man die Pfützen auf der Straße sieht und denkt, war ja halb so schlimm, aber mein Kumpel sagt, wie der Hauptmann das gesagt hat, da wäre das den Jungs durch und durch gegangen, da hätten sie so ein erhebendes Prickeln gespürt und sich alle Mann gefechtsbereit gemacht, derweil der Präsident im Radio gesprochen und gesagt hätte, die verfassungstreuen Truppen wären schon unterwegs und die Wachkompanie wäre auf ihrem Posten und würde aus allen Rohren schießen.
Und mein Kumpel sagt, darauf hätte einer aus der Kompanie gesagt, da fehlt doch noch was, und alle wollten wissen, was, so daß sie mitten in der Schießerei gefragt haben, was denn fehlt, und der Kamerad sagt, eigentlich wärs ja nichts, aber wenn der Hauptmann es gestatten würde, dann würde er gern, wenns möglich wär, aufs Dach steigen und die Fahne hissen, weil wenn wir hier sterben, dann sterben wir bei der Verteidigung des Vaterlands, und ich schlag vor, die Fahne hochzuziehn, wenn der Herr Hauptmann es gestattet, weil die Sache dann was Bleibendes kriegt, weil die Menschen können sterben, aber die Geschichte bleibt, und was meinen Sie dazu, zum Hauptmann, und der Hauptmann von den Unsern sagt, gut und jawohl und daß ers in Ordnung findet und ob sich einer freiwillig meldet, Sie sehn ja, die Kugeln sind echt und nicht aus Pappe, und der Kamerad, wenn ein

Freiwilliger gesucht wird, ich melde mich, denn was ich gesagt hab, dafür steh ich auch ein, und der Hauptmann, dann Hals- und Beinbruch. Und mein Kumpel sagt, der Kamerad wär losgerobbt, und auch das wär noch ganz schön gewagt gewesen, weil es welche gab, die aus den Häusern schossen, wer weiß, was das für welche waren, Milicos oder sonstwas, und so war die Lage, wie mein Kumpel erzählt, und der ganze Himmel wär ein höllischer Kanonendonner und die Wolken wären von dem vielen Rauch ganz schwarz gewesen, sagt er, und er hätte gedacht, was wohl aus dem Kameraden wird, wenn plötzlich die Luftstreitkräfte angreifen, und jemand anders hätte gesagt, nein, die Luftstreitkräfte greifen doch kein Gebäude mitten in der Stadt an, das wäre doch zu gefährlich, man könnte doch nicht einfach so aufs Geratewohl Leute übern Haufen knallen, und mein Kumpel sagt, wie der Kamerad angefangen hat, die Fahne zu hissen, hätte es so was wie einen Kurierdienst drinnen gegeben, weil sie auf die Milicos zielten und kein Auge fürs Dach hatten, es hätte sich in Windeseile rumgesprochen, daß der Dingsbums schon oben ist, jetzt hat er sie auseinander, jetzt hat er sie an der Schnur, und jetzt zieht er sie hoch, und es scheint, er ist verwundet, und doch nicht, es scheint, er ist heil, es scheint, er ist tot, es scheint, das Feuer konzentriert sich auf ihn, da wolln wir doch mal Breitseite geben, um ihn zu decken, und mein Kumpel sagt, er hätte losgeballert, was die MP hergab, für solche Notfälle war sie ja da, und während sie schossen, wär der Kurier immer rauf und runter, und was los wär mit ihm, ob ers geschafft hätte, und ja, die Sache wär geritzt, keiner hatte ein Auge fürs Dach, keiner hat was gewußt, und am Ende hat der Kamerad selber es gemeldet, und den Namen weiß ich nicht und würde ihn auch nicht sagen, wer weiß, vielleicht kommt er demnächst in die Zeitung, oder der Name von dem Kameraden steht später, wenn bei uns klare Verhältnisse herrschen, in den Büchern für die Kinder. Mein Kumpel sagt, wenn er nicht losgeheult hat, dann bloß deswegen, weil er noch nie geheult hat, und daß der Kamerad wieder da war und dem Hauptmann gemeldet hat, sie flattert schon oben im Wind, Herr Hauptmann, und der Hauptmann sagt, na tolle Sache, wolln mal sehn, ob wir jetzt auch lebendig hier rauskommen. Und lebendig sind sie rausgekommen, sonst hätt es mir mein Kumpel ja nicht erzählen können.

Aber er hat mir auch das Allerbeste erzählt, und was ich Ihnen jetzt sag, Don Manuel, ist nicht politisch gemeint, erstens, weil uns das aus beruflichen Gründen verwehrt ist, und zweitens, weil ich, wie Sie wissen, keine heißen Eisen anfasse, was ich Ihnen jetzt sag, ist bloß das, was mein Kumpel gesagt hat, und mein Kumpel hat gesagt, schon am Nachmittag wär ganz Santiago auf dem Platz vor dem Palast gewesen, und alle hätten sich wie Kinder gefreut, daß die verfassungstreuen Truppen gesiegt hatten und der Präsident wieder fest im Sattel saß, und die Leute hätten ihn aufgefordert, er sollte jetzt sofort mit harter Hand gegen die Schuldigen vorgehen, und viele von den Linken hätten losrennen und die Sache auf eigene Faust ins reine bringen wollen, aber unser Präsident hätte nein gesagt, die Besonnenheit und die Vernunft seien die Stärke des Volkes, und wie er vom Volk geredet hätte, hätte er gesagt, er wollte nur einen Mann nennen, um nicht Hunderte zu nennen, und mein Kumpel sagt, er hätte jemanden beauftragt, den Kamerad mit der Fahne von drinnen aus dem Palast zu holen, damit er die Massen grüßt, und die Jungs hätten ihn aufgefordert, los, Junge, er sollte ruhig rausgehn, und der Kamerad, nein, wie kommt ihr darauf, und der Hauptmann auch, gehn Sie ruhig, Mann, und mein Kumpel sagt, der Kamerad geht hin und sagt, wenn Sie, Herr Hauptmann, gestatten und nicht das Gegenteil befehlen, dann bleib ich hier, weil das keine Sache einer Person, sondern von der ganzen Kompanie ist, und so wie es ist, ist es in Ordnung, und wozu solln wirs breittreten, und der Hauptmann sagt, sehn Sie doch, der Präsident bittet darum, und der Kamerad, und trotzdem, wenns Ihnen recht ist, bleib ich lieber hier, denn ich bin nur einer aus der Kompanie, und ich hab zwar gemacht, was ich gemacht hab, aber andere haben genauso das ihre getan, und so denk ich eben, und der Hauptmann, na, wie Sie wollen, deswegen werden wir uns nicht bis in die Nacht hinein streiten. Und mein Kumpel sagt, das einzige, was ihm leid täte, wär, daß er seine Peter-und-Paul-Fete verpaßt hat, weil sie seitdem alle kaserniert sind, und wie er mir das erzählt hat, hat er gesagt, ich sollte ihm verzeihen, daß er mich hätte sitzenlassen, und er wüßte gern, ob die Fete gut gewesen wäre und wie sich seine Frau Gemahlin gefühlt hätte, und ich hab ihm gesagt, wie soll sie sich gefühlt haben, furchtbar nervös ist sie gewesen, und erst so um eins rum haben wir einen gehoben, und es scheint, Kumpel, die Paula hängt ganz schön an dir, denn sie ist den ganzen Abend käsebleich gewesen. Und da hat mein Kumpel gesagt, wenns ihr so geht, ihm ging es genauso, er hätte da im Schlafraum im Palast die ganze Nacht an die Paula gedacht und sich die Haare gerauft, weil er das nicht gekonnt hätte, was der Präsident vom Balkon runter zum Volk gesagt hat, nämlich nach Haus gehn und der Frau einen Kuß geben. Und das wars, was mir mein Kumpel erzählt hat.

Don Manuel goß Tarapacá ex-Zavala nach und wartete wortlos, bis Sepúlveda ausgetrunken und sich geräuspert hatte. Mit einer sanften Bewegung rieb er ein Streichholz an der Zündfläche und steckte die letzte Zigarette an. Er sah eine Weile zu, wie sie in dem Flämmchen knisterte, und nahm erst dann einen Schluck aus seinem Glas. Mit leichtem Hüsteln machte er den Wachtmeister auf sich aufmerksam.

– Und Sie, Sepúlveda, was haben Sie dabei gefühlt?
Der Wachtmeister rieb sich bedächtig die Schläfen und erinnerte sich noch rechtzeitig daran, daß er immer erst bis drei zählen sollte, bevor er auf solche heiklen Fragen antwortete. Umso mehr jetzt, da Lippen, Zunge, Augen, Schläfen, Atem und eine lange, tiefempfundene Geschichte ihm das Wort Stolz in den Mund legten. Dann seufzte er und sagte:
– Tja, Don Manuel, Sie wissen doch, ich bin unpolitisch.

Hinter den Abfallbergen mit ihren mageren Hunden, elegischen Tauben und verrosteten Blechbüchsen verliefen die Bahnschienen. Dorthin ließen sie sich atemlos fallen und keuchten, die Gesichter in der Sonne. Der Kleine Herr senkte die Lider, und das erste Bild eines Traums begann sich von einem milchigen Hintergrund abzuheben. Er mußte sich aufsetzen, um einen Erguß zu verhindern, der sich, erquickend wie ein Fluß im Süden, ankündigte, und klaubte langsam die Stücke zusammen, die von seinem Leben übrig waren: ein geköpfter Hahn, der trotzdem kein belegtes Brot abgab, ein für immer verlorenes Heim (und verlorene Würde schmerzt mehr als Armut), ein untauglicher Partner, der sein ganzes Unglück gewesen war, und die durchgeschwitzten zerlumpten Galaanzüge aus dem Kostümverleih. Vielleicht war der Fleck, an dem er jetzt saß, sein angestammter Platz auf der Welt. Vielleicht war er ihm vom Schicksal zugewiesen worden, damit er hier seine Tage beschloß. Er sah den Trampel die Erde aufscharren und dachte, daß sein eigener Leib in ein kleines Loch in dieser Müllhalde passen würde. Unter der Erde würde ein erlösender Traum kommen, und wie in einer dunklen Straßenbahn würde er in ihm davonfahren, und wenn Hunde und Ratten ihn suchten, wäre er weit weg, endlich mit seinen Bildern vereint.

Der Partner legte den Hahn in das Loch, nahm den Kopf aus dem Taschentuch und paßte ihn genau an den Hals, so als setze er ein Puzzle zusammen. Dann errichtete er einen kleinen Erdhügel über dem Kadaver und strich ihn zum

Schluß mit den Handflächen glatt. Mit dem Mittelfinger zeichnete er ein Kreuz darauf. Der Kleine Herr studierte den Himmel, der ohne Wolken, ohne Wind, ohne Vögel war, und sagte sich, daß die Welt eine grenzenlose Gleichgültigkeit sei. Er sagte sich, daß sein Leben wie ein Kreidestrich auf einer Schultafel sei, den die Kinder auslöschen und vergessen, und daß der Fußballspieler recht gehabt hatte, als er ihm seinen Abgang von der Bühne prophezeit hatte. Außerdem sagte sich der Kleine Herr, daß das, was er eben tat, denken war. Er sagte sich, daß er das noch nie getan hatte. Und er sagte sich auch, daß ihm klar war, warum. Daß ihm klar war, daß denken heißt, eine lange Kette Gleichgültigkeiten aneinanderzureihen. So wie es der gemacht hatte, der den Himmel mit der Erde und das Meer mit den Möwen und die Menschen mit den Vulkanen und die Nächte mit den Sternen zusammengebracht hatte. Er sah das Köfferchen mit seinen Arbeitsutensilien und dachte auch, daß diese Scherzartikel tote Gegenstände, Messer ohne Schneide, Hämmer ohne Stiel, Münder ohne Zungen seien. Als der Trampel, gähnend wie ein Krater, aufsprang, brauchte er ihm nur ins Gesicht zu sehen, um zu wissen, daß sie entdeckt waren.
– Wegrennen, Vater! rief der Trampel.
– Du bist so dumm, wie du groß bist! sagte der Kleine Herr, ohne sich von seinem Platz auf der Erde zu rühren. Hört das Unglück denn nie auf!
Die betrogenen Hahnenkampffans fielen wortlos, schweißnaß und keuchend über sie her. Drei nahmen sich den Trampel vor, und der vierte befand, daß er mit dem kleinen Mann allein fertig würde. Sie ließen nichts an ihnen heil, weder Schenkel noch Nieren, noch den Brustkorb, noch die Nase. Der Trampel versuchte sich mit dem Koffer zu schützen, als sie ihn jedoch von hinten zu fassen bekamen, mußte er loslassen, und er spürte, wie ihn einer mit einem

besonders vertrackten Griff in die Zange nahm und die anderen, sorgfältig und so präzise wie eine Maschine, mit den Fäusten auf jede empfindliche Stelle seines Körpers einschlugen. Der Mann, der Señor Lecaros übernommen hatte, hörte, verwundert darüber, auf keinen Widerstand zu stoßen, bald auf, zu prügeln. Zwei Tritte in den Magen, und das Männlein rührte sich nicht mehr. Da rollte der Mann ihn auf den Bauch und schleifte ihn zu einer Schlammlache, um sein Gesicht hineinzudrücken. Als beide reglos dalagen, stapelten sie sie übereinander und machten sich, teils befriedigt über die schnelle und gründliche Rache, teils in Sorge, zu kräftig hingelangt zu haben, mit ihren Hemdsärmeln sauber. Ohne Hast, aber auch nicht gerade langsam, gingen sie zur Chaussee zurück.

Eine Stunde brauchte der Trampel, um aufzuwachen, und noch einige Minuten mehr, um die blutverklebten Wimpern seines rechten Auges auseinanderzubekommen. Bei der ersten Bewegung hatte er das Gefühl, die Erde sei eine Art Schiff, und die Zunge in seinem zerschlagenen Mund fühlte sich wie Milchbrei an. Einige Körperteile spürte er nicht, und er versuchte, sich auf ihnen hochzustemmen, weil diejenigen, die er spürte, brennend und stechend zusammenzuckten. Er stellte fest, daß sein Partner am Leben war, zog sich das weiße Jackett aus, schob es ihm unter den Kopf und setzte sich dann neben ihn, damit sein riesengroßer Schatten die Sonnenstrahlen vom Gesicht des Kleinen Herrn abhielte. Er wischte ihm die Schlammklumpen ab, bis der Kleine Herr seine eigene kleine Hand schützend vor Nase und Augen legte und mit einer Stimme, wie aus weiter Ferne, sagte:

– Laß mich.

Da bettete der Trampel seinen eigenen Kopf auf den Boden, und der Schlaf, der ihn übermannte, löschte, leise wie jemand, der sich nachts aus dem Haus schleicht, seinen Körper aus.

Der Polizist hat das Mißgeschick gesehen, das dem Kleinen Herrn soeben widerfahren ist. Die Sonne glitzert über der Einöde und lockt grelle Blitze aus Steinen und Geröll. Masken, dreieckige Zauberhüte, geschmolzene Platten mit Al Jolson und Bunny Berigan, Wattebäuche, Zeremonienmeisterstäbe liegen verstreut umher. In einer Stille, die knistert, als brenne in der Ferne Gestrüpp, macht der Polizist eine Runde um die beiden. Er geht zu dem Kleinen Herrn und sagt: „Sie sind es." Er hält den Kopf schräg und fügt hinzu: „Erkenne Sie kaum wieder, mit dem Gesicht." Er erforscht den Himmel, als wittere er Regen, und fragt, die Hände auf dem Rücken: „Sind Sie verprügelt worden?" Er tritt mit dem Fuß gegen den vergoldeten Koffer. Murmelt: „Sachen?" Er holt ein Taschentuch hervor, das so grün ist wie der Stoff auf Spieltischen, und wischt sich den Schweiß von der Stirn. „Sie kommen besser mit." Der Trampel und das Männlein stehen auf und gehen hinter dem Polizisten durch eine fast gelbe Wüste. „He, Sie beide", sagt der Polizist, „mögen Sie Äpfel?"
Er holt drei aus seiner Patronentasche und verteilt sie mit feierlicher Gerechtigkeit. Ermuntert die Partner, hineinzubeißen. Sagt: „Ich höre sie gern krachen. Wenn Sie sie schnell aufessen, zeige ich Ihnen ein Foto. Jetzt gehn wir erst mal die Schienen entlang." Der Kleine Herr sagt: „Es gibt ein Land, das besteht aus Vögeln mit ganz weichem Gefieder, in Farben, die noch keiner gesehen hat. Es ist ein Land,

das sich ausdehnt und zusammenzieht, je nachdem, ob die Vögel schlafen oder fliegen. Das Land reicht so weit, wie ein Vogel fliegen kann, und endet, wo dieser Vogel mit seinen Flügeln einen anderen Vogel berührt. In diesem Land gibt es nichts als Vögel und Luft." Der Polizist sagt: „Woher wissen Sie das?" und: „Essen Sie Ihren Apfel auf." Der kleine Herr kaut seine Frucht. „Mein Vater und meine Mutter haben um 1940 herum eine Reise im Ballon unternommen. Vorher haben wir uns auf dem Jahrmarkt fotografieren lassen, und sie sind in Hochzeitskleidern gestartet. Der Ballon hatte keinen Motor und stieg bei jedem Kuß, den sich die Brautleute gaben, ein paar Meter höher, und wenn die Liebenden ihre Zungen ineinander verflochten, war er nicht mehr zu halten. Ich denke, meine Eltern sind im Land der Vögel." Der Polizist kniet sich auf den Boden und zeigt ihnen ein Poster, das er zuvor mit den Handflächen glattgestrichen hat, und darauf ist ein Gesicht, das Señor Lecaros kennt. „Ich zähle bis drei", sagt der Polizist, „mal sehn, ob Sie mir seinen Namen sagen können." Der Kleine Herr erwidert: „Dieser Mann ist der Kommissar." – „Ein großartiger Mensch", murmelt der Beamte und faltet das Poster wieder zusammen. „Das ist ein Porträt, das ich nicht vielen zeige, weil der Regen es durchnäßt die Sonne es in Brand steckt der Wind es zerreißt der Schnee es gefrieren läßt." Er fügt hinzu: „Ausgerechnet in meinem Lieblingslied heißt es, ich träumte, der Schnee brennt, ich träumte, das Feuer gefriert." – „Merkwürdig", sagt der Kleine Herr. „Vielleicht habe ich dieses Lied einmal in einem runden, mit blauem Samt ausgeschlagenen Theater gesungen." – „Das Leben ist voll von solchen Zufällen und Überschneidungen", bestätigt der Beamte, „ohne sie wären wir kalt und einander fremd wie die Planeten, die dort oben kreisen, ohne zu wissen, wozu."

„Ich gehe fort aus dieser Stadt", sagt der Kleine Herr. „Alle, die hier geboren sind, wollen mir an den Kragen. Ich steige in einen Bus, bevor es zu spät zur Umkehr ist." Der Beamte senkt den Kopf und faltet die Hände wie beim Gebet in der Kirche. „Das Gesicht haben sie mir in den Schlamm getunkt wie einem Frosch." Er dreht sich zu dem Trampel um und sagt, bevor er den Weg zum Strand einschlägt: „Unsere Gesellschaft ist hiermit aufgelöst." – „Was soll ich ohne Sie tun, Vater?" sagt der Partner, während er hinter ihm herläuft, ihm den Koffer mit Varietékostümen abzunehmen sucht, den der Kleine Herr, nach Atem ringend, schleppt. Der Kleine Herr überläßt ihm den Koffer und mustert ihn von Kopf bis Fuß. „Du siehst lächerlich aus in diesem Anzug", sagt er zu ihm.

Dicker, ich komm mit dir, und der Dicke, wirst dich langweilen, und Arturo, na und, hier langweil ich mich noch mehr, die Flecken an der Decke kenn ich schon auswendig, und der Dicke, hast aber wirklich nichts davon, und macht nichts, und wenns aus Neugier ist. Und aus Neugier gingen sie in die Fabrik. Aber der Dicke kennt keine Ruhe, und wie er mit dem Finanzbericht und dem Bericht über Soziales fertig war, hat ers so fallenlassen, wies der Dicke eben fallenläßt, wenn ihm was im Kopf rumgeht, nämlich, daß es von den Leuten selber kommt, der dreht das so hin, daß sie von allein drauf kommen, er spricht die Worte nicht aus, formt sie aber langsam durch Fragen und Pausen in den Mündern der andern. Deswegen vertritt sie der Dicke ja, weil alle wollen, was er will, und was sie wollen, drängt ihnen der Dicke nie auf, und so hat der Dicke halt fallenlassen, wie steht es denn mit der Freizeitgestaltung, Compañera, und wie läuft die Sache mit der Theatergruppe, und vor allem, Compañeros, wie stehts mit dem Sport, und der Schwarze, der für so was einen Nerv hat, ja wirklich, Compañeros, die Sache mit dem Sport ist ein Thema, das betrifft die Fabrik, allmählich langts, daß bei den vielen Dicken hier die Sportlichkeit nur bis zu den Zuschauerrängen reicht, und bei manchen hier sieht man ja schon Bäuche zum Erschrecken, Compañeros, und der Dürre, der sich die Finger knetete, sagte, einen Platz hätte er organisiert, aber die Jungs würden wüst durcheinanderspielen, die wärn noch schlimmer wie die

Nationalmannschaft und wo denn da der Spaß am Spielen wär, wenn die Jungs am Sonntag einfach drauflosbolzen, daß ihnen nach zehn Minuten die Zunge aus dem Hals hängt, wie wenn sie den Platz damit auflecken wollten, und klar, daß sie hinterher wild drauf sind, sich den Roten gleich auf diese hängende Zunge zu kippen und die Hühnerknochen aus der Suppe noch abzulutschen, und bei solchen Sportlern wärs schon besser, man spart sich die Mühe, anstatt sich aufzuopfern, um denen was zu organisieren, und die Fans und die andern, na, na, Dürrer, jetzt übertreibst du aber, denk mal an das Spiel gegen Municipales und das gegen Hijos de Tarapacá, und der Dürre, immer sachlich, Compañeros, die Spiele haben wir aus dreierlei Gründen gewonnen, die jeder kennt und die ich hier nicht noch mal wiederholen will, aber nur zu, Dürrer, sag schon, was warn das für Gründe, aber *nein*, die sag ich nicht, und *doch*, sag sie, und der Dürre, na schön, wenn ihr unbedingt wollt, wir haben gewonnen, weil Municipales nur mit neun Mann angetreten ist und der Schiedsrichter ihnen noch zwei rausgestellt hat, und gegen Hijos de Tarapacá haben wir gewonnen, weil unsre Leutchen in der Abwehr wie Radikale waren, so haben die auf die Bubis vom Sturm eingedroschen, daß der Präsident vom Tarapacá nach dem Spiel einen *strengen Verweis* ausgesprochen hat, Compañeros, und der dritte Grund, sagte der Dürre und konnte sich, weil alle lachten, das Lachen kaum noch verbeißen, der dritte Grund ist einfach, weil Gott nun mal groß ist, Compañeros, und jetzt kommen wir aber ein bißchen weit vom Thema ab! das Wort hat die Compañera Sozialarbeiterin, und die Margarita erhebt ihre sanfte Taubenstimme, und, mal Spaß beiseite, es wäre gut, wenn ihr das Freizeitprogramm ein für allemal in Gang bringen würdet, weils hier viele Kollegen gibt, die es samstagabends in die Kneipe zieht und die nicht zu den Arbeitseinsätzen gehn, und viele Frauen kommen sich bei mir beschweren, daß die Kinder sich den ganzen Tag auf der Straße rumtreiben und halb rachitisch und wie Gespenster rumlaufen, weil sie zum Pool gehn und kein bißchen Sonne abkriegen, also deswegen Spaß beiseite, wolln doch mal sehn, ob wir die Freizeitgestaltung nicht auf Trab bringen, und da sagt der Dicke so ganz nebenbei, ganz wie einer, der eigentlich nicht will, erst nachdem die andern schon zwei Paare, einen Drilling, ein schönes Full House und einen Royal Flush haben sehen lassen, der Compañero hier ist ein ausgezeichneter Fußballer, ein waschechter Profi, er ist ganz unverbindlich zu dieser Versammlung gekommen, aber vielleicht, wer weiß, vielleicht will er oder auch nicht, vielleicht hat er Interesse, eine Betriebsmannschaft zu trainieren, ihr bißchen Balltechnik beizubringen, wenn nicht, dann nicht, ohne jede Verpflichtung, und da tritt so ein kleines Schweigen ein, und danach guckt der Schwarze zu Arturo, und Arturo guckt in die Gesichter von all den Compañeros und Compañeras, und der Schwarze sagt, das Wort hat Compañero Arturo, damit er dazu Stellung nimmt, ob er meint, wir packens an oder was weiß ich, und Señorita Margarita wartet gespannt, und Arturo malt sich aus, er sieht sie jeden Tag mit diesen grauen Madonnenaugen und der ein bißchen groß geratenen Nase in dem weichen Gesicht, aber Frauen mit großen Nasen haben immer Lust, die sind geil, die Weiber, und er lächelt ihr zu, und sie lächelt ihm zu, und der Dicke lächelt, alle Mann sympathisch, die Burschen, denkt Arturo, die wissen, was sie an mir haben und daß ich ihnen nützlich sein kann, sehn wie dufte Typen aus, und Arturo räuspert sich und sagt, daß er, was ihn betrifft, viel trainieren muß, daß es Leute gibt, die daran interessiert sind, daß er ins Ausland geht, weil die Gringos ein Team aufstellen wollen, wo nicht nur Krücken drin sind, nicht? aber daß, na ja, unter diesen Umständen und wo sie schon den Platz haben, wo sie eine Kabine haben, wenn er ihnen irgendwie behilflich sein kann, dann ja, sehr gern, und wenn sie wollten, könnte er den Trainer machen, aber unter einer Bedingung, nämlich, wo ein Kapitän ist, schweigt der Matrose, und wenn er von sich was geben würde, dann könnte er erwarten, daß die Herren mindestens Disziplin wahren, weil Disziplin die Hauptsache ist, und wenn er die Herren für acht Uhr morgens bestellen würde, dann hätten die Herren um acht da zu sein, und alle, in Ordnung, und der Schwarze, na prima, die Señorita Sozialarbeiterin, einfach toll, und endlich, und der Dürre, in Ordnung, aber der Compañero Arturo sollte nicht Herren, er sollte einfach Compañeros zu ihnen sagen, und Arturo grient und sagt, ich bin eben ..., aber da schiebt der Dicke schnell einen Riegel vor und sagt, das ist doch Nebensache, die Praxis wird lehren, ob Herr oder Compañero, wichtig ist der Wettkampf und nicht der Sieg, und noch eine ganze Latte dumme Sprüche hat der Dicke losgelassen, aber alle kapieren, daß der Dicke sich freut, und jetzt gibts Orange Crush und Leberwurstbrötchen, und wir setzen uns erst mal in Grüppchen zusammen, um die Einzelheiten zu klären, eine kurze Pause, weil der Dicke jetzt wegmuß, um mit dem Cordón den Aufmarsch am vierten September abzusprechen, der muß diesmal absolute Spitze werden, weil der Faschismus zum entscheidenden Schlag ansetzt, aber soll er ruhig, wer zuletzt lacht, lacht am besten, die werden schon sehn, wie viele wir sind, wieviel Leutchen hierzulande arbeiten, und wenn sie eines Tages doch gewinnen, dann ist immer noch nicht raus, ob sie sich auch halten, also ich geh jetzt, sagt er, und Arturo, ich komm ein Stück mit, und der Dicke, na schön, wenn du willst, komm, und sie drücken jede Menge leberwurstverschmierte Hände, und Señorita Margarita sagt, daß sie am Sonntag auch hinkommt, und Arturo, bestimmt? und guckt sie so an wie, ich wart auf dich, Süße, nicht? und sie sagt ja und kapiert den Blick und wird ganz gackerig und ja, sie kommt ganz bestimmt, und der Dicke und er gehn auf die Straße, und der Dicke geht ein Stück vorneweg und singt, glücklich, wie er ist, und inzwischen ist es Nacht, und der Dicke singt diesen Schlager von Raphael einfach Klasse, und Arturo hat das Gefühl, daß ihm was wohlig das Rückgrat runterläuft, er fühlt sich, wie wenn man aus der Kälte ins Warme kommt, erleichtert wie jemand, der sein Bett gefunden hat, nachdem er im Finstern rumgestolpert ist, und er hängt sich an den sympathischen bombigen molligen Dicken mit dem goldenen Herzen, dem Melonenherzen Melone-Melone, und macht die zweite Stimme zu dem Schlager von Raphael, und der Dicke legt einen Zahn zu, um in die große Textilfabrik zu kommen, wo sich der Industrie-Cordón trifft, und gerade da ist der Weg am dunkelsten und matschigsten, und die Schlammpfützen sind noch glitschig vom gestrigen Nieselregen, aber der Dicke weicht ihnen aus wie ein Grashüpfer, wie ein muskelbepackter Floh mit Radarantenne, und der Anfang ist außerdem leicht, weil auf dieser Nebenstraße der Gran Avenida dicht hinter ihnen langsam ein Auto mit eingeschalteten Scheinwerfern fährt und mit seinem Fernlicht die Straße ausleuchtet, und der Dicke, der nichts merkt, sagt zu Arturo, haben wir ein Schwein, daß das Auto hinter uns herfährt, sonst wärn wir in dem Sumpf hier schon abgesoffen, und Arturo denkt, haben wir ein Schwein, und sie sehn nicht, daß jetzt die Typen mit ihren Helmen aus dem Auto springen, alle fünf mit Ketten um die Finger leise angerannt kommen, während der am Steuer sie überholt und sich dem Dicken und Arturo in die Quere stellt, und die andern fallen wie Fledermäuse von hinten über sie her und schleppen den Dicken an die Mauer, und während sie auf ihn einschlagen, weil du so ein Hurenfotz bist, damit du aufhörst, mit den Gewerkschaften rumzustänkern, damit du weißt, mit den Momios spielt man nicht, weil du so eine

Schmeißfliege bist, Dicker, gibt der im Auto Gas, und die Knalle aus dem Auspuff verschlucken die Schreie, und jetzt gehen die Scheinwerfer aus, aber in dem Mondlicht, das die Wolken durchlassen, sieht Arturo den von einem Kettenhieb zerfetzten Mund des Dicken, und Arturo bleibt starr wie ein Laternenpfahl stehen, und jetzt schlagen sie mit Fäusten auf den Dicken ein und treten ihm ins Knie, und sehr bald ist der Dicke nur noch ein Schweigen in der Nacht, und der im Auto hupt, aber die andern, nichts da, schlagen ihn weiter mit den Händen, mit den Händen schlagen sie ihn weiter, mit der Kette ins Gesicht, und Arturo die ganze Zeit dabei, eine Reklamewand in der Nacht, ein Schrei ohne Ton, eine Hand ohne Hand, ein Bein ohne Bein, ein Herz, wie unter plötzlichem Reif erstarrt, und auf einmal, endlich, endlich kommt wieder Leben in seinen Körper, einer von den fünf sieht ihn richtig an, guckt ihn auf so eine Art an, und ein anderer von den fünf guckt ihn auch so an, und der Körper von dem Dicken sackt zusammen, und die zu Arturo hingucken, halten die Ketten in Höhe der Wangen und kommen auf ihn zu, und Arturo sieht das Blut des Dicken an der Kette, und jetzt wird sein Körper hellwach, als springe aus den Steinbrocken Strom auf ihn über, und mit einem Satz rennt er los, auf die beleuchtete Straße zu, dorthin, wo die Fabrik den Rauch von der Arbeit solcher Arbeiter wie dem Dicken ausstößt, und rennt, ohne anzuhalten, und rennt, ohne auch nur einmal hinter sich zu sehen, und rennt noch schneller, als das Auto anfährt, und schon hört er, daß das Auto nur noch einen halben Block hinter ihm ist, nur noch wenige Meter hinter ihm, nur noch wenige Zentimeter hinter ihm, und da denkt er, jetzt ist es aus, und eine Hand aus dem Fenster befördert ihn mit einem Schlag ins Genick nach vorn, und er strauchelt, und noch bevor er am Boden liegt, kommt er schon wieder hoch und rennt weiter, und die im Auto drängen ihn gegen die Mauer, wie um ihn zu rammen, als wären im Rodeo sie das Pferd und er die Kuh, und genauso fühlt er sich in seiner Haut, ohne Anmut, ohne Kraft, wie eine Kuh, genau wie eine Kuh, und jetzt streifen beide die Mauer, das Pferd und er, nur noch Zentimeter auseinander, und er hört die fünf lachen, und jetzt hupen sie wie wild, die fünf, und schlagen mit den Ketten an die Karosserie, um die Kuh scharfzumachen, ihr die Luft abzudrücken in dem engen Spalt, der ihm vor dem Zermalmtwerden noch bleibt, und da steckt einer den Kopf raus und ruft, du, wieso rennst du denn, Idiot, wieso haust du denn ab, Idiot, und er kann noch das Gesicht sehn von dem, der ihm, im Vorbeifahren, zuruft, wozu haust du ab, Idiot, wer will denn was von dir, Idiot, und dann verschwindet das Auto um die Ecke, aber Arturo rennt trotzdem weiter, als wäre er jetzt hinter ihnen her, obwohl er das nicht ist, und Arturo brüllt los, ihr Saukerle, noch mal und noch mal, und keucht und hört nicht auf zu rennen und hört nicht auf zu brüllen, und aus seinem Mund kommt es, Saukerle, noch mal und noch mal, und dann nur noch, du Saukerl, Saukerl, sagt er, Saukerl, sagt er noch mal, Saukerl, und er hat nicht mehr Hitze auf den Backen, sondern Schweiß, wild, salzig, unaufhaltsam, und so rennt er und weiß schon nicht mehr, warum er rennt, und auch nicht, daß er, wenn er Saukerl sagt, wenn er das immer wieder brüllt, an das Schweigen des Dicken, an den Mund des Dicken und die Kette denkt, er weiß nicht, daß er, während er brüllt und brüllt, an einen ganz in der Nähe, nämlich an sich denkt, an einen dicht bei ihm, nämlich an sich, an Arturo, ja an Arturo persönlich, an sich selber, und natürlich, als der Dicke zusammensackte, hatte er ihn angesehn, Osorios Mund hatte offengestanden, wie um *Arturo* zu sagen, und vielleicht hatte der Dicke es deswegen nicht gesagt, weil er im Innern von jeher wußte, daß das kein Wort ist, das man bei sich trägt, und wenn das Wort nicht im Herzen des Dicken war, würde es erst recht nicht auf seine rauhe Zunge kommen, umso weniger jetzt, wo sich die rosige Zunge langsam mit dem roten Blut aus der gespaltenen Wange vollsog, und natürlich sah er ihn jetzt vor sich, verflucht nah vor sich, den zu einem *A* geöffneten Mund des Dicken, das Arturo oder ach hilf mir oder ach komm doch ach umarme mich ach liebe mich oder ach schaff mich weg von hier heißen konnte oder vielleicht ein letztes *A* war, das ihm der Dicke über einen magischen, unerreichbaren Stromkreis zuleiten wollte, als das Gesicht des Dicken über sich selber, über seine eigenen Schmerzen lachen mußte, als der von einer Kette zerfetzte Mund des Dicken Zeit für dieses Lächeln hatte, damit Arturo es durch die nächtliche Stadt mitnähme, dieses verruchte letzte *A*, dessentwegen er jetzt wieder rennen mußte, schon nicht mehr durch das unbewohnte Industriegelände mit seinen Schornsteinen und dem Funkenregen aus den Maschinen, sondern direkt durchs Zentrum, gegen friedvolle Pärchen, sanfte Veilchenverkäuferinnen, Autokarosserien, Briefkästen, Werbeplakate stoßend, und immer weiter, ohne daß seine Beine deshalb schneller waren als das Beißen in seinem Nacken, als der anhaltende, einmalige, letzte Pfiff, als dieses Tempo, mit dem sein Gesicht in einem gesprungenen Spiegel zersplitterte, in den schamlosen Vitrinen, die ihm sein Bild zusammen mit Schaufensterpuppen, preisgesenkten Schuhen, bunten Stoffen, mit Korseletts und griffiger Weißwäsche wiedergaben, und je mehr er rannte, desto mehr wurde das Wort zu Fleisch in seinem Körper, zu Atem in seinem Keuchen, zu Bissen zwischen seinen Zähnen, zum Schrei auf seiner Zunge, und er konnte kaum noch laufen (konnte aber noch), wollte schon fast lieber sterben (lief aber noch) und blieb weiter so, verworren, erstickt: am Leben.

nun, Facús, sagen Sie uns, wie haben Sie es gesehen, aus Ihrer luftigen Höhe, wie das Raubtier, das mit heißem Maul seiner Beute auflauert, immer dabei, auf jedem Millimeter dabei, mit Ihren durchdringenden Falkenaugen, denen nichts entgeht

danke, Márquez, danke für Ihre Großmut, die Sie zu Wortgemälden verführt, welche ich nicht verdiene, denn ich bin ja nur ein Mensch, der das Glück genießt, dem Hörer mit meinen zwei bescheidenen Sehwerkzeugen zu dienen, die so unzulänglich sind wie andere auch und manchmal sogar unzulänglicher infolge der Berufsblindheit, die einen befällt, wenn sich die überreizten Pupillen an der koketten Artistik des Leders abnutzen

sehr schön gesagt, Facús, ich war immer der Meinung, was Ihre Augen nicht sehen, das sieht Ihr Mund, diese Zungenfertigkeit, die soviel wert ist wie eine Tonne ordentliches Spanisch und zum Ruhme der glorreichen Kunst unserer nationalen Beinvirtuosen beiträgt

danke, Márquez, was mich betrifft, *Ihr* Wort ist Gesetz, und ohne erst weit auszuholen, wenn Sie mir diesen Überschwang der Gefühle verzeihen, ich denke an den biblischen Satz, der im Unterricht an unseren Schulen, wo die künftigen Patrioten herangebildet werden, so viel zitiert wird, ich meine den Satz *am Anfang war das Wort*, und ich stelle mir vor, an das Wort muß Gott gedacht haben, als Ihre verehrten Eltern Sie mit Klapperstorchs Hilfe zur Welt gebracht haben

also, Facús, nun übertreiben Sie aber, wer sich wie ich von Berufs wegen mit der Sprache befaßt, steht weder unter noch über den übrigen Sterblichen, und genau das, was Sie eben bemerkt haben, sollten wir Berichterstatter zu unserem Leitspruch machen: uns nie für bevorzugt zu halten, weil Verdienst oder Zufall es wollten, daß dieser kleine Zauberapparat, genannt Mikrophon, in unsere nervigen Hände fiel, damit wir Tausenden von Hörern Freude, Bildung und Unterhaltung schenken, und jetzt, Facús, wenn ich so indiskret sein darf, wie haben Sie den Vorgang gesehen, glauben Sie, es war ein Elfmeter?
sehn Sie, Márquez, ein richtiger echter Elfmeter war es nicht, weil der Schiedsrichter keinen verhängt hat, und wenn er keinen verhängt hat, dann kann dieses Foul nie mehr geahndet werden, es sei denn, es passiert ein Wunder, und die Welt macht wie eine riesige kosmische Dampfwalze kehrt und zieht die Dinge zu ihrem Ursprung zurück, die Flecha-Fans mögen es also als eine Fehlzündung in ihren Herzen bewahren oder als einen fetten schwarzen Raben, der an ihren besten Stücken hackt, so daß also jeder Streit, ob es nun ein Elfmeter war oder nicht, müßige byzantinische Rabulistik wäre, Márquez, und das wollen wir doch nicht
ganz richtig, Facús, ganz richtig, aber trotzdem, zur Information unserer Hörer, wie stellt sich Ihnen der Vorgang dar?
na gut, Márquez, als illustrierendes Beispiel und für die Annalen über dieses Duell will ich Ihnen mein Urteil sagen: Elfmeter, Márquez, eindeutig Elfmeter! es gab einen Kurzpaß bei der Eckfahne von García zu Santillana, der flankte die Vorlage zu García zurück und lief in Stellung, dadurch bekam García den Blick auf Arturo frei, der in rasendem Tempo aus der Abwehr heraus vorpreschte, García legte ihm den Ball flach in den freien Raum vor, genau auf den Fuß, wie mit Zirkel und Lineal gemessen, genau an den Punkt auf

unserer geliebten Heimaterde, an dem Arturo auftauchen mußte; der Flecha-Crack nahm den Ball an, trat mit dem Fuß darauf, so daß es sich anhörte, als wenn eine Leiche in die Grube geworfen würde, er versetzte Navarro mit einem Dribbling, und als er den Torwart allein auf weiter Flur vor sich hatte, warf sich der, nein, schon nicht mehr auf den Ball, sondern genau auf Arturos Beine und setzte ihn damit außerstande, seine unteren Extremitäten vom Fleck zu bewegen und, nicht die Vorhersage, auch nicht die Ahnung, sondern die absolute Gewißheit im Herzen seiner Fans zu bestätigen, daß der Ball todsicher im Netz landen würde, und klar, als er da nicht landete, erlebten die Fans erst die verheerenden Auswirkungen des Zorns und dann den bitteren Nachgeschmack der Verzweiflung, können Sie mir folgen, Márquez?
ich folge Ihnen und bin in meiner luftigen Kabine immer bei Ihnen, Facús, egal, wie weit weg von dieser Zentrale Sie Ihr journalistischer Auftrag auch führen mag, und eben wollte ich Ihnen sagen, daß ich bei dem strittigen Vorgang einen ähnlichen Eindruck hatte, nämlich daß der Torwart die Arturoschen unteren Gliedmaßen jeglicher Bewegungsfähigkeit beraubt hat, indem er sie mit so böswilliger Gewalt in die Zange nahm, daß man es schon nicht mehr als Abwehrversuch bezeichnen kann, nicht wahr?
jawohl, Márquez
nicht als Abwehrversuch, sondern eher als die Absicht, den Gegner zu lähmen, zu Fall zu bringen, auf den Rasen zu legen, ihn an seinem vom Schicksal bestimmten Torschuß zu hindern, Facús
ganz recht, Márquez, ganz recht, bei diesem Spielzug lag der Treffer sozusagen in der Luft, zuerst als dieser leichte Duft, den die Fans mit scharfer Nase wittern, wenn es ihnen auf der Haut prickelt und ihre Leiber auf der Tribüne nur so brodeln, dann wurde er zum penetranten Volltreffergeruch,

denn das ganze Sternensystem war Zeuge, daß *das* ein Elfmeter war, das ganze Sternensystem, nur nicht der Schiedsrichter; ich habe ja allen Respekt vor dem Beruf der schwarzen Herrn in den kurzen Hosen, auch wenn viele nur einen unheilbringenden Geier in ihnen sehen, aber es muß auch gesagt werden, daß der Verband den kämpfenden Mannschaften manchmal Schwarze vorsetzt, die anscheinend nur deswegen so rumlaufen, weil diese Tracht das Kainsmal für das Dunkel in ihren Gehirnen ist, und ich bitte, das nicht als rassistische Anspielung aufzufassen oder als Herabsetzung der großartigen schwarzen Rasse
black is beautiful, Facús!
yes it is, Márquez
und ich mit meiner doch recht braungebrannten Haut habe noch viel weniger Recht, auch nur ein einziges undemokratisches Wort in den Mund zu nehmen, und Sie können meine freiheitliche Gesinnung bezeugen, Facús
ich bezeuge, Márquez, hier auf dem Platz, vorm Notar und, wenns sein muß, vor Gott in der Kirche
ich danke Ihnen und fahre fort, Facús, also unter diesen Herrn in Schwarz, die mit ihren unangebrachten Pfiffen nur zu oft den innersten Sinn eines Spiels verdrehen, gibt es so manche, die an ernsthaften Sehstörungen leiden, Facús, weit fortgeschrittene Fälle von Astigmatismus und grauem Star, ich habe welche bei sich zu Hause im trauten Heim erlebt, die bei etwas so Simplem, wie Fernsehen aus einem Meter Abstand, die Brille aufsetzen mußten, und andere erst, die Fitneßtraining Fitneßtraining und Mens sana Mens sana sein lassen, wenn sie in der Kneipe beim Knobeln über Fulls und Flashs und Doppelpaaren sitzen, ganz zu schweigen von dem sonntäglichen Mittagessen, das manche verschlingen, bevor sie auf dem Spielfeld schiedsrichternd Buße tun, regelrechte Orgien sind das, mit schön viel Nudeln, schön viel Ravioli und guter Tomatensoße und Käse und,

warum soll ichs nicht sagen, mit dem guten Wein, durch den sich dieses Stück Erde von jeher ausgezeichnet hat, das wäre ja völlig harmlos, sagen wir bei einem Kassierer in einer Bank oder bei Rundfunksprechern wie uns, die sich mehr mit der Zunge als mit den Beinen bewegen, wenn Sie mir das Gleichnis gestatten, das keine Anspielung auf Ihr nettes kleines Bäuchlein sein soll, Facús

schon gut, Márquez, wir wissen ja, eine Krähe hackt der andern kein Auge aus, und ein Lahmer klaut dem andern nicht die Krücken, Márquez, wir wissen aber auch, daß so eine Wamme, um mit einem Wort unseres Publikums auf den Stehplätzen zu reden, sich bemerkbar macht, wenn man bei all den Zickzacks und Schnörkeln des Leders am Ball bleiben muß, und wenn man dann weitab vom Schuß nur noch ein schwarzer Punkt im Raum ist und eine Attacke in einem Elfmeter gipfelt, den das ganze Stadion gesehen hat (und nichts hätte ich jetzt lieber bei mir als einen Monitor, damit kein Fußballfreund an meinen Worten zweifelt), ja dann packt Zuschauer wie Spieler natürlich gerechter Zorn, und erst erhitzen sich die Gemüter, und dann erhitzen sich die Fäuste und na ja, Sie wissen schon, wie das endet, mit Tätlichkeiten, wo der Mensch seine schlechte Kinderstube verrät

so ist es, Márquez, das endet, wie es geendet hat, frei nach dem Dichter Parra, bei dem es heißt, „das Fest war wunderbar, hat gedauert, bis es zu Ende war“

richtig, Facús, richtig, und wenn hier unter anderem etwas zu Ende war, dann das Prestige von Arturo, vorausgesetzt, Sie fassen das nicht als abschließendes ehrenrühriges Urteil über den aufsteigenden Stern des Flecha auf, denn ich kann mich des Eindrucks nicht erwehren, er wurde gerade in dem Moment vom Platz gestellt, als er in einem Spiel, von dem schon dreißig Minuten der zweiten Halbzeit um waren, zu seinem ersten großen Schuß angesetzt hat

apropos, Márquez, wir sind jetzt in der achtunddreißigsten Minute der zweiten Halbzeit, und Flecha ist im Angriff, durch Lux zu jugendlich zarter Haut!
danke, Facús, ich wiederhole, wenn wir auf die eine Schale einer Waage die neunzig Minuten Spielzeit legen würden und auf die andere den ganzen Haufen Chancen, die Arturo verschenkt, verjubelt und verpraßt hat, dann würde die Waage mit Baritonstimme stöhnen: null! und so ihr Urteil über die Rolle dessen fällen, der einmal ein aufsteigender Stern war und keiner mehr ist, seit dieser glorreichen Sekunde, in der er aber auch schon vom Platz verwiesen wird, ich weiß nicht, Facús, was Sie von den Vorkommnissen halten, die Schiedsrichter Molina zu der drastischen Maßnahme bewogen haben, mit der roten Karte über Arturo herzufallen, ja herzufallen und ihn abzukanzeln, und ich versichere Ihnen, ich und alle Ihre Hörer harren Ihrer Darstellung der Ereignisse, denn sie wird in das Buch der unumstößlichen und unanfechtbaren Urteile eingehen
ich danke Ihnen, Márquez, ich danke Ihnen, verehrte Hörer, für den grenzenlosen Kredit, den Sie mir gewähren, Ihr Vertrauen rührt mich zutiefst, und ich kann es nur mit einem wahrheitsgetreuen, bündigen und präzisen Resümee der traurigen Vorkommnisse erwidern, die in Arturitos Platzverweis ihren Gipfel erreichten: ganz hinten bei der Eckfahne spielte sich Undurchschaubares ab, daraus ging García als Sieger mit dem Ball hervor, brachte ihn in einem Kurzpaß zu einem Mitspieler, bekam ihn in einem Musterpaß zurück, und da er intuitiv erfaßte, wie Arturo in atemlosem Sprint über das ganze Spielfeld angezischt kam wie ein Komet, der seine Leuchtspur über den grünen Himmel des Spielfeldes zieht, servierte ihm García seine Vorlage in einem spitzen Winkel von zirka zwanzig Grad, und als ob Ball und Stiefel in geheimem Liebesbund aneinandergekettet wären, gingen beide gemeinsam vor, und als in den Herzen unserer Fans,

diesen schönen Kathedralen, die Siegesglocken bereits läuteten, bemächtigte sich Torhüter Pizzuti beider Beine von Arturo, in der unverkennbaren Absicht, ihn am aufrechten Vorwärtsgang zu hindern; auf Grund dieses Zwischenfalls und als seine natürliche physikalische Folge kam Arturo zu Fall, und der Ruf „Elfmeter" schallte aus tausend Kehlen durchs ganze Stadion; darauf setzte sich der so Gefoulte, in Erwartung des strafenden Pfiffs, auf den Rasen, die Zuschauer suchten die finstere Gestalt des Schiedsrichters Señor Molina am anderen Ende des Feldes im gegnerischen Strafraum, wir Sportkommentatoren und Profis am Mikrophon warteten darauf, daß sich der Finger des „Herrn Schiedsrichters" steil herüberbewegen und auf den kritischen Elfmeterpunkt zeigen würde (und allgemein darf ich sagen, daß sogar Pizzuti sich schon zum Sprung duckte, zwischen seinen drei Pfählen, die wie drei weiße Segler über dem ewig jungen Himmel dieser lateinamerikanischen Erde schwebten), als das kam, was keiner erwartet hatte; der Schiedsrichter wedelte mit der rechten Hand vor seinem Gesicht, aber nicht um sich Luft zuzufächeln, sondern um mit dieser traditionellen Geste „weiter" zu sagen, „es ist nichts passiert, meine Herren", aber, Márquez, die Dinge haben ihre Eigendynamik, und was passiert ist, ist passiert, und das ganze Stadion hat es gesehn; soviel subjektives Erleben der Fußball auch zuläßt, es gibt doch moralische Leitfäden, die nicht übertreten werden dürfen, wenn die ursprüngliche Idee des sportlichen Schauspiels erhalten werden soll; hier überschreitet der Unparteiische wirklich alles Maß wie ein unscheinbares Insekt, wie ein kleiner David, der dem vielgesichtigen Goliath, unserem nationalen Publikum, dem fairsten in ganz Amerika, mit der Schleuder seiner Autorität sein Fehlurteil wie einen Stein ins Angesicht schleudert, und wie soll man es in Anbetracht dessen nicht entschuldigen, so unentschuldbar es ist, daß Arturito, durch

einen Tag voller tiefhängender schwarzer Regenwolken sowieso schon angeschlagen, vom Rasen aufgesprungen ist, ihn mit erhobener Faust beschimpft hat und die Faust schließlich mit unbeschreiblicher Wucht auf das schiedsrichterliche Kinn setzte, was diesen augenblicklich zu Fall brachte, und was meinen Sie dazu, Márquez?
ich sage ja, Facús, ja, so hat es sich abgespielt, und auf meiner Uhr sind es jetzt fünfundvierzig Minuten der zweiten Halbzeit, das Spiel wird jeden Augenblick abgepfiffen, wenn Flecha eins zu null verliert durch Tor von Míquel in der fünfzehnten Spielminute, und die Uhrzeiger streben zielbewußt und unaufhaltsam der Fünfundvierzig entgegen, der Abpfiff naht, meine Herren, wir erleben nur noch die letzten, todmüden Sekunden, und bevor den Mikrophonen die kostbare Energie ausgeht, die sie speist, und wir uns zusammen mit den stolzen Kämpen zu verdienter Ruhe begeben, bitte ich Sie um Ihr treffendes Schlußresümee, Sie haben das Wort, Facús
dieser Kampftag läßt sich mit zwei simplen Worten charakterisieren: *das übliche*, ein neues, hitziges Fieber war in den unteren Rängen aufgeflackert durch einen *Crack*, der, wenn mir die Metapher gestattet ist, bei seiner zweiten Vorstellung *knack* gemacht hat wie ein morscher Herbstzweig; ein Versuch, mit dem in den Kellern der finanzschwachen Vereine gereiften Prestige den Aufschwung in das sturmgepeitschte Meer der Könner zu schaffen, endete in einem eisigen Salzsee, in dem erlesene Früchte nicht gedeihen; wir waren gekommen, den Start einer Rakete zu erleben, und haben dem Kentern eines Paddelboots beigewohnt, denn in den Augen der Experten verdient die Arturosche Glanzleistung keinen anderen Namen: nicht deckungstreu, schlapp, wenn er Positionen im zweiten Glied einnehmen soll, verheddert sich in Phantasiedribblings, wenn die Außenstürmer auf den Steilpaß war-

ten, kurz, die typischen Laster, die endemischen Seuchen der lateinamerikanischen Talente, die für die Weltmeisterschaft in Deutschland ein Desaster befürchten lassen, und das bei den Möglichkeiten dieses Kontinents, der einst die Wiege eines Pelé, eines Labruna, des unsterblichen Tucho Méndez war, den Armando Bó in seinem tiefempfundenen „Lumpenball" aufs Zelluloid gebannt hat, mit einem Wort, es wird Zeit, daß die Jungs mit den strammen Waden und die Trainer, die sie ausbilden, einsehen, daß es zwar amüsant sein kann, Luftschlösser zu bauen und Feuerwerke abzubrennen, daß sie sich aber einmal klarwerden müssen, daß die Schlösser einstürzen und das Feuerwerk in der Nacht der fliehenden Zeit verglüht und daß sie damit wohl Naiven ein Vergnügen machen, nicht aber den Grundstein zu einem soliden Fundament legen, das unserem geliebten, so ganz uns gehörenden Lateinamerika ebenso viele Fußballstars schenkt, wie Sterne an seinem jungen Himmel leuchten, was meinen Sie, Márquez?

ja, Facús, ja, das unterschreibe ich sofort, Sie haben sich eher großzügig als vernichtend geäußert, und wolle Gott, die Flechaner bringen ihre hochfliegenden Pläne zum guten Ende und der heutige Nachmittag war nur ein einmaliges Pech, ein Ausrutschen auf einer spiegelglatten Bahn, ein Fettfleck auf dem blütenweißen Hemd des Sports, und daß sie nächsten Sonntag wieder voll da sind, und Arturo soll sich, wenn er die Strafe verdaut und verarbeitet hat, ein für allemal merken, daß er das Spermatozoon war, das so große Hoffnungen in seinem Verein erzeugt hat, in seinem Verein und, warum nicht, auch bei Ihnen und mir, die wir zwar ein Nichts sind, die ihn aber vor einem Monat auf das übliche Entweder-Oder hingewiesen haben; wir schalten um zum Studio.

– Señora, ist Susana da?
Er sagte es so hin. Aber vorher hatte er auf der Schwelle minutenlang die Klingel angestarrt, ohne daraufzudrücken. Es war ihm gleichermaßen unerträglich gewesen, wegzugehen, wie sich dem Haus zu nähern, und außerdem hatte er sich nach dem Spiel nicht geduscht, und sein Körper war jetzt ebenso naß wie das Trikot in seinem blauen Segeltuchbeutel.
– Wer sind Sie?
Einen anderen Namen ein anderes Gesicht einen anderen Körper und einen anderen Beruf. Er brauchte nur Arturo zu sagen, und die schmalen Lippen der Frau würden sich wie ein Storchenschnabel öffnen, um zu lächeln: ich seh mal nach, ob sie da ist.
– Ein Bekannter, sagte er. Die Mutter hatte einen scharfgeschnittenen Mund mit winzigen Zähnen, und fast sah sie ihn an mit diesem Mund, studierte seine Verlegenheit mit diesem Mund. – Arturo, sagte er resigniert.
– Eine Sekunde.
Von der Schwelle aus hörte er die Schritte verhallen und stellte sich das Gespräch vor, das Mutter und Tochter in der komplizenhaften Intimität des Zimmers führen würden. Die Mütter glauben immer, die da an der Tür klingeln, sind alle hymenverschlingende Sittenstrolche, und sehen die Bekannten an, als ob sie sagen wollten: mit meiner Kleinen treibst du deine Ferkeleien nicht.

– Sie läßt fragen, was Sie wollen.
Sollte sie den ganzen Abend darauf gewartet haben, daß sich die Fliege auf den Zuckerkrümel setzt, und sollte das der erhebende Augenblick sein, in dem die Hand sie zermalmt?
– Wenn es geht, Señora, würde ich gern mit ihr persönlich sprechen.
– Und worum handelt es sich bitte?
– Sagen Sie ihr ... er tat, als hätte er etwas im Auge, sagen Sie ihr, es ist wegen dem Compañero Osorio.
– Sind Sie von der Partei?
– Nein, Señora.
– Ich richte es ihr aus.
Jetzt fürchtete er, sie selbst, Susana, könnte in der Tür auftauchen, um ihn anzufahren, was willst du, resolut, brünett, Klasse, aber die eines anderen. Er wischte sich mit seinem Segeltuchbeutel den Schweiß von der Stirn.
– Sie sagt, Sie sollen reinkommen.
Sie führte ihn ins Wohnzimmer und zeigte auf einen Sessel, auf den er sich setzen sollte. Arturo betrachtete die Familienfotos, die Andenlandschaft, das Du-bist-immer-in-meinem-Herzen, das Bild des Präsidenten, hier mit der First Lady, die Tänzerinnen, die versammelte Familie in einem Ausflugslokal um die vierziger Jahre, und das Mädchen da mit dem feingeschnittenen, frischen Mund war Susanas Mutter, und sie war glücklich wie alle Frauen, wenn sie mit ihren Männern in Restaurants und Ausflugslokalen fotografiert werden. Er hätte sich gern augenblicklich eine Zigarette angezündet, konnte aber weder in seinem Jackett noch auf dem Tisch welche finden.
Susana kam mit ausgestreckter Hand und höflich lächelnd herein. Obwohl ihm nicht danach zumute war, stand Arturo wie ein Kavalier auf und tauschte einen Händedruck mit ihr. Sie setzte sich auf die Stuhlkante, und dieselbe Hand, die er gedrückt hatte, hielt ihm jetzt eine Schachtel Zigaretten

hin. Er nahm eine, steckte sie sich in den Mund, und das Mädchen reichte ihm das Feuerzeug, bevor er die Hand vom Sesselrand hochbekam. Aus Filmen hatte er die Angewohnheit übernommen, den Mädchen in die Augen zu sehen, wenn sie ihm eine Zigarette anzünden, und das tat er jetzt auch. Aber sie sah die Flamme an und zog die Finger zurück, sobald Arturos Zigarette brannte. Ihm fiel auf, daß sie nicht halb so hübsch war wie sonst, daß ihre Haare ohne das feste Band und ohne die Stirnfransen ihre Wangen etwas dicker erscheinen ließen, obwohl es vielleicht, dachte er, daher kam, daß sie geschlafen hatte.

– Also was willst du? sagte sie, wieder auf ihrem Stuhl.

– Warst du bei Osorio?

– Warum?

– Wie gehts ihm?

– Er hat eine Kugel in der Schulter, wußtest du das?

– Eine Kugel?

Er betrachtete die glimmende Zigarette und tat dann einen tiefen Zug. Er behielt den Rauch im Mund und sah zu Boden.

– Hat er was von mir gesagt?

– Was denn?

– Na irgendwas.

– Was zum Beispiel?

Er dachte, das Mädchen wüßte Bescheid, wüßte absolut und restlos alles, konnte Ort, Zeit und Ablauf wie am Schnürchen hersagen, hätte sich aber eine ganz besondere Rache ausgedacht und wollte es jetzt von ihm, Arturo, dem kleinen Schlappschwanz Arturo, erzählt haben, während sie selber sich ausschwieg und ihn schmoren ließ. Er sah auf und machte sich auf den schadenfrohen Blick einer durchtriebenen Mieze gefaßt, die die Typen nur so um den Finger wickelt. Aber da waren die Augen Susanas, vielleicht ein bißchen verschlafen, weniger schnippisch, aber neutral,

auf eine ruhige Art neugierig. Arturo schluckte. Er streckte die freie Hand nach ihrem Handgelenk aus, aber sie wich gerade noch zurück.
– Ich war gestern abend mit ihm zusammen, hat er dir das nicht gesagt?
– Nein.
– Ich war dabei, wie sie sich ihn vorgenommen haben.
– Du warst dabei?
– Ja.
– Und?
– Was und?
– Was hast du gemacht?
Arturo vergrub die Fingernägel in die Knie.
– Nichts, sagte er.
Susana drehte sich eine Weile Locken, sah ihn dann an und zuckte mit den Achseln.
– Versteh ich nicht, sagte sie. Die nehmen sich den Dicken vor, du bist dabei und kannst nichts machen. Haben sie dich festgehalten?
– Nein. Ich hab dagestanden wie ein Denkmal und hab zugesehn.
– Während sie den Dicken zusammengeschlagen haben?
– Und danach bin ich abgehaun.
Susana blinzelte in einem fort, als stünde sie vor einer schwierigen Rechenaufgabe und das angestrengte Denken griffe ihr die Augen an.
– Du bist wie ein Schlappschwanz abgehaun? sagte sie leise, fast vorsichtig, als fürchte sie, ihn zu beleidigen, beinahe sicher, daß die Antwort lauten würde, nein, so wars nicht, du verstehst nicht.
Arturo hatte das Gefühl, daß das hier viel schlimmer war als das, was er gestern erlebt hatte. Gestern nacht war er nur ein Waschlappen gewesen, der sein Zuhause, seine Freunde, sogar seine Macht über den Ball verloren hatte.

Jetzt aber gab das wenige, was von ihm noch übrig war, das Bild einer fetten Ratte ab, die vor der Falle flieht. Er fühlte sich unfruchtbar, überzeugt, daß aus seinen Lenden nie guter Samen kommen, daß sein Saft, gleich, wo er ihn ablud, nie etwas anderes als Saft sein würde, lauwarmer, dickflüssiger, nutzloser Saft. Er verwünschte seinen letzten Trick, das Muttersöhnchen zu spielen, das barmherzige Vergebung sucht, das kurz davor ist, sich in Tränen aufzulösen, weil er den Mumm nicht hatte, ins Krankenhaus zu gehen und den offenen Mund des Dicken anzusehen, den Mund mit der blutigen Wunde von den Kettenhieben, die Schulter mit der Kugel. Er wandte sich an Susana, um sich vorzumachen, diese militante Eva, diese Blutsschwester des Dicken, das Mädchen mit Kettchen und roter Bluse, mit Grubenhelm und überm Bauchnabel verknotetem Hemd, die revolutionäre Malereien an die Wände pinselte, sei ein armseliger Pfaffe im Beichtstuhl, dem man Verrat für Absolution, Onanie für Liturgie, Schläge gegen die Brust für kleine Gaunereien verkaufen konnte. Er hatte das Gefühl, daß er hier ans Ende seiner Reise kam. Daß er die Wüste auf der Suche nach der Stadt durchquert und daß er diese nicht gefunden hatte. Daß er jetzt nur sich selber hatte. Daß das Wasser in der Oase weder Wunder bewirkte noch Weihwasser war, noch auf seinem Grunde geheimnisvolle versunkene Städte mit Jungfern und freundlichen, leichtfüßigen Prinzen barg.
Er begann, das Gesicht an der Sessellehne, zu weinen. Seine Tränen waren zuerst nur seine Schwäche, die durch die Augen trat, sein eigener kalter Samen, sein Atem, bis ihn das Wasser dann wie ein Unwetter schüttelte und sein ganzer Körper eine Überschwemmung wurde und sein Schluchzen das Schweigen durchbrach, den Tisch umstürzte, ihn, mit den Händen vorm Gesicht, geblendet, anhob, alles im Wasser verschwimmen ließ, die Tänzerinnen und die feinen

Adern an Susanas Hals, die vergilbten Gardinen, die Vase mit den flimmernden Rosen und Susanas Mutter, deren scharfgezeichneter Mund und deren riesenhafte Augen nun das ganze Zimmer einnahmen, und er, stöhnend, heiser, ein Tier, wie ein schlechter Schauspieler, der weint, weil er steckengeblieben ist.

Das Mädchen nahm ihn am Ellenbogen und schob ihn durch den engen Flur zu ihrem Zimmer. Sie setzte ihn auf ihr Bett und hielt ihn bei den Handgelenken, während er den Kopf hin und her warf und, schwach wie ein Sterbender, Steppdecke und Fußboden naß heulte.

Die Mutter steckte den Kopf hinein.

– Was ist mit Ihnen, junger Mann? Sind Sie krank?

Susana schob sie sanft hinaus.

– Geh, Mama.

Die Mutter deutete mit dem Kinn auf Arturo.

– Du weißt doch, daß ich es nicht gern seh, wenn du Besuch in dein Schlafzimmer mitnimmst, Süßes.

Das Mädchen machte die Tür zu. Sie spürte, daß die Mutter weiter horchte, und sagte durch das Holz:

– Bitte, geh da weg, Mama.

Die Fingernägel der Alten schabten an der Tür.

– Soll ich ihm Wasser bringen? Ein Gläschen Kognak?

– Es ist gut so, Mama. Ich bitte dich, geh.

Sie ging zum Bett und begann ihm mit dem Ärmel ihrer geblümten Bluse Wangen, Lippen und den nassen Hals abzuwischen.

– Ich komm bloß her, um dir das Bett vollzuheulen, brachte der Junge hervor und versuchte es mit einem Lächeln, das aber nur einen neuen Weinkrampf auslöste, obwohl er sich, mit den Fäusten auf den Augen, bemühte, sich zusammenzunehmen.

– Leg dich hin, befahl sie ihm. Zieh dir die Schuhe aus und leg dich hin.

Der junge Mann band folgsam wie eine Marionette seine Schnürsenkel auf. Das Mädchen wartete, bis Arturo sich hingelegt hatte, und deckte ihn mit der Steppdecke zu.
– Bleib hier, bis ich zurück bin.
Als Susana wiederkam, hatte Arturo sich auf dem Bett zusammengerollt und ließ, das Gesicht zur Wand, die letzten Tränen die Wangen hinunterlaufen. Das Mädchen brachte ihm ein Glas Wasser und drückte es ihm in die Hand. Arturo stützte sich auf den Ellenbogen auf und tauchte, bevor er trank, die Finger in die Flüssigkeit, um sich die Lider zu befeuchten. Susana drehte den Schlüssel im Schloß um.
– Seh ich sehr beschissen aus? fragte er.
– Deine Augen sind dick verschwollen. Trink das Wasser da. Als er ausgetrunken hatte, rollte er das leere Glas über seine Wangen. Dann gab er es mit dem Anflug eines Lächelns an Susana zurück.
– Was kann man bloß machen mit dir?
– Nicht viel, scheints.
– Scheint so.
Der Junge kämmte sich mit den Fingern das Haar.
– Entschuldige das Geflenne und alles. Passiert mir zum ersten Mal. Was wohl deine Mutter denkt.
– Das ist egal. Wie fühlst du dich jetzt?
Arturo fand die Kraft, ihr in die Augen zu sehen, und erblickte sein eigenes Bild in ihren Pupillen.
– Frag lieber nicht.
– Schlecht?
Dem Jungen war klar, daß er in diesem Moment über die ganze Welt weinen könnte, als stauten sich alle seine Tränen, noch immer einsatzbereit und vollzählig, an der Nasenscheidewand. Er hatte das Gefühl, ein einziger Schmerz, länger und treuer als ein Schatten, zu sein und daß der Schmerz, auch wenn er keine Tränen mehr hätte, ganz sein, ganz tief drinnen, da bleiben würde. Aber gleichzeitig hatte

dieser beschissene Schmerz etwas wohlig Warmes, das ihm Geborgenheit gab. Er fühlte sich in seinem Schmerz wie im Mutterleib, wie in ein Zimmer verkrochen, in dem alle ihm lieben Gegenstände, ordentlich und in ein ganz weiches Licht gebadet, beieinander waren. Er sah ein, daß dieser Schmerz wirklich ganz ihm gehörte, daß er seine Statur und seine braunen Augen hatte und daß der Schmerz nicht da aufhörte, wo seine Haut diese ganze Schande umschloß, sondern daß sein Schmerz auch noch Fangarme, Blicke, eine andere Haut besaß, die über der seinen lag und sie verschönerte. Er wollte es Susana erzählen, ihr sagen, daß er nicht wisse, was es sei, daß er jetzt aber etwas habe, daß er jetzt wie verliebt in seinen eigenen Schmerz sei. Doch das war für Arturo alles nicht aussprechbar. Er streckte seinen Arm aus und zog sanft die Finger des Mädchens zu sich heran. Gleichzeitig küßte und liebkoste er sie mit den Lippen. Er wollte, daß zuerst sein Speichel, diese neue Weichheit, die ihm seine Schmerzhaut ins Fleisch webte, ich hab dich lieb sagen sollte. Danach sprach er es selbst aus.

– Weißt du, daß ich dich lieb habe?

Das Mädchen hatte zugelassen, daß er ihre Haare nach vorn holte. Er drückte sie und spürte wieder diesen Schmerz in seinen Fingern. Susana sah ihn nicht an.

– Entschuldige, Arturo, sagte sie weich und ohne von ihm abzurücken. Du weißt, ich dich nicht.

– Kein bißchen?

– Heute schon ein bißchen, lachte das Mädchen.

– Ich wollte dir was sagen, aber ich weiß nicht, wie. Es ist wie ein Schmerz in einem drin.

Susana legte ihm die Hand um den Hals und zwang ihn, aufzusehen. Sie blickte ihn lange und ernst an. Arturo hielt ihrem Blick stand und wußte, das Mädchen sah ihn deshalb so an, weil sie bis auf den Grund seines Blicks dringen wollte, und auf dem Grund seines Blicks lag sein Schmerz, und er

brauchte einfach nur dazusitzen, ruhig dazusitzen, damit das Mädchen ihn sah. Sie strich sich mit der Hand die Haare hinter die Schläfe zurück. Sie sagte ganz sanft:
– Du bist scharf auf mich, was?
Arturo wollte die Steppdecke packen und die Hände in ihr vergraben. Er wollte sagen, nein, es sei nicht nur das, er sei schon scharf auf sie, aber er wolle auch wie ihre anderen Freunde sein, mit ihr reden, Dinge zusammen unternehmen, ihr auf tausenderlei Art nahe sein. Er wollte es ihr sagen, aber seine neue Haut legte ihm dieses Schweigen auf die Lippen und legte dasselbe Schweigen auch in seinen Blick. Es waren die Augen, die ihm die Trauer gab. Seine Trauer bewegte ihm den Kopf. Seine Trauer nickte. Das Mädchen berührte seine trockenen Lippen mit ihrer feuchten Zunge und steckte sie ihm zwischen die Zähne. Arturo spürte die Lust schon in seinem Magen, an seinen Schenkeln, an seinen Händen, die in diesen Brüsten versinken wollten, die schon zitterten, bevor er sie auch nur gestreift hatte, in seinem Schwanz, der wie durch Zauber anschwoll. Aber seine Trauer hatte, statt ihn zu straffen, für ihn beschlossen, daß er bei ihm still bleiben sollte, und als ihre Zunge sich über sein Zahnfleisch vorschob, auf seine Zunge übersprang, sie mit köstlichem Speichel bestrich, als ihre schmalen kleinen Hände sanft über seinen Kopf, seinen Nacken, über den zuckenden Rücken kratzten, begann er ein Prickeln auf der Haut zu spüren, und je mehr er sich zurückhielt und je mehr er sich ihr überließ, umso mehr verließ ihn seine Trauer, umso tiefer kroch sie in ihn hinein, und obwohl er wußte, daß er nicht mehr würde weinen können, seine Trauer weinte weiter, und als Susana ihm den Schlitz aufzog, mit den schmalen Fingern an seinen Wulst tippte und, schon über ihm, die Spitze dirigierte und zu ihm sagte, „steck ihn rein“, da war er mit einer einzigen zaghaften Bewegung tief in ihr, und das Mädchen machte sein Ohr mit Speichel naß, sagte

mein Freund zu ihm, und da merkte Arturo, daß in seiner schnellen Entleerung der Rest der Tränen war, die von seiner Trauer noch blieben, und als er das alles zwischen den Wänden ihres Leibes, die sich wie ein Herz zusammenzogen und weiteten, gelassen hatte, sagte er:

– Entschuldige, es ist das erste Mal.

Und Susana ließ sich auf seine Brust fallen und seufzte nickend.

– Macht nichts, sagte sie.

Er betrachtete den Kleinen Herrn, der auf dem Baumstamm am Feldweg lag, und rüttelte ihn.

– Bitte, Vater. Schlafen Sie nicht wieder ein. Das viele Schlafen schadet Ihnen noch.

Das Männlein schlug die Augen halb auf, suchte sich aber lediglich eine bequemere Lage, indem es seinen Kopf in die Armbeuge bettete.

– Bald wird alle Welt hinter uns her sein, gähnte er. Sieh mal diese Hunde, worauf warten die?

– Sie müssen mitkommen, Vater. Haben Sie jetzt Vertrauen zu mir. Uns bleibt nichts anderes übrig.

– Vertrauen zu dir? Wart nur, bis ich aufwache und dir eins mit dem Stock überziehe.

– Lassen Sie nicht zu, daß Ihnen die Augen zufallen, lieber Vater. Stehn Sie auf.

– Unmöglich. Er reckte sich, um mit dem freien Arm die Schuhe abzustreifen. Er hob sie hoch, und die Sonne schien genau durch die Löcher in den Sohlen. – Sieh mal her, was du mit mir gemacht hast.

Mit einem Stein verscheuchte der Trampel den Hund, der an den Füßen seines Partners schnüffeln wollte. Der Vierbeiner lief nur ein paar Meter weiter und legte sich mit gelangweilter Geduldsmiene in die Sonne.

– Ich bitte Sie, Kleiner Herr.

– Laß mich und verschwinde. Hast mir genug geschadet.

– Vater, Sie gehn langsam hinüber. Ich weiß nicht, was Sie

da sagen, ich versteh nicht, wovon Sie reden, das einzige, was Sie machen, ist daliegen und schlafen.
– Hast aber auch nichts von einem Profi, derselbe Dilettant wie immer.
Der Trampel rüttelte ihn wieder und stieß ihm die Füße vom Baumstamm. Der Kleine Herr setzte sich auf und unterdrückte mit Mühe ein Gähnen.
– Die Hunde werden über Sie herfallen und Sie beißen. Sie werden Ihre hochverehrten Eingeweide auffressen wie ganz gewöhnliche Spaghetti. Merken Sie das nicht?
– Das gefällt mir nicht. Diese Zähne an meiner Kehle gefallen mir ganz und gar nicht.
– Dann aufgestanden, Vater!
Er konnte kaum die Augen offenhalten und winkte den Trampel zu sich heran.
– Stell dein Bein hierher, ich halte eine kleine Siesta, und ich verspreche dir, danach gehts weiter. Wenn ein Hund kommt, gibst du ihm einen Tritt. Ist es dir so recht?
Ángel massierte sich kräftig den Oberschenkel und ließ seinen Partner den Kopf darauf betten.
– Nur fünf Minuten, sagte er.
Mit jeder Sekunde, die verging, schien der Körper des Kleinen Herrn größer zu werden. Als wäre es für ihn dasselbe, einen Traum zu fabrizieren oder einen Turm oder einen eisernen Schiffsbug zu bauen.
– Schlafen Sie nicht zu tief, Vater, Sie werden langsam schwer. Am Ende werden Sie mir noch zur Leiche, und ich kann Sie zu dem Hahn legen.
Sein Partner antwortete mit einem leisen Gemurmel, und als der Trampel das Ohr zu seinem Mund neigte, konnte er feststellen, daß sein Partner sprach. In diesem Augenblick ahnte er, daß der Kleine Herr mit dieser ganz besonderen Nummer, zu träumen und gleichzeitig den Traum zu erzählen, ein Vermögen machen könnte. Er dachte daran,

daß man ihn in einen lustig dekorierten Sarg legen, in der Kiste ein Mikrophon mit Außenlautsprechern anbringen und so über die Jahrmärkte ziehen könnte. Wenn es Leute mit viel weniger Talent gab, die schrieben und mit allerlei Palaver durchs Leben kamen, wieviel mehr Erfolg mußte da der Kleine Herr haben, der aus geträumten Wörtern bestand wie andere aus Knochen. Er brauchte sich nicht einmal an einen Schreibtisch zu setzen wie so viele Dichterlinge mit nichts auf dem Kasten. Alles, was sein Partner brauchte, wäre ein bequemer Sarg und ein gutes Mikrophon. So hatte der Araber mit dem rauchenden Esel angefangen, bevor er Leiter des Zirkus Richmond wurde. Was könnte der Kleine Herr in finanzieller Hinsicht nicht alles einbringen, sagen wir, an einem Samstagvormittag auf dem Großmarkt von Santiago?

Im selben Augenblick sagte der:

– Es ist Winter. Ich bin in einem kleinen Haus und sehe fern. Auf dem Tisch liegt eine karierte Tischdecke mit gestickten Copihueblüten.

– Ja, Vater.

– Auf der Tischdecke steht eine Vase mit Veilchen. Neben der Vase eine heiße Suppe, die ich da stehengelassen habe, damit sie abkühlt.

– Gut gemacht, sagte der Trampel und sah, wie die Sonne hinter den Anden zu verschwinden begann.

– Das Stück im Fernsehen ist eine Operette. Es singt Mario Lanza. Er ist als Torero verkleidet. Ich habe Hausschuhe an den Füßen. Weiche. Leichte. Mit Lammwolle gefütterte. Eine Frau kommt auf mich zu und sagt: Ernesto, iß deine Suppe und leg dich schlafen. Du mußt morgen früh raus zur Arbeit. Sie sagt: Ich bin ja so froh, daß sie dir den Lohn erhöht haben.

– Ernesto ist ein schöner Name, Vater. Wie ist das Haus? Hat es rosa Balkons?

– Ich habe Arbeit.
– Große Fenster mit blauen Rahmen?
– Zahltag ist am Monatsende, und ich lade die Freunde aus dem Viertel zum Essen ein. Ich habe Freunde. Ich lade sie zum Essen ein. Jeden Monat.
Ángel ging zum Graben und schöpfte Wasser mit den Händen. Er schüttete es seinem Partner behutsam auf die Stirn und verteilte es über Wangen, Lippen, Augenbrauen. Er lehnte den Kleinen Herrn mit dem Rücken gegen den Stamm und versuchte kniend, ihm den Mittelscheitel in seiner Gardelfrisur geradezuziehen.
– Darf man erfahren, was du da machst? fragte der Kleine Herr, ohne sich dazu aufzuraffen, die Augen ganz zu öffnen.
– Ich versuche, Sie gesellschaftsfähig zu machen, Vater. Ich möchte, daß Sie einen guten Eindruck machen.
– Ist mein Scheitel auch schön gerade?
– Tipptopp, Vater. Sie haben nur ein bißchen Staub darauf, das ist alles. Er rüttelte ihn, damit sowohl die Erde als auch der Schlaf von ihm abfielen, und stieß dabei auf etwas Hartes an seiner Brust.
– Was haben Sie da? Als er die Innentasche umkehrte, fiel die Waffe zu Boden. – Damit können Sie ja Leute umbringen. Wo haben Sie die geklaut, Kleiner Herr?
– Die hat mir der Fußballer geschenkt.
– Haben Sie schon mal jemand umgebracht, Vater?
– Erinnere mich nicht. Er befühlte sich ängstlich Stirn, Mund und Wangen. Hör mal, hast du nicht irgendwo einen Spiegel, den du mir leihen kannst?
– Vater!
– Nein, es ist nicht aus Eitelkeit. Ich habe nur vergessen, wie ich aussehe.
Ángel ließ die Waffe im Requisitenkoffer verschwinden und bot seinem Partner den Arm, um ihm auf die Beine zu helfen.

Der Kleine Herr saß ein paar Sekunden vor seiner Pranke und sagte:
– Bin ich müde! Am liebsten würde ich noch ein Nickerchen machen.
Der Trampel stürzte sich auf einen der Hunde, schleifte ihn am Genick heran, hielt ihn seinem Partner vors Gesicht, steckte ihm die Finger in die Schnauze und riß sie auf, bis speicheltriefend die Eckzähne aufblitzten.
– Was wollen Sie, Kleiner Herr? Sich von diesen Zähnen beißen lassen?
– Nimm das weg, bitte. Paß fünf Minuten auf mich auf, während ich noch ein Schläfchen mache.
– Dazu ist keine Zeit mehr, Vater. Ich muß Sie jetzt von hier fortbringen. In der Nacht fallen uns die Hunde und die Ratten an.
– Mir ist nicht danach, merkst du das nicht? Ich verfluche den Tag, an dem ich dich zu meinem Partner gemacht habe. Hast du vielleicht nicht gesehen, daß meine Schuhe keine Sohlen mehr haben?
Da packte ihn der Trampel unter den Achseln, bückte sich und lud sich den Kleinen Herrn auf den Rücken.
– Was machst du da? protestierte der.
– Ich werd Sie tragen.
– Bist du wahnsinnig? Hältst du dich neuerdings für einen Bus?
– Entschuldigen Sie, daß ich Sie um etwas bitte, Vater, aber hören Sie bitte auf, mir in die Nieren zu treten, das tut nämlich fürchterlich weh.
Aus seiner Höhe sah der Kleine Herr, daß der Trampel den Weg einschlug, der von dem Graben abging, und daß in der Ferne Lichter von Laternen oder von einem Dorf waren.
– Dafür räche ich mich, sagte er und schmiegte sein Ohr an den Rücken des Hünen. Ich schlafe ganz tief und träume einen Traum, den du garantiert nicht tragen kannst. Deine

Knie werden einknicken, und deine Wirbelsäule wird sich abnutzen. Ich zähle bis drei, dann mache ich die Augen zu.
Da langte der Trampel, ebenso verzweifelt wie unbedacht, mit der Pranke nach oben und sagte warnend:
– Papi!
Der Kleine Herr grübelte über das anhaltende Prickeln in seinem Ohr nach, bis er sich entschloß, zu untersuchen, ob es blutete.
Mein eigener Partner! dachte er, bevor seine Hand mit seinem Ohrläppchen in Berührung kam.

Als die Frau die Tür aufmachte und ihre pechschwarzen Augen das übrige Gesicht mit ihrem Funkeln ansteckten, da hatte der Kleine Herr, wie von einer Sprengladung angehoben, das Gefühl, daß ihm alles Blut in den Kopf schoß. Er dachte, daß dieses Erlebnis vielleicht in einem Lächeln gipfeln würde, und riß die Augen nur von der Frau los, um sich nach einer Glasscheibe umzusehen, die ihm sein Bild wiedergeben könnte. Ihm gefielen die fleischigen Falten, mit denen die Dame gesegnet war, und diese kräftig geschminkten Lippen, die aus ihrem Mund ein von Kindern gemaltes Herz machten. Ihre Zungenspitze erschien zwischen zwei Reihen von Zähnen, die weit frischer und jünger waren als ihre zum Anbeißen appetitlichen vierzig Jahre. Sie blieben, reglos, hautnah beieinander wie bei der Schlußpose eines Tangos, auf der Schwelle stehen, seine Hose an ihrem strammen Knie, über das, eher als Attrappe denn als Witwenflor, das Trauerröckchen fiel.
– Meine beste Freundin, mein Partner, sagte der Trampel.
Beider Hände griffen wie verabredet nacheinander, als habe bei der Szene jemand Regie geführt.
– Mein Name ist Elvira, sagte die Frau in Schwarz, und der Kleine Herr hörte hinter diesen Worten andere Worte, wie Plastikfolie darumgewickelt: meine Haut ist warm wie ein

Kissen, auf dem in der Nacht ein junges Mädchen geschlafen hat, meine Haare duften nach Geißblatt, und mein Atem ist so kühl wie ein Fluß, ich liebe ein Glas Wein zur rechten Zeit und führe einen guten Tisch mit Schottendecke und mit Blumen in einem Krug.

Der Kleine Herr offenbarte folgendes von sich:

– Mein Name ist Ernesto Lecaros. Ich halte mich für einen vom Glück begünstigten Menschen, weniger auf Grund meines bisherigen Lebens, sondern weil ich diesen Augenblick erleben darf.

Die Witwe machte eine Kehrtwendung, riß den Kleinen Herrn dabei mit sich und dirigierte ihn, ohne seine Hand loszulassen, in die Mitte des Zimmers.

– So wie ich hier vor Ihnen stehe, sagte die Witwe, bin ich von Beruf Krankenschwester.

– Medizin war schon immer meine Schwäche, sagte der Kleine Herr und löste seine Hand aus ihrer köstlichen Fleischlichkeit. Die Frau hatte noch nicht einmal mit den Wimpern gezuckt, und ihr anhaltendes Lächeln konnte sehr wohl der Reflex seines eigenen sein, das, so fühlte er, den Weg auf sein Gesicht gefunden hatte.

– Ihr Lächeln, Señor Lecaros, hat so etwas Bezauberndes, Ansteckendes an sich, sagte die Frau und versuchte, es ihm mit ihrem eigenen Lächeln zu veranschaulichen.

– Wahrscheinlich, weil es neu ist, sagte der Kleine Herr. Ich probiere es heute zum ersten Mal aus.

– Es hat, sagte sie, etwas wirklich Originelles an sich.

– Nun übertreiben Sie aber. Er sah zum Trampel hin, und auch der stand da mit einem Lächeln auf dem unendlich weichen Gesicht. Er zwinkerte ihm in aller Gemütsruhe zu, und der Kleine Herr klopfte sich leicht auf das pomadisierte Haar und betastete verstohlen seine Mundwinkel. Die Frau verschlang ihn unentwegt mit den Augen.

– Das ist mein Zimmer, sagte sie.

– Ich weiß nicht, was ich sagen soll. Es gefällt mir sehr.
Die Hand der Witwe war bereits an seinem Handgelenk, und sie durchschritten die wenigen Meter, als schwämmen sie in Schaum. Sie zog an den Kordeln einer kleinen, einem Altaraufsatz oder Puppentheater ähnlichen Bühne, und auf dem Podest erschien die Figur eines Heiligen Antonius, künstlerisch eingerahmt von brennenden Kerzen. Auf dem weißen Vorhang im Hintergrund kreuzten sich die Schatten ihrer Flammen zu allerlei interessanten Gestalten.
– Der Heilige Antonius, sagte die Witwe, und ihre Wimpern zuckten wie die kurzen Schatten.
– Ein großer Wundertäter, bestätigte der Trampel.
– Einer meiner Lieblingsheiligen, versicherte der Kleine Herr.
Die Witwe biß sich in die Fingerknöchel und zog mit ihren makellosen Zähnen die Haut hoch.
– Das Leben ist voll von solchen Zufällen, dozierte sie.
Als sie den Vorhang wieder zugezogen hatte und sich umdrehte, drehten sich die beiden Männer auch um – und da stand es. Sie deutete nicht darauf, sah nicht einmal hin. Sie betrachtete das Kinn des Kleinen Herrn, während sie es sagte. Sie sagte:
– Und das ist das Bett.
Der Kleine Herr feuchtete einen Finger an und bohrte ihn fachmännisch wie ein Chirurg in die Mitte der Matratze.
– Scheint sehr bequem zu sein, sagte er.
Die Lippen der Frau wirkten auf einmal fleischiger. Ihre kleinen Ohren bebten, als pulse das Blut nur mit Mühe durch die Schläfen.
– Es ist, stammelte sie, wirklich bemerkenswert, wie anziehend Sie auf mich wirken.
Der Kleine Herr studierte den Finger, mit dem er gerade gebohrt hatte, und schien ein vorwitziges Fäserchen wegzublasen.

– Ach, gehn Sie! flüsterte er, von plötzlicher Heiserkeit befallen.

– Im Ernst, flüsterte die Witwe mit einer Stimme, die schlagartig zu einem schmeichelnden Schnurren geworden war. Ich würde Sie am liebsten umarmen. Und, verzeihen Sie die Vermessenheit, wenn möglich, auch küssen.

Der Kleine Herr trommelte auf die Matratze, strich über die seidige Steppdecke und bog dann zu den schimmernden Spitzen des Kopfkissens ab.

– Seltsam, flüsterte er fast tonlos. Ich finde Sie auch angenehm.

– Und ich fühle mich so vollkommen an Ihrer Seite. Wie eine Torte mit Sahne und Kerzen drauf. Auch wenn Sie mich küssen wollen, mir an die Brust fassen, was Sie wollen ...

– Ja, ja, selbstverständlich.

Seine Lippen schoben sich mit der Vorsicht eines Bergsteigers vor, eher geschlossen als offen, und er achtete darauf, daß die Schamlosigkeit nicht mit ihm durchging. So daß es ihre Zunge war, die wie ein Tier in seine frische, unberührte Höhle kroch. Wie im Kino, dachte er und versuchte zu verhindern, daß seine Gedanken, wie getrieben von diesem herzförmigen Mund mit seinem heißen Speichel, ihm weiter davonliefen. Als ihre Leiber sich trennten, empfand er einen ganz neuen Durst nach dieser Feuchtigkeit, die für ihn gleichbedeutend mit der Fleischeslust war. Sie hatte sich über seine Schulter geneigt, und ihre leidenschaftliche Stirn blieb ihm in dieser Stellung versagt. Aber ihre Worte verstand er und glaubte, zurückgehaltene Tränen herauszuhören.

– Keiner hat mich je so zärtlich geküßt, nicht einmal mein armer Mann, Gott hab ihn selig.

Er ließ die Hand hängen, weil er nicht aufdringlich sein wollte.

– Es freut mich sehr, daß Sie nicht gebunden sind.

– Natürlich, Jungfrau bin ich nicht, wie Sie verstehen werden. Der Kleine Herr wurde rot wie eine Copihueblüte.
– Sie müssen meine Freimütigkeit entschuldigen, aber ich bin in einem Alter, wo man die Dinge beim Namen nennt. In diesem Haus fehlt ein Mann, aber einen Gigolo will ich auch nicht. Das sage ich selbstverständlich nicht Ihretwegen.
– Ich verstehe.
– Platz ist hier genug.
– Um Ihre Aufrichtigkeit zu erwidern, möchte ich Ihnen jetzt gleich sagen, daß meine Pläne dahingehen, eine Arbeit zu finden. Eine regelmäßige Arbeit mit einem bestimmten Entgelt.
Die Witwe lächelte ihn zwei tief empfundene Minuten lang an, bis ihm auffiel, daß ihr Mund auseinanderzufließen begann, als fülle er sich mit Fischen, und darauf lächelten sich beide zwei weitere Minuten an, bis die Witwe ihr Taschentuch in den Busenspalt steckte und sagte:
– Der Ángel ist weg.
Sie gingen zur Verandatür und schauten vom Geländer in komplizenhaftem Schweigen nach ihm aus.
– Mir scheint, sagte sie, mein Freund ist verschwunden. Vielleicht war er so taktvoll, für immer zu gehen.
Der Kleine Herr merkte, daß die Taille der Witwe genau in seinen Arm paßte und seine Fingerkuppen sogar noch an ihren strammen Vorbau tippen konnten. Seine Augen verloren sich in der Nacht, und ohne aufzuhören, sich am Leib seiner Freundin zu scheuern, säuselte er, schmachtend wie eine Harfe:
– Er war ein treuer Freund, aber ein unbeständiger Künstler.

Nur Wachtmeister Sepúlveda hatte sich entschuldigt (aus für alle einleuchtenden Gründen muß ich die Einladung ausschlagen), und auf einmal war das ganze Viertel in der Pension, sägte Stangen zu, zerschnitt Leinwand, rührte Farben an, schmierte Leberwurst- und Butterbrote, schüttete Coca-Cola in große Krüge, nagelte Rahmen für Transparente, verteilte die vervielfältigten Losungen, und der Schwarze sprang von Gruppe zu Gruppe, ein Transistorradio in der Hand, aus dem es dröhnte, die Marschsäule Nord sei schon auf der Plaza Artesanos und die Marschsäule Süd ziehe, die Reihen fest geschlossen, am Che-Guevara-Denkmal vorbei und die Fahnen auf Don Titos Rathaus flögen wie feuerrote Drachen, und das gehört sich auch so, Dürrer, es sind schließlich drei Jahre, meinetwegen, Schwarzer, dafür haben wir auch Blut und Zähne gespuckt, und das Radio zählt die Demonstranten nach Hunderttausenden, allein in Santiago sind wir fast eine Million, Mari, und wenns zwei Millionen wären, noch besser, damit die merken, daß wir nicht einfach die Beine breit machen, und Don Manuel zu den Mädchen, macht nichts, wenn ihr mir den gebohnerten Fußboden verdreckt, dafür ist heute der Vierte, daß wir mal so richtig ein Faß aufmachen, und diesen Vierten vergessen wir nie, Kinderchen, weil wir zum Achtzehnten gar nicht mehr kommen, und der Schwarze, nicht doch Don Manuel, machen Sie mir doch nicht die Pferde scheu (du bist ganz still Dicker, häng dirn Schloß vors Maul

Dicker, reg dich nicht auf Dicker), sehn Sie denn nicht Don Manuel, daß das Volk unbesiegbar ist, wir sind Millionen, die können uns doch nicht alle umbringen, und ein paar patriotische Milicos wirds ja noch geben Mann, Don Manuel, sagen Sie bloß, Sie lassen heute die Nase hängen, und Don Manuel, nein Jungchen, das ist es nicht, ich seh euch eben bloß so bei mir wie junge Tauben im Schlag und hätte es nicht gern, wenn sie euch die Flügelchen stutzen, wo ihr gerade anfangt zu fliegen, meine Stummelschwänzchen, und der Schwarze, aber hörn Sie doch, was das Radio sagt, Don Manuel, hörn Sie *und jetzt dichtgedrängt die Cordones wie ein wogendes Meer, sie rufen wir sind bereit, sie rufen Gerechtigkeit – ja, sie rufen Befreiung – ja, sie rufen Präsident – ja, vorwärts für Chile und Lateinamerika, eine reißende Flut, die sich in den Strom der Geschichte ergießt, um die Schmach der Sklaverei hinwegzuspülen*, hörn Sie das, Don Manuel? *drei Jahre revolutionäres Bewußtsein, die nicht rückgängig zu machen sind, und unser sind jetzt die Bergwerke, unser, unser ist das Kupfer, unser das Eisen, unser der Salpeter, unser der Boden, unser das Vaterland, herzlichen Glückwunsch zum Jahrestag, Compañero Präsident, Glückwunsch zum Jahrestag, Volk von Chile, das auf den Straßen zusammengeströmt ist mit seinen Fahnen mit seiner unerschrockenen Jugend mit seinen Schutzhelmen und seinem Werkzeug mit seinen Müttern und seinen Freundinnen und seinen Töchtern, die ihm zulächeln an diesem sonnigen Feiertag der Nation, die sagen ja zum Leben! nein zum mörderischen Faschismus!* hören Sie das, Don Manuel? und ihr könnt euch langsam aufstellen, Kinder, wir marschieren geordnet ab, die Mädchen in die Mitte, die Jungs mit den Fahnen nach außen, die Standarte vorneweg, und das dem Radio *das Volk steht hier und ruft machteuchdas-klar, machteuchdasklar, wirhalten-zur Unidad-Popular, es ruft schneller weiter energischer voran Präsident*, die Mädchen können die Tüte mit den Broten nehmen, die Mari den Getränkekrug, und jetzt gehn wir endlich los zum Henker, im Zentrum soll schon alles voll sein, da kann keine Stecknadel mehr zur Erde fallen, das Radio, und das Radio sagt: *um zu siegen, müssen wir die Kräfte um das Proletariat vereinen, um zu siegen, darf die Klasse nicht isoliert dastehn, sollen die sich das ansehn und darüber nachdenken, sollen die sich das ansehn und nachdenken, sollen sie uns jetzt mal zählen, Hunderttausende sind wir, hier stehn wir heute und immer, unbesiegbar, ihr Herren Putschisten, und um zu siegen, müssen sich die patriotischen Soldaten mit den revolutionären Massen, mit unserem Volk verbünden, das keine Gewalt will und heute auf den Straßen singt: ihr kommt nicht durch, ihr Herren Faschisten, unser Volk, Compañeros, wogt hier im Zentrum wie ein menschlicher Ozean und gleich unserem Ozean tost und stürmt es und spült alles hinweg, auch wenn unser Ozean der Stille heißt, Vorsicht, ihr Herren Putschisten, tretet nur auf eure Balkons und zählt uns,* und der Schwarze, ja, ab gehts, gottverdammich noch mal Compañeros, sind wir jetzt fertig oder nicht, und alle, fertig, es kann losgehn und der Schwarze, gehn wir in Reihe oder nicht, und alle, ja Schwarzer in Reihe und ja Schwarzer es geht ja los und klar Schwarzer wir werden siegen und na Dicker Kopf hoch und doch Don Manuel das Vaterland ist stärker, und jetzt auf der Straße rufen wir alle zusammen, wie ein Mann, Compañeros, für die drei Jahre unserer Regierung, los gehts, alle zusammen, eins zwei und: el pueblo-unido-jamásserávencido-el pueblo-unido-jamásserávencido, und lauter, verdammich lauter, und der Dicke schreit lauter und Don Manuel lauter und der Schwarze lauter und lauter die Nachbarn und lauter alle und alle lauter: el pueblo-unido-jamásserávencido.

– Warum war mein Enkel nicht dabei?

Der Wirt suchte mit einem Blinzeln rasch den Saal ab.

– Ihr Enkel?

– Jawohl, mein Enkel. Einer, der Fußball spielt.

Don Manuel nahm den Pinsel in die andere Hand und streckte ihm, nachdem er sich die Farbe am Overall abgewischt hatte, begeistert die Rechte hin.

– Sagen Sie bloß, Sie sind Arturitos Großvater!

Der Alte ergriff seine Hand und ließ sie nach einem kurzen Druck fallen.

– Können Sie mir sagen, warum mein Enkel nicht dabei war?

Ohne seinen Koffer abzusetzen, sah der Alte aus wie ein Wetterhahn, der sich in der Saalmitte dreht. Don Manuel zeigte auf die Treppe.

– Vielleicht ist er in seinem Zimmer.

– Leider ist er mein einziger Enkel. Ich hole ihn.

– Oben links.

Er stürmte mit langen, nervösen Schritten die Treppe hoch und ließ den Koffer vor der ersten Tür fallen, so daß er mit den Beschlägen hart aufknallte.

– Großvater! Der Junge sprang, das Buch in der Hand, aus dem Bett und wollte ihn, über das ganze Gesicht strahlend, umarmen. Susana heftete sich gerade den Stern an die Armbinde. Bei dem Krachen der Tür fuhr sie zusammen und stach sich. Der Alte hielt die Hände senkrecht vor sich wie einen Wall oder eine gestrenge Landesgrenze. Arturo blieb Zentimeter vor ihm mit offenen Armen stehen.

– Eins nach dem andern, fuhr ihn der Alte an und schnappte sich das Buch. Was liest du da? Die Stirn in tiefe Falten gelegt, besah er sich den Band Neruda-Gedichte, wie ein Spieler beim Mischen die Karten aufblättert, und drückte ihn Arturo wieder in die Hand. – In Ordnung!

– Großvater.

– Eins nach dem andern.

– Großvater, ich möchte dir Susana vorstellen.

Der Alte ging auf das Mädchen zu und gestattete seinem

harten Gesicht für Sekunden einen weichen Ausdruck. Nur gab er dabei acht, daß Arturo es nicht bemerkte. Der Alte und das Mädchen drückten sich sofort die Hände wie zwei alte Kumpel, einander unentbehrliche Kameraden.
– Eins nach dem andern. Er bohrte Arturo den Finger in die Brust. Bist du immer noch ein keuscher Joseph, oder hat sich das geändert?
Arturo hatte das Gefühl, nie zuvor in der Geschichte sei jemals jemand so rot geworden wie er in dieser unseligen Sekunde. Der Alte setzte ein Lächeln auf, das sein verwaistes Zahnfleisch sehen ließ, und fixierte Susana.
– Ich ..., sagte der junge Mann.
– Genug! Mir ist alles klar! Er machte den Hals steif, um furchterregend zu wirken. Drittens: bist du ein Linker?
Der Junge zuckte mit den Schultern.
– Ich weiß nicht, Großvater. Er deutete achselzuckend auf das Mädchen.
– Wieso weißt du das nicht?
– Ich weiß es nicht, Großvater.
Susana zog sich demonstrativ die Binde über den Arm und stand dann auf.
– Großvater, lächelte das Mädchen, Arturo fehlt ...
– Mumm in den Knochen! Das fehlt ihm! Er hob die Steppdecke an, die auf dem alten Plüschsofa lag, und fuhr mit dem Finger darüber. Na schön, heute nacht schlafe ich auf dieser Kiste. Jetzt gehe ich mit den andern zur Demonstration. Er winkelte den Ellenbogen an und bot Susana den Arm. Sie kommen doch mit, Señorita?
Das Mädchen schüttelte ihre Haare und hakte sich mit einem vornehmen Schwung, ganz auf große Dame, bei ihm ein. Seite an Seite stehend, sahen sie Arturo an.
– Willst du wirklich nicht mitkommen? fragte sie.
Der junge Mann massierte seine Beine. Er sah die beiden, wie sie da standen wie zwei arme, aber glückliche Könige,

wie sie unbeschwert atmeten und auf einmal ein Leuchten von ihnen ausging.

– Ich würde schon, murmelte er. Aber ...

Und wie ein plumper Vogel hielt er seine offenen Hände hin, einfach sich selbst zeigend.

– Woran denkst du, mein Freund? sagte sie weich, einfühlsam, seine Gedanken streifend, so als summe sie heimlich das gleiche Lied. Das Paar verließ das Zimmer wie zwei Brautleute an ihrem Hochzeitstag, sanft schwebend wie im Fieber.

Der junge Mann konnte der Versuchung nicht widerstehen, ihnen in gewissem Abstand nachzugehen, er wartete auf der dritten Treppenstufe, bis sie aus dem Haus waren, und vergrub dann die Hände in den Hosentaschen wie jemand, der einem Jet am Himmel nachschaut, in dem eine unmögliche Liebe für immer entschwindet. Zum ersten Mal offenbarte ihm die Pension, was Stille ist – die warmen Wände mit den zusammengekehrten Abfällen, Sägespänen, Holzsplittern und roten Stoffetzen verschwammen mit den Tänzerinnen, dem Präsidenten, den Vasen voller Veilchen oder langstieliger Nelken und dem Klavier auf dem groben Sackleinenteppich wie ein Stück Nacht. „Zu Hause", sagte sein Schmerz. Er ging, das Treppengeländer streichelnd, zur untersten Stufe und betastete die glänzende Verzierung am Ende des Geländers, eine Art geschnitzten Pinienzapfen, in dessen Vertiefungen die Finger spielen konnten wie in der gekräuselten Mähne eines Hippiemädchens. Er klimperte auf den hohen Tönen herum, nach einer einfachen Melodie suchend, die ein wenig dieser Stille, einem dieser Neruda-Gedichte voller Mädchen mit Baskenmützen und bebenden Schenkeln gliche. Als wäre es eine natürliche Fortsetzung seines Geklimpers, nahm er eine jener Armbinden von dem Instrument, wie sie Susana in seinem Zimmer zusammengeheftet hatte, während sie ihn mit ihrer Art, ihr Haar zu ordnen, beruhigt, während sie ihm gesagt hatte, Liebe gäbe es so viel auf der Welt, wenn nicht sie, dann würde er eine andere finden, hübscher, freier als ich, Arturo, und was geschehen ist, ist geschehen, und Punkt, und mach dir deswegen keine falschen Hoffnungen, denk daran, wenn du willst, oder vergiß es, bloß bettel nicht weiter um etwas, das nicht für dich ist, Arturo, bei deinem Talent und allem. Und er war mit dem Finger Wort für Wort die Zeilen eines Gedichtes entlanggefahren, und eine solche Süße gab es nicht in seinem Mund, er war noch weit entfernt von dem Land der Worte, die zusammenbringen und verbinden, der Sätze, die verschmelzen, die klingen und flüstern, in jenem Takt, nach dem er auf Susanas Bett zu atmen verstanden hatte, während ihre Mutter fast in die Tür biß, mach auf, Kindchen, mach auf.

„Zu Hause“, wiederholte sein Schmerz zwischen Aschenbechern, die überquollen von Zigarettenstummeln, Olivenkernen, Mortadellaschalen und Zeitungspapier, auf dem die andern das Schwarz, Rot und Gelb für die Transparente ausprobiert hatten. Er ging zum Spiegel und betrachtete seine Mattigkeit, seinen zahm gebeugten Hals und die Armbinde zwischen den Fingerspitzen. Er sah sich an und wünschte, der Kopf da vor ihm möge zu entziffern sein wie ein Buch, in dem sein ganzes Leben stünde, so daß er es nur zu lesen und wie nach einem Drehbuch zu handeln brauchte. Und selbst wenn die Handlung Fehler, Stürze, schmerzhafte Episoden enthielte, so wären es doch seine und tief in ihm drin wie seine Knochen, seine Leber. Er winkelte den linken Arm an, und ohne den Spiegel aus den Augen zu lassen, weitete er den Gummi der Armbinde und streifte sie sich auf den Unterarm. Er straffte den Arm, und die Binde saß fester, da der Muskel hervortrat. Er bewegte die Lippen und hörte sich, hingerissen, wie von seinem eigenen Bild verhext, sprechen.

– Compañero, hörte er sich, sanft wie bei Ebbe still zurückflutendes Wasser.
– Compañero, sagte er.
– Compañero! sang die Stimme, nun volltönend und rauh, und im Spiegelrand tauchte das Bild des Dicken auf, die Jacke über dem in buntem Gips steckenden Arm.
Arturo fuhr herum und sah sich dem rückhaltlosen Lächeln des Dicken gegenüber, der da ein wenig stolz auf seinen Arm, wie der verwundete, siegreiche Napoleon auf den Abbildungen in den Geschichtsbüchern, mitten im Raum stand. Arturo hatte das Gefühl, nackt im Bad überrascht worden zu sein, und versuchte, unsicher das Gesicht verziehend, vergeblich, die Armbinde mit der Hand zu verdecken.
– Dicker, sagte er.
Der Dicke erforschte die Stille, als hörte er sie zum ersten Mal. Sein Blick fiel auf das stumme Klavier, den alten Teppich, den herumliegenden Kehricht.
– Sie sind anscheinend weg, was?
– Gerade eben. Er schluckte. Ist der Arm hin?
Der Dicke betrachtete seinen Gipsverband wie die letzte Neuigkeit.
– Ja. Es scheint, sie haben mich wüst zusammengeschlagen.
Arturos Hand war ein wenig heruntergerutscht, und der Dicke schielte nach der Armbinde. – Sie sind also schon weg?
– Ja, alle.
– Vor kurzem, was?
– Vor einer Minute.
Beide blieben reglos stehen und betasteten müßig verschiedene Körperstellen, als brauchten die Hände Zigaretten.
Arturo deutete mit dem Kinn auf den Gipsarm.
– Tuts weh?
– Jetzt nicht mehr. Komm mal. Der Junge machte drei

Schritte, und der Dicke lüftete mit einer kleinen schmerzlichen Grimasse das Stück Jacke, das über dem Gips lag. Jetzt sah Arturo deutlich, daß die fröhliche Buntheit des Verbandes daher rührte, daß er mit den Farben sämtlicher linker Parteien bemalt war. – Im Krankenhaus hab ichs vielleicht gut gehabt. Die Jungs von der Gewerkschaft waren da und hatten die Idee, daß man das Zeug hier anpinseln könnte. Siehst du das Rot da, das Grün mit dem Sternchen, und hier, in Hellblau, der Himmel der Katholen. Wie findest du das?
– Steht dir prima, Mann.
– Tolle Sache, eingegipst zu werden, was?
– Tolle Sache, sagte Arturo und horchte auf die schlichte Aufrichtigkeit ohne Vorgeschichte oder Bedingungen, mit der der Dicke eben gesagt hatte, tolle Sache, eingegipst zu werden, und sah vor sich das Gesicht des Dicken und ein Stück Kette auf seinem Mund und jetzt das große Pflaster auf seiner Wange, und horchte auch auf seinen eigenen Schmerz, seine beredte Stummheit.
– Tja, dann müssen wir wohl mal los.
– Klar, sagte Arturo, und sie blieben reglos stehen, als wäre der Dicke eben angekommen und sie warteten darauf, daß das Schiff wieder ablegt, bevor sie ein Gespräch anknüpften.
Der Dicke betrachtete seine Schuhspitzen, zog die Zehen ein und spreizte sie.
– Es ist also überhaupt keiner da?
– Keiner.
Der Dicke schlug die Jacke wieder über den Gips und nickte bedächtig.
– Dann also tschau, sagte er.
– Tschau, Dicker.
Er sah, wie sich seine Massigkeit mit der Vorsicht des Verwundeten schwer auf die Tür zu bewegte, ein knochen-

loser Fleischberg, ein zäher, strapazierfähiger Pferderücken, und als er fast an der Tür war, brüllte Arturo:
– Dicker!
Er sah ihn herumfahren, die gewaltigen Augenbrauen hochgezogen, mit einem Lächeln, das ihm unauslöschlich schien und genauso war wie der Dicke innen, freundlich, neugierig, heiter, ein vollkommen stiller, tiefer See, und ohne zu merken, wie, war Arturo an seiner Seite. Er riß sich die Armbinde ab, dehnte den Gummizug so weit wie möglich und forderte den Dicken auf, seinen Gipsverband herzuhalten, um sie ihm darüberzuziehen. Osorio starrte mit verlorenem Blick an die Wand, bis Arturo sein Werk vollendet hatte. Erst als der Junge zurücktrat, um die Armbinde über den versammelten Emblemen zu begutachten, drehte der Dicke ihm wieder sein Gesicht zu und lächelte ihn mit dem gleichen Lächeln an wie immer.
– Das mußte noch drauf, Dicker, sagte der Junge.
– Du bist verrückt, Dünner. Die gehört dir!
Aber da ihn schon alles Wasser aus dem See auch dort durchnäßte und durchweichte, wo nicht einmal sein eigener Atem je hingekommen war, atmete Arturo tief ein, öffnete den Mund zu einem warmen, höher als eine Möwe fliegenden Lächeln und ließ sich und seine Trauer einstimmig antworten:
– Nein.

Wenn Sie von mir etwas hören wollen, Compañero, sagen Sie, ich bin noch einmal geboren, verkehrt herum geboren, wie ein Toter, statt aus dem Bauch meiner Mutter bin ich aus diesem erniedrigenden Dunkel gekrochen, so bin ich aus dem Stadion zurück, sehn Sie sich diese Finger an und notieren Sie diese Rippen, schreiben Sie, was ich jetzt für Augen habe, Sie kannten sie ja vorher, und alles ohne Namen natürlich, das bleibt unter uns, es ist nämlich nicht mehr wie früher, wo es in den Häusern lustig zuging, wo Krach ein geräuschvolles Vergnügen war und man sich die Nächte mit Reden um die Ohren schlug, und die sagen, das wäre die Zeit des Hasses gewesen, dann sagen Sie mir mal, was das jetzt ist, sagen Sie mir bitte, was das jetzt sein soll, die haben nämlich gesagt, das wäre Haß gewesen, bei Ihrem Freund, dem Schwarzen, wäre das Haß gewesen, beim Dicken, bei Mari und Susana und Carlitos wäre es Haß gewesen, und ich frage mich, wieso, und vielleicht sagen Sie es mir, vielleicht klären Sie mich auf, was das ist, was das für ein Land ist, und vielleicht erinnern Sie sich, wie es vorher war, und bringen mich darauf, vielleicht erzählen Sie mir, daß ich mal lebendig war und in meinem Haus ein Klavier stand statt diesem Schatten, obwohl mir der Schatten nicht so weh tut wie die Erinnerung, wie dieses heimliche Zusammensitzen mit Ihnen, in dieser Stille, die eine Strafe ist, erzählen Sie, wenn Sie wollen, wie ein Toter redet, wie der Tod mich stückchenweise aufgefressen und mir nur das gelassen hat, was Sie vor sich sehn, und Sie können es ja, erzählen Sie, wer ich bin, wenn ich überhaupt wer bin, und alle reden von den Flugzeugen, wegen der Spuren von den Flugzeugen, und alle reden von den Panzern, weil man die Wände sehen kann und die Asche von den Bränden und die von Kugeln zerrissenen Bäuche und die Leichen wie stumme Baumstämme in den Flüssen, klar, das kann man sehen, das kann man anfassen, da kann man sich beim Erinnern tausendmal neu weh tun, aber reden Sie von dem anderen Tod, erzählen Sie, gehen Sie rum und wiederholen Sie diese Worte, reden Sie von den Begräbnissen, erzählen Sie, daß die Luft grausig ist, daß die Hände und Hälse modrig wie abgesoffene Kähne sind, daß das Lachen in den Mündern nur ein letztes Zeichen nach dem Weinen, dem Erbrechen, dem Schreien ist, und wozu wollen Sie eigentlich, daß ich als Toter unter Toten herumlaufe, Leichen haben wir einen ganzen Monat lang eingeatmet, einen Monat, in dem wir uns genauso geschämt haben, weiterzuleben wie umzukommen, wie an Altersschwäche zu sterben, der Bart ist einem schon in den Mund gewachsen, die Beine sind vor Überdruß steif, und der Magen ist leer, und das Geld reicht nur für ein Gläschen Wein an der Ecke, und die Sonne kam rein und brach sich auf dem Klavier, erzählen Sie von diesem anderen Tod, erzählen Sie ohne die Flugzeuge, die Ihnen über den Kopf fliegen, und ohne die Panzer, die Sie zermalmen, und ohne die Maschinengewehre, die die Vögel vertrieben haben, sie sind mit dem verbrannten Pulver weg, verschwunden, die Nester lagen auf den Gehwegen herum, was soll ich Ihnen erzählen, wenn es unter uns bleibt, sagen Sie, es war schlimmer, als zu sterben, bis wir uns wieder organisiert haben, sagen Sie denen alles, sagen Sie, dieses Land kenne ich nicht, ich, der ich hier geboren bin, ja, sagen Sie das, fragen Sie alle, was das sein soll, das sind die Anden, na und, das ist die Sonne, na und, das da die Wolken, na und, das Haus, na und, die denken wohl, ich bin blöde, ich lasse mich wie ein Hund mit Knochen abspeisen, ich lasse mir was vormachen von ihren erhabenen Gesichtern und übereinandergeschlagenen Beinen, die denken wohl, ich bin schon tot geboren, ich kann mich nicht erinnern, daß ich mal glücklich war, was Zärtlichkeit, was Musik ist und wie die Nacht war, wenn wir vors Haus sind, um die Sterne zu sehen, und alle auf einem Haufen durch die Straßen gezogen sind, sagen Sie das, ob die glauben, sie brauchen nur in den Zeitungen davon zu reden und schon vergessen wir alles, sagen Sie, daß wir uns vor Erbitterung die Fingernägel in den Bauch krallen, daß der geprügelte Buckel mehr schmerzt, wenn man den Mund halten muß, wenn man Radio hört, all die zu Damen rausgeputzten Nutten, die vor Dummheit triefen, mit ihren falschen Zähnen, wirklich wie die Nutten, alle miteinander mit ihren schwarzen Löchern, ihren Zungen, und die Militärmärsche und eins zwei drei, und ich weiß nicht, Señor, Compañero, aber das kann nicht sein, und wenn ich mich tausendmal irre, ich sage, das ist nicht mein Land, das habe ich nie gesehn, ich verstehe das nicht, ich habe mein Lebtag keine Kugel gesehn, und jetzt schleppe ich drei Tote mit mir herum, und sonst weiß ich nichts, ich weiß nur, daß viele schon in einem andern Land sind, in einem Land, wo der Tod so perfekt ist, daß es keine Luft keine Sonne keine Münder keine Zungen keine Spucke kein Blut gibt, das ist das Land, das sie wollen, das glückliche Ebenbild des Todes, dieselbe stumpfsinnige Stille, den Hals auf der Erde, die Augen, die sich da auf dem Asphalt nach den Stiefeln und nach einer Fluchtmöglichkeit umsehen, Gliederpuppen, an denen Geier hacken, und dem Dicken hatten sie ausgerechnet am Montag den Gips abgenommen, ist das nicht komisch, Don Manuel, hat er zu mir gesagt, als er sich auf den Weg zur Fabrik machte, die nehmen mir den Panzer genau dann ab, wenn der Krieg losgeht, bei dem Pech, das ich hab, schießen sie mir bestimmt ein Loch in die Haut, und der Schwarze klingelte schon, ich hatte die Tür verriegelt, ich weiß nicht, warum, das Haus war eben noch nicht am Ende, und wie ich ihm die Tür aufmache, kommen zusammen mit dem Schwarzen die ersten Geschützsalven rein, und man sah die Panzer haufenweise angerattert kommen, und der Schwarze sagt guten Tag, Compañeros, akkurat und kerzengerade der Schwarze wie ein Oberkellner, rasiert und die Zeitung unter die Achsel geklemmt, und sagt, wir sollen nicht erschrecken, es wären Panzerwagen von der Polizei, und die Leute auf den Straßen würden Beifall klatschen, weil sie sagen, es sind Regierungstreue und fahren den Palast verteidigen, und er sagte noch mal, wir sollten nicht erschrecken, schließlich haben wir sie schon mal zurückgeschlagen und werden sie mit Gottes Hilfe auch diesmal zurückschlagen, was Dicker? na klar, sagte der Dicke, und darauf der Schwarze, gehn wir Dicker, und der Dicke, gehn wir Schwarzer, und wartet doch, hab ich gesagt, als hätte ich was geahnt, wartet ab Kinder, geht nicht weg, wartet ab, wie es weitergeht, man weiß nie, was einem unterwegs passieren kann, worauf ihr im Cordón stoßen könnt, und der Schwarze zog seine Zeitung unter der Achsel vor und schlug sie auf, damit ich die Schlagzeile lese, und in der Zeitung stand mit dicken roten deutlichen Lettern, daß jeder an seinem Platz, auf dem ihm zugewiesenen Posten sein soll, und er sagte, wenn wir alle erst abwarten, wie es weitergeht, bevor wir was unternehmen, dann können wir nur noch in den Untergrund gehn, trotzdem, Kinder, habe ich gesagt, ich will euch ja nicht abhalten, aber wartet doch ein bißchen hier, bis der Compañero Präsident wieder im Rundfunk spricht, wartet ab, Sepúlveda hat mir versprochen, daß er anruft (hat er das, Don Manuel, hat Sepúlveda angerufen?), von dem erfahren wir es ganz genau, der Compañero Präsident hat gesagt, wir sollen uns nicht abschlachten lassen mein Junge, der Compañero Präsident, unterbrach mich der Schwarze, ist da, wo er sein soll, und wir hampeln immer noch hier rum, sehn Sie, Compañero, weil Sie mich fragen, warum Sie nicht von den Panzern und Flugzeugen reden sollen und nicht von den Kugeln und den Toten, weil Sie mich fragen, wie mir zumute war, was ich so gefühlt hab, wenn Sie mich das fragen, dann sag ich Ihnen, der Schwarze kam mir vor wie ein Heiliger, der in der Luft schwebt, ich dachte, der ist rein und stolz wie ein Septemberdrachen, es war mir peinlich, ihm zu sagen, was ich dann doch gesagt hab, es war mir peinlich, ihm zu sagen, und wenn wir verlieren? weil ich mich dabei gefühlt hab, als ob ich ins Weihwasserbecken spucke, und der Schwarze sah mich einfach vorwurfsvoll an, wenn Sie verstehen, was ich meine, er sagte, und daran werd ich immer denken, weil er mich Manuelito genannt hat, Manuelito, hat er gesagt, wir sind unbesiegbar; und stark wie Bäume standen sie alle beide vor mir, kein bißchen aufgeregt, der Schwarze ernst, der Schwarze hat nämlich, aber klar, Sie haben ihn nicht so gut gekannt, er hat den ganzen Tag nur an Politik gedacht, wie man das Ganze organisiert, damit auch nichts schiefgeht, den deprimierten Compañeritos hat er Mut gemacht, wenn die Fachos es uns brutal gegeben haben, und der Dicke wie immer, den Arm angewinkelt im Mullverband, den er statt dem Gips gekriegt hat, quietschfidel, als ob es ihm gar nichts ausmachte, dem Dicken, als ob auf dem Gehweg vor dem Haus ein Regiment patriotische Soldaten auf ihn wartete, um seine Befehle entgegenzunehmen, so hat der Schwarze mir zugelächelt und der Dicke mich angeguckt, und Ihnen sagt das vielleicht nichts, aber mir sind sie für immer so im Gedächtnis geblieben, dicht beisammen alle beide, wie vom Wind aneinandergeweht, mein Schwarzer und mein Dicker, entschuldigen Sie, wenn ich Ihnen das erzähle, vielleicht ist es nicht das, was Sie wollen, wir beide reden ja offen miteinander, und ich bin nun mal ein Gefühlsabweichler, wie die Jungs es nennen, aber wenn Sie verstehen, was ich meine, ich hatte ja auch recht, schließlich war es das letzte Mal, daß ich den Schwarzen gesehen habe, ich weiß nicht, was Sie sonst noch wissen wollen, darf ich Ihnen etwas zu trinken anbieten, ein Gläschen Roten, einen Kaffee

was ich weiß, das weiß ich, und mehr kann ich Ihnen nicht erzählen, entschuldigen Sie, daß es so wenig ist, aber manchmal habe ich das Gefühl, es ist vieles durcheinandergekommen, so was wie ein riesiger Radiergummi ist über die Tage gegangen und hat sie ausradiert und nur zwei, drei Sachen übriggelassen, den Schwarzen und den Dicken wie sie dastehn, den Anruf von Sepúlveda, den Anruf von seinem Kumpel, die Schießerei hier, all das, bloß daß sie mir irgendwie durcheinanderpurzeln und ich sie nicht auseinanderhalten kann, auch nicht weiß, was zuerst und was später war, Sie als empfindsamer Mensch verstehen schon, was ich sagen will, schließlich ist Schreiben Ihr Beruf, meiner dagegen, weiß der Kuckuck, was mein Beruf war oder hätte sein sollen, obwohl, jetzt weiß ich es, glaube ich, nur kann ich es Ihnen nicht sagen

ich schwöre Ihnen, ich kann nicht, als wäre es jetzt mein Beruf, tot zu sein, irgendwas zu tun, was sich wirklich lohnt, und dann sollen mich von mir aus die Kugeln durchlöchern, aber der Dicke ist nun mal so und hat es mir ausgeredet, und so bin ich nun mal, rührselig wie ein Hund, verstehn Sie? kommt ja auch vor, daß einer findet, nicht die Kinder sehn dem Vater, sondern der Vater sieht den Kindern ähnlich, ganz der Sohn, Alter! haben Sie das noch nie gehört? und na ja, Sie machen so was Schönes, und es tut mir leid, daß ich bloß traurige Sachen zu erzählen habe und Ihnen sagen muß, daß der Schwarze tot ist, daß sie ihn mir umgebracht haben, von Hubschraubern aus, ungefähr eine Stunde nach dem Compañero Präsidenten, auf dem Dach der Fabrik abgeknallt, auf den Platten zerfetzt, erzählt der Dicke, nur das

Gesicht ist vollkommen heil geblieben, nicht der kleinste Fleck, genau der Schwarze, als ob er noch lebte, als ob er gerade mit etwas fertig geworden wäre, einer Schulaufgabe oder sonstwas, sagt der Dicke, alles andere als tot, und so war es wirklich, denn der Dicke war dabei, und ich denke mir natürlich so, wie es zugeht im Leben, daß alle so viel zu beweinen haben, wo sie selber dabei waren, und ich habe gar nicht gesehen, wie sie mir meinen Schwarzen ermordet haben, und es tut mir weh, wenn ich denke, wo ich schon beim bloßen Drandenken leide, wie muß da erst dem Dicken zumute sein, der es mit eigenen Augen gesehen hat, dem Dicken, der mit dem toten Schwarzen raus wollte, ins Viertel, ihn irgendwo begraben, ein Loch auf der Plaza machen, ihn nicht den Lastern überlassen, mit denen sie die Leichen wegschafften, er wollte nicht, daß der Schwarze verschwindet, wie eine Wolke, die kommt und vorbeizieht, aber er konnte ihn sich nicht aufladen, die Compañeros haben gesagt, ob er verrückt wäre, sie waren nur noch zu fünft, oder hat er gesagt, zu sechst? und hatten beschlossen, die Fabrik aufzugeben, er sollte daran denken, sagten sie, daß sie sich nicht abschlachten lassen sollen, und endlich ging das Telefon, sie sollten weg von da, durchs Arbeiterviertel durch und in die Eisenfabrik, da gäbe es ganz großen Widerstand, sie sollten den Kopf oben behalten, denn wenn der Compañero so gestorben sei, wie er gestorben ist, dann, weil er uns ein Beispiel geben wollte, wie man sich selbst treu bleibt, und sich selbst treu bleiben, Compañeros, sagte er, heißt jetzt, die Fabriken halten, die wir zu unseren gemacht haben, und der Tod ist ein geringer Preis dafür, Compañeros, sagt der Dicke, hat der Genosse gesagt, und sie sind ab ins Viertel, und in dem Viertel rannte alles von Haus zu Haus, und darüber flogen die Flugzeuge, und sie fingen schon an, es mit ihren Bussen und Panzern zu umstellen, sie sagten, sie würden schießend reinkommen, wie wenn man einen

Kreis immer enger zieht, und keinen verschonen, sie sollten einzeln zu den Bussen rauskommen, und der Dicke sagt, die Compañeros aus dem Viertel dachten gar nicht daran, sich zu ergeben, wir sind doch nicht blöd, wer rausginge, würde an Ort und Stelle erschossen, ihnen bliebe gar nichts anderes übrig, als hintenrum auszubrechen oder durchzuhalten, bis ihnen die Glieder abfielen, und ein Toter würde sich ja vom andern nicht besonders unterscheiden, es wäre immer noch besser, kämpfend zu sterben, als für nichts und wieder nichts, bloß weil man die Waffen streckt oder einfach alles laufen läßt, und so mußten sie raus, und na ja, Sie haben den Schwarzen kaum gekannt, sagen Sie, die traurige Wahrheit ist, daß der Schwarze mit all den Kugeln im Leib da auf der Terrasse liegenblieb und daß wir ihn nie wiedersehn, verstehn Sie? weil die Gruben tief und für Hunderte waren, verstehn Sie?
und ich weiß nicht, was ich sagen soll, aber seit ich weiß, daß der Schwarze tot ist, ist das Haus irgendwie größer, ich hab mir stundenlang angeguckt, wie weit weg die Wände sind, und mich manchmal überhaupt nicht mehr von diesem Sessel gerührt, und die Juana hat diesen fusseligen Teppich abgekehrt, als wäre nichts gewesen, als säßen wir immer noch zu zwölft am Tisch und nicht ich allein, wie ein flakkernder Kerzenstummel, ich konnte kein Salatblatt runterbekommen, habe nur in der Suppe gerührt, ja, Compañero, seit der Schwarze und Sepúlveda tot sind, kam ich mir selbst irgendwie zu viel vor, die Stunden vergingen mit nichts als Kaffeetrinken und ohne einen Gedanken, denn denken Sie nicht, ich hätte dabei nachgedacht, es ist einfach so, man guckt zum Klavier, und das Haus wird größer, und das Herz zieht sich einem zusammen, und wie es jetzt da steht, können Sie sich kaum vorstellen, daß auf diesen Tasten mal wundervolle Walzer gespielt wurden, wie sollten Sie auch, wenn nicht mal ich es kann, der ich Sepúlveda gut gekannt habe,

wie sollten Sie sich vorstellen können, daß es nicht Sepúlveda war, als am Mittwoch früh das Telefon klingelte, obwohl er es mir versprochen hatte, sondern einer, der zu mir sagt, Don Manuel, Sie wissen nicht, wer ich bin, und das ist auch besser so, und ich dachte, wer das wohl ist, was für ein Unglück will er mir erzählen, denn durch dieses Telefon sind viele zum ersten Mal gestorben, lieber gar nicht dran denken, und er sagt, Don Manuel, ich bin der Kumpel von Sepúlveda, Sie kennen mich nicht, aber ich hab von Ihnen gehört, ich weiß, Don Manuel, Sepúlveda und Sie haben sich gut verstanden, und na ja, ich weiß nicht, ich ruf Sie an, um Ihnen was Schlimmes zu sagen, und was das Schlimme war, das habe ich mir schon denken können, die Telefone sind anscheinend deswegen schwarz, weil die Mistdinger wußten, daß wir eines Tages alle wegsterben würden, als hätte das Teufelsding gewußt, daß mal so ein September kommt, wo alle Lungen von Kugeln durchsiebt sind und der Himmel vom Artilleriefeuer stinkt und die Vögel auf die Gehwege fallen, ich bin so traurig, wie es gar nicht trauriger geht, Compañero, das Schlimme ist, Don Manuel, sagte der Kumpel, daß sie den Sepúlveda erschossen haben, gleich auf dem Revier haben diese Hunde mir meinen Kumpel erschossen – mein Kumpel, der sein Lebtag keinen Schuß abgegeben hat, mußte durch eine Kugel sterben, Sie kennen mich nicht, Don Manuel, und mehr sag ich auch nicht, ich weiß, Sie haben für den Sepúlveda was übrig gehabt, und meiner Meinung nach ist er wegen seiner Treuherzigkeit umgekommen, weil er als einziger von allen vorgetreten ist, weil er als einziger von allen, die so dachten wie er, sein rotbäckiges, immer gut rasiertes, gepflegtes Gesicht und seine verschlafenen Augen rausgesteckt hat, Don Manuel, er hat sich gemeldet, ohne Angst, ohne Aufhebens, ohne an was anderes zu denken, hat sich gemeldet, weil er so treuherzig war, der Sepúlveda, auf der Welt gibts nichts Besseres als meinen Kumpel, und da hat der Leutnant persönlich ihn abgeknallt, Sie wissen, wer am Apparat ist, nicht? sagte er, sein Kumpel, der Kumpel von Sepúlveda, nicht? ich sag wegen dem Zimmer Bescheid, nicht? falls Sies vermieten wollen, nicht? ich komm vielleicht mal bei Ihnen vorbei, Sie besuchen, bloß jetzt, Sie wissen ja, passen Sie auf seine Sachen auf, das Radio, was weiß ich, und das war der Anruf von dem Kumpel des Wachtmeisters, und ich sitze hier vor Ihnen, und was meinen Sie, womit kann ich Ihnen noch dienen, was gibt es, was ich Ihnen noch nicht gesagt habe, was könnte Sie noch interessieren, es ist ja noch früh und keine Gefahr, daß Sie die Sperrstunde verpassen, und wenn, dann schlafen Sie hier, wenn Sie sich getrauen, es steht ja alles leer, von Zimmer eins bis fünfzehn, hier wohnt nur noch der Staub, ich mache nicht mehr sauber, ich kehre nicht mehr, in den Zimmern haust nur noch die Stille, dick wie Eis, das nicht schmilzt, das überall ist, das einen auf Schritt und Tritt verfolgt, eine ekelhafte Stille, voller Schüsse, wie die da in der Ferne, hören Sie, hören Sie? jetzt ganz in der Nähe, kennen Sie die? bleiben Sie lieber hier, wenn Sie sich getrauen, natürlich, hören Sie jetzt? hören Sie? so einer hat meinen Ángel umgebracht, Compañero, einen großen, langen, Mieter von mir, grundgütig, der Arme, der ist übergeschnappt, als sie den dicken Osorio holen kamen, ungefähr fünfzehn, ein ganzer Bus voll hielt auf der Straße, die kamen mit allem möglichen, mit Gewehren, Maschinenpistolen, breiteten sich über den ganzen Häuserblock aus wie ein Ölfleck, und der Dicke sagt zu mir, tja Don Manuel, jetzt hats mich erwischt, jetzt ist es leider Gottes auch mit Ihrem Dicken aus, und gleich würden die klingeln, wir sahen sie schon alle drinnen, mit Kugeln in den Händen, Kugeln austeilend wie Spielzeug, da kommt der Ángel mit einem Revolver die Treppe herunter, schwenkt den Revolver wie eine Fahne, kommt her und sagt, Señor Dicker, ergeben Sie sich nicht, die machen Sie tot wie den Schwarzen, die machen

Sie tot wie den Señor Sepúlveda, hauen Sie ab, ich schütze Sie, und der Dicke sagt, seien Sie nicht verrückt, Angelito, stecken Sie das ein, und wir sahen schon das Gesicht des Leutnants im Haus, stecken Sie das Mistding ein, Angelito, das bringt doch nichts, verdammich, und der Ángel, hauen Sie über den Hof ab, Señor Osorio, ich schütze Sie mit dem Ding da, und ich sag, hau ab, Dicker, um Gottes willen, wenn du nicht verschwindest, bringen sie uns alle um, die knallen uns ab, und ich schiebe den Dicken zur Hintertür hinaus und zum Hühnerhof und mache dort die Garage von dem Getränkeladen auf und rufe den Besitzer, und der gute Alte legt den Dicken in seinem Lieferwagen auf den Boden und sagt, wir zischen los, bevor sie da sind, und als ich zurückkomme, ich weiß schon nicht mehr, wie ich es Ihnen erzählen soll, da waren sie alle im Aufenthaltsraum und Ángel tot, auf dem Boden wie ein Stück Dreck, mit einem ganz kleinen Loch in der Brust, als hätten sie gewußt, daß sie auf ein Kind schießen, er lag da, der Ángel, wie ein kleines Gebirge, das sie mit einem einzigen Loch zum Einsturz gebracht haben, lag da mit einem Lächeln, als hätten sie ihm statt einer Kugel Wein serviert, hätten ihm das Glas schon ans Maul gehalten, dem zitterten ständig die Lippen wie bei einem Kaninchen, Sie kannten ihn nicht so gut, klar, und vielleicht hatte er recht, er wollte nämlich, daß alle ihn Trampel nannten, aber ich habe ihn nicht so genannt, aus Respekt, nicht? wenn er auch gelacht hat, obwohl ich ihn ein bißchen gekannt habe, weiß ich nicht, wer er war, was soll ich Ihnen also erzählen, wenn Sie das Haus fotografieren, ist die Stille nicht mit drauf, auch nicht die neue Stille, die der Ángel hereingebracht hat, so etwas Stummes, so groß wie er, klar, Sie würden es vielleicht nicht merken, der Ángel, riesengroß, starb, und ich, mit den Milicos vor mir, konnte es nicht glauben, daß sie ihn mir schon totgemacht hatten, so klein war die Kugel, eine einzige hat ihn umgelegt, ein einziger Schuß wie ein Pfeil, ganz sanft, und das Gesicht von dem Ángel, als würde er schweben, wie mache ich Ihnen nur begreiflich, wer der Ángel war, hat nie eine Quittung unterschrieben, weil er nie einen Peso bezahlt hat, besaß nie einen Geldschein, um sich mal auf eigene Faust zu amüsieren, war mein schlechtestes Geschäft, seit ich die Pension aufgemacht habe, als ich das viele Rumreisen, die vielen Leute, die alle kaufen und verkaufen, satt hatte, Ángels Hosentasche, das kann ich Ihnen sagen, ist so unberührt aus dieser Pension gegangen, wie sie reingekommen ist, und beinahe hätte ich noch sein Begräbnis bezahlen müssen, der Leutnant zeigte nämlich auf ihn, genau dahin, wo Sie hinsehen, und sagte, und Sie kümmern sich gefälligst darum, daß der begraben wird, schließlich sind wir kein Bestattungsinstitut, und klar, der sagt das zu mir, und gleichzeitig habe ich die MP im Kreuz, und der mit der MP führt mich, mit erhobenen Händen, raus, stößt mich, mit erhobenen Händen, auf die Straße, und da draußen war nichts als Nacht, ich dachte, es sind alle, alle tot, die Straßen ein einziges klebriges Dunkel, und die Milicos rauchten da unter der Laterne, und, die Hände bleiben oben, du bist verhaftet, sagte einer und, noch ein Kunde fürs Stadion, mal sehn, ob ihr da im Stadion noch ein Spielchen macht, bevor wir euch eins reinballern, und ich sage, aber Sergeant, sage ich zu einem Sergeanten, wer begräbt denn dann den Ángel, der da tot auf dem Teppich liegt, und, wenn ihn die Juana Gómez da sieht, fällt die auch noch tot um, das geht doch nicht, und der Leutnant sagte, ich sollte dableiben und ihn begraben, und der Sergeant sagte, keine Sorge, falls Sie eines Tages wiederkommen, dann haben Ihren Angelito die Katzen aufgefressen, du kommst mit ins Stadion, und da erzählst du uns alles vom Widerstand, was ich denn glauben würde, wer ich sei, das einzige Haus im Viertel, wo sie auf Widerstand gestoßen wären, wäre meins, dann fiel ihm ein, daß ich einen spanischen Akzent hätte, ob ich im spanischen Bürgerkrieg gewesen wäre und ob ich eine Nonne gefickt hätte, das haben sie im Bus gefragt und mir dabei die Gewehrkolben in die Rippen gerammt, nichts Schlimmes, denken Sie das nicht, da im Bus waren es Kolbenstöße, wie um mir zu sagen, *wir geben es dir, harmlos, aber wir geben es dir*, so war es bei mir, und darum steh ich hier lebendig vor Ihnen, wie man so sagt, schenken Sie sich ein Gläschen ein, bedienen Sie sich ruhig, wenn man den Mund voll von Toten hat, wird die Zunge rauh, hören Sie jetzt die Stille, hören Sie sie? ich weiß nicht, ob es Ihnen auch so geht wie mir, aber ich denke, diese Stille ist über das Haus hereingebrochen, als sie den Ángel auf diesem Teppich umgebracht haben, und gehn Sie nicht so dicht ran, da sehn Sie nämlich das Blut, es ist rosa, natürlich, die Juana hat ja den Teppich mit Waschpulver saubergemacht, ich merke schon, von diesen praktischen, gewöhnlichen Sachen wollen Sie nichts hören, ich glaube, ich weiß nichts mehr, was ich Ihnen sagen könnte, Sie sehen ja, wie ich mich hier in der Stille eingerichtet habe, und Juana Gómez kocht, was es so gibt, was uns die Compañeros hier und da zukommen lassen, Juana Gómez fragen Sie lieber nicht, am Anfang hat die Stille sie zum lebenden Leichnam gemacht, sie bekam blaue Lippen und strich fröstelnd durch die Zimmer, darum habe ich sie ruhig kehren lassen, damit ihr warm wird, darum habe ich sie nachts die ausländischen Sender einstellen lassen, das bleibt unter uns, darüber reden Sie nicht, und da saß sie dann mit blauen Lippen und zitternd und das Ohr ganz dicht am Radio, und wenn etwas über uns kam, zeigte sie mit einem Finger auf den Apparat und steckte einen andern in den Mund und hörte zu, was die da sagten, und nickte dazu mit dem Kopf und stopfte sich beim Husten die Hände in den Mund, denn seit sie den Schwarzen und Sepúlveda und Ángel umgebracht haben und seit mein Bruder mit dem Taxi den Carlitos suchen gefahren ist, der in einer Salpetergrube im Norden in Haft sein soll, muß die Juana andauernd husten, und ich denke, sie hustet so viel, weil sie zu wenig redet, und da sie nie weint, ist der Husten höchstwahrscheinlich nervös, denke ich mir, ohne daß ich was von Ärztekram versteh, ich stelle mir einfach vor, man behält alles drin, und da hustet man dann eben oder so, es ist, wie wenn man erstickt, und dagegen wehrt sie sich vielleicht mit dem Husten, denke ich, und klar, am Anfang haben wir noch ein bißchen geredet, über die Einkäufe zum Beispiel, über das Geld, das nicht da ist, ob es regnen wird oder nicht, Sie wissen ja, solche Sachen, nur einmal, da hat sie mir gesagt, was sie machen will, und, das erzähle ich nur Ihnen, daß sie entdeckt hat, daß sie nur für eines im Leben noch mal lebendig werden wollte, und ich habe sie gefragt, was das wäre, weil sie so geheimnisvoll tat und so drum herum redete, wo sie sonst immer alles so geradeheraus sagte, so unkompliziert, so ohne viel Worte, wenn Sie das verstehen, und sie sagte, das wäre, um lebendig zu sein, wenn wir noch mal so einen Aufmarsch machen würden wie den riesigen auf der Alameda, und wenn der Aufmarsch gemacht würde, wären der Schwarze und Ángel dabei, die beiden wären auch dabei, und sie wüßte, sie würden die Fahnen tragen und auf den Straßen wären so viele Millionen, daß nicht mal Gott sie zählen könnte, und wenn er so viele Finger wie Sterne hätte, und die Fahnen von dem Schwarzen und von Angelito würden über die ganze Straße gehen, eine Standarte, ein riesiger Vorhang, größer als eine Wolke, und nur dafür würde sie wieder lebendig werden, und das war es, was mir die Juana Gómez gesagt hat, das einzige Mal, daß wir geredet haben, und ich sagte, aber Juana, wie können Sie so etwas sagen, Kindchen, wo Sie doch gesehn haben, wie der Ángel vor Ihren Füßen gestorben ist, wissen Sie das vielleicht nicht mehr, der liegt da für immer, wie einbalsamiert, ich hab sie gefragt, sind Sie verrückt, Juanita, ich hab gesagt, ich wollte ihr ja nicht die Illusionen nehmen, ich hab gesagt, daß der Schwarze und der Ángel tot sind, ob sie denn die Stille nicht wie einen Vulkan im Hause hörte, ob sie den leeren Tisch nicht sähe und das verstaubte Klavier, und die Juana Gómez sah mich spöttisch an, wie einen kleinen Jungen, der ihr einen Streich spielt, sie legte, so wie ichs Ihnen vormache, die Hände zwischen die Beine und schüttelte langsam den Kopf, und dann, mit erhobenem Finger wie eine Lehrerin, sagte sie zu mir, ich sollte mich doch nicht von Kleinigkeiten täuschen lassen, der Schwarze und der Ángel wären nicht tot, sondern dienstlich unterwegs, sie wären im Himmel, um Instruktionen für einen Aufmarsch zu holen, wo jeder Mensch seinen Stern hätte, und sie würden vom Himmel kommen, in eine Fahne gewickelt, die so groß wäre, daß sie wie ein Kometenschweif die Anden streifen würde, und nur dafür würde sie leben, und der Compañero Dicker sei deshalb nicht umgekommen, weil er Widerstand leisten und ihnen von der Erde aus Bescheid sagen müßte, wann sie mit der Fahne runterkommen sollen, und deswegen wäre auch die Compañera Susanita am Leben, und deswegen wäre die Mari am Leben, und sie sagte, Don Manuel, wie lange wollen wir hier noch an dem Teppich rumkehren, Sie sitzen da, wie wenn Sie und nicht der Compañero Schwarzer der Tote wären, wie lange wollen wir hier noch stumm rumhocken wie zwei Sessel, Don Manuel, wir haben uns lange genug hier mit dem Tod eingeriegelt, und dann stellte sie das Radio ab und sagte, Don Manuel, lieber guter Chef Don Manuel, wir müssen uns organisieren, und ich glaube, ich kann Ihnen nur noch erzählen, daß unser Leben sich seitdem sehr verändert hat, und von der Juana Gómez und alldem ist das alles, was ich Ihnen erzählen kann,

und so steht es
mehr kann ich Ihnen nicht erzählen

Sie werden verstehen, Compañero
der Fisch stirbt an seinem Maul
und wegen seiner großen Klappe
ist der Papagei von der Stange gefallen.

– Gut, Don Manuel, sagte ich. Ich danke Ihnen für den Wein und für Ihr Vertrauen. Nur eins wollte ich Sie noch fragen. Was ist aus dem Fußballer und seinem Großvater geworden?
– Der junge Arturo wurde am 24. September auf dem Begräbnis des Dichters verhaftet. Jetzt ist er bei seinem Großvater im Süden. Ich kann Ihnen nur sagen, daß es ihnen gut geht, und ich hoffe, das genügt Ihnen.
– Aber sehen Sie sich, schreiben Sie sich, sprechen Sie miteinander?
– Ich weiß sonst nichts.
– Das wäre also alles?
– Sagen wir, ja.
– Dann also danke.

Anmerkungen

6 *Momios* – Mumien; umgangssprachlich für Reaktionäre und Konterrevolutionäre.

18 *Blaues Ballett* – Chilenische Fußballmannschaft.

33 *Milicos* – Umgangssprachlich für Militärs.

35 *Fachos* – Umgangssprachlich für Faschisten.

38 *Chile, Católica* – Fußballnationalvereine der Universidad de Chile und der Universidad Católica.

40 *Mapuches* – Chilenischer Indianerstamm; kämpfte während der Zeit der Unidad Popular erbittert darum, seinen Boden zurückzugewinnen, und trug mit dazu bei, die Bodenreform voranzutreiben.

74 *Luis Sandrini* – Argentinischer Filmkomiker.

81 *vielleicht ein General* – Anspielung auf einen Zwischenfall im August 1973, den die reaktionären Rechten, unter ihnen eine Frau männlichen Typs, mit der Absicht provoziert hatten, den regierungstreuen General Prats zum Rücktritt zu zwingen. Die reaktionäre Presse schlachtete den Vorfall aus; es kam zu einer Krise in der Heeresleitung und zum Rücktritt von General Prats.

Providencia – Allee in Santiago; Wohngegend der Reichen.

83 *Aguirre Cerda* – Pedro Aguirre Cerda, chilenischer bürgerlich-demokratischer Politiker und Präsident der Volksfrontregierung von 1938 bis 1941.

85 *Ibáñez* – General Carlos Ibáñez, chilenischer Diktator (1928–1931).

97 *Clásico Universitario* – Spektakuläres Spiel zwischen den Fußballnationalvereinen der Universidad de Chile und der Universidad Católica.

112 *Recabarren* – Luis Emilio Recabarren (1876–1924), Druckereiarbeiter; gründete 1922 die Kommunistische Partei Chiles.

Elías Lafertte – (1889–1961), kommunistischer Abgeordneter und Senator; Ehrenvorsitzender der Kommunistischen Partei Chiles.

Santa Maria – Schule im Salpeterhafen Iquique, wo 1907 ein Massaker unter den streikenden Bergarbeitern angerichtet worden war.

112 *Gabito-Zeit* – Regierungszeit des reaktionären Präsidenten Gabriel González Videla (1946–1952).

118 *venceremos* – wir werden siegen.

124 *Gardel* – Carlos Gardel, argentinischer Tangosänger der dreißiger Jahre.

129 *Flor* – Blume; auch Mädchenname.

130 *Pérez Prado* – Kubanischer Musiker der vierziger und fünfziger Jahre, „König des Mambo".

Ginette Acevedo – Südamerikanische Schlagersängerin der fünfziger Jahre.

134 *November 1970* – 4. November 1970, Amtsantritt Salvador Allendes.

Casa de las Américas – Kubanische Institution zur Förderung von Literatur und Kunst in Lateinamerika; verleiht jährlich den bedeutendsten südamerikanischen Literaturpreis.

136 *Luisín Landáez* – In Chile lebender kolumbianischer Sänger und Tänzer.

Cumbia – Kolumbianischer Tanz.

142 *Massaker in J. M. Caro* – Im November 1962 ließ der chilenische Präsident Alessandri in J. M. Caro, einem Arbeiterviertel von Santiago, einen Streik blutig niederschlagen.

146 *was dann passiert ist* – Der geschilderte Putschversuch fand am 29. Juni 1973 statt.

152 *Tarapacá ex-Zavala* – Chilenische Weinsorte.

161 *Municipales und Hijos de Tarapacá* – Chilenische Fußballmannschaften.

163 *Cordón* – In der Zeit der Unidad Popular entstandene Organisationsform; in den Cordones vereinigten sich Gewerkschaftsvertreter und direkt von der Belegschaft delegierte Arbeiter der Fabriken eines Stadtviertels.

197 *Don Titos Rathaus* – Palesto Tito, sozialistischer Bürgermeister eines Arbeiterviertels im Süden Santiagos.

der Achtzehnte – 18. September, Jahrestag der Unabhängigkeit Chiles von Spanien (1810).

199 *el pueblo unido* – vereint wird das Volk nie besiegt.

209 *das glückliche Ebenbild des Todes* – Abwandlung einer Zeile aus der Nationalhymne, in der es von Chile heißt, es solle „das glückliche Ebenbild des Paradieses" werden.